Rosario Ferré nació en 1938 en Ponce, una ciudad en la costa sur de Puerto Rico. Se graduó en el año 1960 del Manhattanville College con un título en literatura inglesa. Luego obtuvo una maestría en literatura española y latinoamericana en la Universidad de Puerto Rico, y años mas tarde, recibó su doctorado de la Universidad de Maryland.

Comenzó a escribir en la década de los años setenta como redactora y editora de la revista literaria *Zona: Carga y Descarga*, en la cual se publicaban trabajos de jóvenes escritores puertorriqueños. Colaboradora asidua de los rotativos *El Nueva Día* y el *San Juan Star*, Rosario Ferré ha explorado todos los géneros literarios al publicar relatos, poesía, ensayos, biografías y cuatro novelas. Fue galardonada con el premio *Liberaturpreis* del 1992 en Francfort del Main (Alemania), y la versión de lengua inglesa de su novela *La casa de la laguna* quedó como finalista del premio literario estadounidense *National Book Award*.

Rosario Ferré es reconocida hoy como una de las escritoras más importantes de Puerto Rico.

También por Rosario Ferré

Vuelo del cisne

Vuelo del cisne

Rosario Ferré

Vintage Español
Vintage Books
Una división de Random House, Inc.
Nueva York

Primera edición en español de Vintage, octubre de 2002
Traduccion copyright © 2002 por Rosario Ferré

Library of Congress Cataloging-in-Publication Data
Ferré, Rosario.
   [Flight of the swan. Spanish]
   Vuelo del cisne / Rosario Ferré.—1. ed. en español de Vintage.
      p. cm.
   ISBN 0-375-71385-9
      1. Russians—Puerto Rico—Fiction.   2. Political refugees—Fiction.
3. Ballet companies—Fiction.   4. Women domestics—Fiction.
5. Puerto Rico—Fiction.   6. Ballerinas—Fiction.   I. Title.

   PS3556.E7256 F57 2002
   813'.54—dc21
   2002016846

Diseño del libro por Mia Risberg

www.vintagebooks.com

Impreso en los Estados Unidos de América
10   9   8   7   6   5   4   3   2   1

A la memoria de Ana Pávlova

El cisne era un símbolo de la belleza de nuestro tiempo, del empeño por salvar el instinto de la vida cuando el mundo civilizado estaba a punto de perecer bajo los cascos de la guerra. Madame venía de San Petersburgo, de las místicas noches blancas de esa ciudad barroca. Sobre el escenario del Maríinsky, un enjambre de zapatillas de seda apuñalaban el aire al unísono, las manos relampagueaban, las cabezas se balanceaban simultáneas al acompañamiento de los acordes musicales. Los ventanales de los palacios matizados de colores pálidos se reflejaban rítmicamente sobre las aguas del Neva mientras nosotras, con los brazos elevados en arcos delicados sobre nuestras cabezas, volábamos por sobre los reflectores encendidos como ángeles sin alas.

Entonces llegamos a esta isla marcada por la discordia, y el cisne se derritió bajo un sol abrasador.

—*de las Memorias de Masha Mástova*

Vuelo del cisne

1

~⚬⚬⚬~

Muy pocas personas recuerdan que Madame, la famosa bailarina rusa, visitó nuestra isla entre los meses de abril y septiembre de 1917.

Pero mi esposo, Juan Anduce, y yo lo recordamos claramente. Hace algunas semanas, el 23 de enero de 1931 exactamente, Madame yacía moribunda en un desconocido hotel de La Haya. "'Toquen con suavidad los últimos acordes' le rogó a los amigos músicos que rodeaban su lecho", leían los titulares de los periódicos. En cuanto rindió su último suspiro, mientras su cuerpo estaba aún tibio dentro del ataúd todavía abierto, su esposo, Víctor Dandré, salió disparado hacia Londres en busca de la licencia de matrimonio que le aseguraría su herencia: Ivy House, la espléndida mansión que le perteneció al pintor William Turner, y que Madame había adquirido con sus ahorros. Pero yo sabía que nunca la encontraría. Había destruido esos pergaminos amarillentos recubiertos de letras cirílicas años antes. Cuando leí el artículo, me abrumaron los recuerdos.

Hace quince años que resido en esta isla, casi tantos como los que viví en Rusia. Todavía me gusta el color rojo, como a todos los rusos. (La palabra *rus,* después de todo, significa *rojo:* algo que a casi nadie se le ocurre por ser tan obvio.) Pero mi corazón ruso ha empezado a sentirse asfixiado. Aunque parezca increíble, estoy empezando a cansarme del espléndido sol de esta isla y me hace falta el invierno. Daría cualquier cosa por escuchar otra vez el mullido silencio de la nieve, esa quietud extraña que precede a la tormenta; por sentir los copos del olvido caer gruesos y sigilosos sobre mi cabeza que ha empezado a poblarse de canas.

Cuando Juan, mi marido, todavía estaba vivo, yo tenía muy poco tiempo para rumiar estas cosas: teníamos la escuela de ballet, y era necesario mantener a nuestros alumnos girando como trompos en el estudio que construimos juntos en el Viejo San Juan. Se encontraba en el segundo piso de una vieja casona, rodeada por un balcón de balaustres de hierro que miraba hacia la sombreada Plaza de Armas.

La Academia del Ballet Ruso fue un obsequio de Madame cuando abandonó la isla. El entrenamiento es difícil y exige un gran esfuerzo, pero sus beneficios son incontables. No sólo les provee la oportunidad de encontrar trabajo a los bailarines; también contribuye a la autoestima y a la valoración de quiénes somos. Esa fue desde un principio la intención de Madame, y yo he hecho lo posible por hacerla realidad.

Juan murió de una peritonitis aguda hace algunos meses, y ahora vivo sola. Por suerte, todavía tengo mi estudio de ballet. Pero cuando cierro la puerta tras el último alumno del día, me agobian la tristeza y el abatimiento. Rehúso convertirme en un fantasma, en una mujer sin patria, sin amor y sin recuerdos, abrazada a mi propia sombra.

Había cumplido los treinta y nueve años cuando tomé la decisión de abandonar la compañía de Madame antes de que ella se embarcase hacia Suramérica. Me quedé en la isla, donde me casé con Juan Anduce, el zapatero que remendaba nuestras zapatillas de baile. Nuestra *troupe* se encontró varada aquí, a comienzos de la Primera Guerra Mundial. Durante tres meses estuvimos prácticamente prisioneros; fue una pesadilla para todos. Desgastábamos docenas de zapatillas semanalmente, y resultaba imposible recibir nuevas desde los Estados Unidos durante nuestra *tournée* a causa de los submarinos alemanes. En ese momento apareció Juan Anduce, mi futuro marido, con el verde exuberante de la isla en los ojos y una sonrisa traviesa bailándole en los labios.

Había conocido a Madame muchos años antes en San Petersburgo. Yo era joven e ingenua en aquel tiempo, y un día fui a su apartamento en la calle Kolomenskaya y le pregunté si podía darme clases de baile como estudiante particular. Madame se acababa de graduar de la Escuela Imperial del Teatro Maríinsky, y le daba lecciones en su casa a un grupo selecto de alumnas. Fue de ese grupo que, en un momento dado, escogió a las bailarinas que formaron su compañía, llevándolas consigo por el continente europeo en cortas giras antes de que estallara la guerra en Rusia. Madame aceptó enseñarme, y me uní a ese grupo entusiasmado de jóvenes. Acompañé a Madame en su primer viaje al extranjero, por las ciudades del Báltico, con sólo diecinueve años. Visitamos varios países cercanos, hasta que un día zarpamos hacia los Estados Unidos. Muchos de nuestros familiares perecieron en Rusia durante esos años, cuando el ejército rojo y el ejército blanco se engrampaban en lucha a muerte a lo largo de una frontera que tenía miles de millas. Madame nos salvó de aquel desastre.

Como el resto de las jóvenes de nuestra compañía, yo hubiese podido besar el suelo que pisaba mi señora; con gusto hubiese dormido sobre carbones encendidos o agujas de hielo sólo para estar cerca de ella. Eran años difíciles durante los cuales sus alumnas pasábamos muchas noches en vela preocupadas por el futuro. Pero Madame era distinta. Logró deslizarse por sobre las turbulentas aguas de su época como si nada la perturbase: ni la revolución rusa, ni la muerte de miles de sus compatriotas, ni siquiera el sufrimiento de esta pequeña isla a la cual hubiese podido mostrarse indiferente, pero no lo hizo. Era difícil no admirarla cuando bailaba Odile en *El lago de los cisnes,* por ejemplo, o Aurora en *La bella durmiente.* Pero nuestro grupo sentía por ella un respeto especial, porque Madame siempre cumplía con sus promesas.

Yo soy hija de un campesino ruso de las afueras de Minsk que me azotaba con una varita de álamo cada vez que se emborrachaba. Sobreviví gracias a un vendedor ambulante que pasó una tarde por casa y vio cómo mi padre me golpeaba. Le plantó a Mastovski un puñetazo en la quijada y me llevó a vivir a su casa en San Petersburgo. Yo tenía que hacer la limpieza y ocuparme de la comida de la familia, pero no me importaba. El comerciante tenía un hermano, Vassili, que era bailarín y se ofreció a darme clases de gratis. Acepté enseguida. Vassili viajaba la mitad del año y se quedaba en casa la otra mitad, y durante sus viajes había visitado lugares exóticos como España. Como me hablaba mucho de ellos, despertó en mí una ansia de aventura y de ver el mundo que entonces no soñaba cumplir. Aquella fue una época feliz de mi vida.

Poco después, con tanto ejercicio, mi cuerpo empezó a redondearse. El comerciante dejó de pasarme por el lado como si no me viera. Cada vez que llegaba de uno de sus viajes me traía algo. Algún retazo de lana para coserme un jubón, o de hilo fino para que me hiciera ropa interior nueva. Cuando rehusé modelarle las piezas íntimas se enfureció. Me violó y empezó a pegarme para que no dijera nada. Fue entonces que me escapé de casa y toqué a la puerta de Madame. Esto fue en el 1899 y Madame acababa de abrir la pequeña academia en su casa. Yo tenía una constitución física recia, como suelen tenerla los campesinos de Bielorrusia. Soy de raza eslava y tengo los pómulos altos, lo que para mucha gente es prueba fehaciente de mi sangre salvaje. Sin embargo eso a Madame no le importó. Parada en el dintel de la puerta, me tomó de la mano y me hizo entrar a su casa. Al principio trabajé como su criada, ayudando a Liubovna con las tareas domésticas, y luego empezó a iniciarme en los elementos básicos de su arte.

Como muchas otras jóvenes que ingresaron a la escuela de Madame, yo era una apasionada del ballet. Pero como empecé a entrenarme ya adolescente, nunca fui lo suficientemente buena para hacer de solista, así que bailaba en el coro. Yo era alta y delgada, no tosca y gruesa como soy ahora, que ando envuelta en mumus para disimular mi gordura. Debido a mi energía y reciedumbre eslavas me colocaban siempre al final de la cola, cerca de los bastidores, para así escurrirme fuera del escenario y poder ayudar a Madame a cambiarse de ropa, o para darle una mano a los tramoyistas que movían de lugar telones y bambalinas. Nunca fui bonita. Tenía algo de cigüeña, con la nariz larga y los ojos inquietos como dos saetas, que según Madame siempre estaban escrutando sospechosamente todo lo que me rodeaba.

Yo sabía más que nadie sobre Madame en la compañía: quién

había sido su padre biológico, por ejemplo, y por qué se ponía como una furia si alguien mencionaba a Mátvey Féderov, el oficial de reserva que se había casado con su madre, Liubovna Fedorovna, y que murió en la guerra cuando Madame tenía sólo dos años. Conocía todos sus secretos: cómo había logrado entrar a la Escuela del Ballet Imperial de San Petersburgo, por qué se había casado con Víctor Dandré, un rufián de siete suelas y un convicto irredento, y por qué había permanecido a su lado durante tantos años. Este conocimiento me daba poder, y las demás bailarinas me respetaban por eso. Yo era la mano derecha de Madame, la que mantenía viva su llama.

La señora me estimaba y agradecía las delicadezas que yo tenía con ella si había que hacer algo muy personal, como remendar sus vestidos, por ejemplo, o su ropa interior. Durante los ratos libres lavaba y planchaba su ropa, componía su lecho, ayudaba a vestirla, aseaba y cepillaba su cabello con el cepillo y la penilla de mango de cisne repujado en plata que uno de sus admiradores le había regalado. Así, gracias a nuestra proximidad diaria, poco a poco me fui haciendo su confidente.

2

~~~~~~~~~~~~~~~~~

Madame se embarcó por primera vez hacia
Suramérica el 10 de febrero de 1917. El
señor Dandré, su esposo y administrador, la había convencido de
hacer el viaje cuando todavía estábamos bailando en Nueva York.
Durante nuestra *tournée* de los Estados Unidos visitamos cuarenta ciudades, desde Nueva York hasta Seattle, en siete meses,
y en algunas dábamos dos representaciones en un solo día. Y,
sin embargo, casi nunca nos sentíamos cansados, tan estimula-
dos estábamos por la adrenalina del éxito. Ninguno de nosotros
hubiese adivinado la angustia que nos esperaba al término de la
travesía.

En la Argentina había un *boom* económico como resultado de
la guerra, y el señor Dandré hablaba como si en la Patagonia nos
aguardara un caldero rebosante de monedas de oro. Parecía un
oso husmeando un panal de miel. En Buenos Aires el Teatro

Colón era tan espectacular como la Ópera de Paris, y en São Paulo las calles estaban empedradas con ladrillos de plata. Los Estados Unidos acababan de entrar a la guerra del lado de los aliados, y los submarinos alemanes pululaban por el Atlántico. No podríamos regresar a Europa por buen tiempo, a pesar de las muchas ganas que tuviéramos de volver a casa. Muy pocos barcos lograban cruzar al otro lado; la mayoría se hundía como chatarra al fondo del océano. Nadie sabía cuánto duraría la guerra, nos aseguró el señor Dandré y no podíamos sencillamente quedarnos sentados sobre nuestros traseros esperando a que terminara. Se levantó de la silla y nos señaló a la isla de Cuba en el mapa, para que comenzáramos a hacer nuestros preparativos. Cuba sería la primera escala en nuestra aventura hacia el Cono Sur.

Madame había anticipado el viaje con gran ilusión. Era pacifista igual que el gran Vaslav Nijinski, quién también se encontraba navegando por el Atlántico en aquel momento, camino a Buenos Aires. A Madame no le entusiasmó la noticia de que los Estados Unidos se habían unido al conflicto bélico. Había viajado por Alemania y bailado para el *Káiser* justo antes de que comenzara la guerra. Conocía de primera mano a las tropas alemanas, y sabía la carnicería de la que eran capaces. De hecho, una de las razones por la cual Madame había decidido hacer la gira por Suramérica era que varias naciones latinoamericanas —incluyendo la Argentina y el Brasil— permanecían neutrales y no querían saber de la sangrienta contienda europea.

Por otra parte, tanto la música como el ballet español figuraban en el repertorio de Madame con bastante prominencia. *Paquita* por ejemplo, o *Don Quijote,* durante los cuales podía lucir el fuego chispeante de sus ojos negros y esconder su sonrisa pícara tras las lentejuelas inquietas de su abanico. Así era Madame.

Cuando bailaba podía convertirse en lo que quisiera: lo cual resultaba muy conveniente cuando era necesario representar amores apasionados en escena.

El señor Dandré hizo un trato con Bracale, el empresario italiano que había declarado el Caribe su territorio privado. Bracale vivía en Cuba, pero viajaba por todo el Caribe y contrataba todo tipo de artistas para presentarlos por el área. Enrico Caruso, Hipólito Lázaro, Amelita Galli-Curci, Sarah Bernhardt, todos navegaron por las Antillas en algún momento, en busca de la gallina de los huevos de oro y, desgraciadamente, acababan a menudo como huevos estrellados, a causa de los trasmanejos y engañifas de Bracale. Era famoso por su hábito de embolsicarse más de la mitad del dinero que los agentes ponían sobre la mesa, prometiendo que luego se lo enviaría a los artistas: cosa que no siempre hacía. Pero tenía ojo para el genio, eso no podía negarse, y muchos de los talentos jóvenes que debutaron en las islas llegaron a ser luminarias internacionales. Madame, por supuesto, fue una de ellas. Bracale nunca se atrevió a estafarla, gracias al señor Dandré. El señor Dandré era firme e imponía respeto. Era él quién supervisaba sus asuntos.

En aquel tiempo Cuba se encontraba en la encrucijada del Nuevo Mundo. Viajar en barco era inevitable si se pretendía llegar a Suramérica, pues entre Nueva York y Buenos Aires no existían vías ferroviarias ni carreteras. Los hombres de negocio navegaban por el Caribe para llegar a Curazao, Caracas, Panamá: donde el canal acababa de estrenarse. Muchos hacían escala en La Habana, donde los navíos se aprovisionaban de carbón. Karajáiev, Alguéranov, y otros amigos rusos de Madame que habían salido huyendo de la Revolución y se habían refugiado en Nueva York conocían a Bracale, y le advirtieron sobre sus truhanerías. Estaba secretamente conectado con la mafia, dijeron, aunque nadie había logrado probarlo. Pero Madame puso todo en manos del señor Dandré y estuvo de acuerdo con su plan. Nos ordenó a Liubovna Federovna y a mí que empacáramos su ropa y efectos personales: sus camisones de *georgette* de seda; sus botellas de perfume L'Heure Bleu y de Narciso Negro; el cepillo con mango de cisne de plata, con su espejo y peinilla haciendo juego, y en menos de una semana estábamos listos para partir.

Nueva York fue una experiencia exuberante desde el principio. Madame bailó todas las noches frente a enormes muchedumbres en el hipódromo, liberada ya de todos los escrúpulos sobre si las bailarinas imperiales deberían o no aparecer ante un público de vodevil. La gente necesitaba sentirse feliz y olvidarse del Marne y de Verdún, borrar de sus mentes los horrores del gas venenoso y de la masacre en las trincheras. Tres meses más tarde los Estados Unidos comenzaría a embarcar soldados hacia el frente europeo y su juventud sería carne de cañón. Pero nadie quería enfrentarse a la tragedia que se avecinaba.

Zarpamos hacia Cuba llenos de esperanza, absolutamente convencidos de que nuestra representación de *Giselle* y de *El lago de los cisnes* en el Teatro Nacional sería un éxito. Cuba estaba siempre en las noticias por ser el segundo país que más azúcar producía en el mundo, y se sabía que la burguesía de La Habana era enormemente rica. Necesitábamos desesperadamente poder enviarles dinero a nuestras familias. Ese invierno en San Petersburgo había sido uno de los peores en la historia; miles de seres habían muerto de hambre y de frío. Las cartas —cuando nos llegaban— contaban cómo la gente sobrevivía arrancando verjas de madera con las manos y tumbando los postes de teléfono; hasta los muebles de sus hogares los hacían leña para calentarse. El dinero que les enviábamos secretamente a nuestros amigos llegaba hasta la frontera belga o suiza y, de cuando en cuando, luego de arduos esfuerzos, algún familiar lograba cruzar al otro lado.

Madame, por otra parte, había oído decir que la capital de Cuba era muy *chic*. Le mandó hacer a sus bailarinas un vestuario nuevo en Nueva York, así como nuevos decorados para el escenario. Madame era una artista profesional: una vez firmaba un contrato, ponía en escena el mejor espectáculo de que era capaz, costase lo que costase. Las bodegas del vapor *Courbelo* llevaban docenas de bambalinas primorosamente pintadas, veinte cajas de sombreros de ala ancha decorados con nubes de gasa y flores de seda, ciento noventa y cuatro baúles en los que viajaban trescientos disfraces. "Es la bailarina del Zar," comentaban los inspectores de aduanas asintiendo sabiamente con la cabeza, convencidos de que aquel lujo le pertenecía personalmente a Madame.

Luego de nuestra primera función, durante la cual la sociedad cubana acudió en masa a ver bailar a Madame, el Teatro Nacional permaneció decepcionantemente vacío. Las turbulencias políticas que se habían desatado sobre la isla eran tales que a la gente le daba miedo salir de sus casas en medio de la noche, cuando las calles de la ciudad se encontraban desiertas. Nadie transitaba por ellas excepto los pistoleros de García Menocal, que aceleraban sus Packard en competencia unos con otros, desperdigando balas al azar en la oscuridad. El ambiente caldeado nos recordó a San Petersburgo durante los recientes disturbios. Nadie podía dormir.

Madame había gastado una fortuna antes de salir de Nueva York, y su extravagancia nos condenó a todos a un presupuesto limitado. Todavía no estábamos viviendo de lo que cayera del cielo, como nos sucedería luego en Puerto Rico, pero el señor Dandré hacía que lo pensáramos muy bien antes de gastar cada centavo.

Nuestra gira había sido financiada por Max Rabinoff, un empresario millonario de Nueva York que era amigo de Bracale, y para entonces nuestras pérdidas excedían los 150 mil dólares. Los periódicos de Nueva York sacaron la foto de Madame en sus titulares, acusándola de desperdiciar una fortuna en trajes fastuosos y en los nuevos decorados que nos acompañarían a Cuba. Aparentemente el señor Rabinoff estaba en medio de un divorcio, y el dinero que le prestó a Dandré le pertenecía a su mujer, que lo había heredado de su familia. La mujer lo demandó, exigiendo que se lo devolviera, pero la debacle de Cuba dejó a Dandré más pelado que un mandril y no pudo cumplirle a Bracale.

Madame se enfureció al enterarse y quería regresar inmediatamente a Nueva York. Estaba segura de que podría encontrar fácilmente a otro admirador millonario, y convencerlo de que sufragara nuestra gira por Suramérica. Pero cuando Dandré se puso en contacto con Bracale por telegrama, pidiéndole el dinero de los pasajes, este rehusó dárselo. No confiaba ya en las promesas dudosas de Dandré, de que en Río de Janeiro el éxito de Madame sería tal que la invitarían a bailar sobre la cima del Pan de Azúcar. Lo único que podíamos hacer, nos aseguró Dandré, era seguir nuestro viaje según lo previsto, y tratar de ganar algún dinero en Puerto Rico. Ya cruzado el Canal de Panamá, la cosa sería más fácil. En San José de Costa Rica había un teatro espléndido —construido con el oro del café y las esmeraldas del banano— para que la diva, Adelina Patti, pudiera cantar en él. Allí seguramente encontraríamos varios mecenas que estarían dispuestos a subvencionarnos. Dandré planificó un nuevo itinerario para nosotros y, luego de una angustiosa espera para que nuestros nombres aparecieran en la lista de pasajeros de uno de los cargueros que zarpaban de Santiago de Cuba, por fin abordamos el *Courbelo* el 4 de abril de 1917, con destino a San Juan.

El primer día sobre cubierta Dandré iba vestido de gabardina oscura, como para enfatizar lo precario de nuestra situación. En la mañana nos reunió sobre cubierta y nos habló en tono austero: "Cuba ha sido un fiasco y no estamos en posición de aguantar otra temporada desastrosa, con un déficit como el que enfrentamos ahora. O aceptan una solución temporal —una reducción de salario del 25 por ciento, lo cual quería decir que estaríamos ganando tres dólares al día— o habrá que cancelar la gira". Para algunos esto era un sacrificio considerable. El inglés Smallens, por ejemplo, nuestro director de orquesta, se gastaba tres dólares diarios en cerveza nada más. Pero la mayoría de nosotros estábamos acostumbrados a vivir del aire; algunos hasta nos pagábamos nuestros propios gastos con tal de bailar en el mismo escenario que Madame.

3

~~⧬⧬~~

Nunca habíamos oído hablar de Puerto Rico, pero como estaba en el camino de Panamá y Costa Rica, subimos al barco llenos de entusiasmo. Dandré nos explicó que la isla era la más pequeña de las cuatro Antillas y que era una posesión de los Estados Unidos. "Bajo la bandera americana seguro que habrá progreso", dijo, sacudiendo de su sombrero el hollín de la chimenea antes de volvérselo a poner sobre la calva y subir por la pasarela. "La isla se encuentra bajo régimen militar. Habrá orden y disciplina, y nos pagarán en dólares", añadió satisfecho, peinándose disimuladamente el bigote, como hacía cuando no quería que lo contradijeran.

A nadie de la compañía le caía bien el señor Dandré, y le teníamos pena a Madame porque, a pesar de su fama, no podía vivir sin él. Dandré la cuidaba como a la niña de sus ojos. Al comienzo de nuestra travesía en el *Courbelo*, por ejemplo, le pidió al capitán que nos construyera una piscina con tela de lona, y que con la ayuda de una bomba la llenaran de agua de mar. Así Madame podría refrescarse, y escapar al terrible calor del trópico al que todavía no se había acostumbrado. Los marineros la construyeron en un momento, y Madame se pasaba horas en ella, arrojándose en picada al agua y nadando como un delfín. Cuando Dandré le rogaba que saliera a comer, llamándola "¡Nanushka! ¡Nanushka! Por favor, que se te enfríe la comida", ella se reía y daba gritos, mientras arrojaba a Poppy, su terrier, fuera del agua para que le saltara encima a Dandré y lo salpicara.

El señor Dandré era muy organizado y resolvía todos los problemas logísticos de nuestras giras. Planeaba los itinerarios y hacía las reservaciones, se comunicaba con los empresarios y formulaba los contratos con ellos, computando los gastos del viaje así como las posibles ganancias y pérdidas. Pero en sus manos el dinero parecía esfumarse misteriosamente, y entonces nos encontrábamos a la merced de gente como Bracale, que enviaba sus matones tras de nosotros a amenazarnos, o a espiar nuestras funciones. En cierta ocasión en que nos encontrábamos bailando en el Metropolitan Opera House, justo antes de salir de viaje hacia el Cono Sur, un grupo de hombres que llevaban máscaras de lana sobre los rostros escalaron las oficinas que se encontraban en la parte de atrás del edificio, dinamitaron la caja fuerte, y salieron huyendo con más de veinte mil dólares en efectivo. Tres cuartos de ese caudal le pertenecía a Madame por salarios retenidos, que el empresario se había ofrecido a guardarle hasta que terminara su contrato. Después de esa experiencia, Madame se cuidó mucho de poner a salvo su capital, en especial sus joyas, que llevaba consigo a todas partes en un pequeño maletín de cuero de cocodrilo.

Dandré siempre estaba risueño, y era de los que se fijan en el lado bueno de las cosas. Pero tenía un ojo libidinoso, y se pasaba pellizcando los fondillos de las chicas o entrando sin anunciarse a los camerinos cuando nos estábamos cambiando de vestido. "Cuando el señor Dandré se ausenta", le decíamos a Madame en un tonillo de burla, —y Dandré se ausentaba a menudo, dadas las complicadas faenas de comandante de tropa que tenía a su cargo— "los ratones hacen fiesta. Entonces usted es toda nuestra, Madame".

No importaba cuánto empeño Dandré pusiera en reducir el ballet a un espectáculo común y corriente, a una mera forma de ganar dinero, para nosotras era una experiencia espiritual.

En los tiempos antiguos la devoción hacia los dioses, la felicidad o la tristeza se expresaban a través del cuerpo. El cuerpo era el arpa del espíritu, por medio del cual se alcanzaba la unión con la divinidad. Éramos todas solteras, a pesar de los apuestos jóvenes que siempre nos estaban esperando a la puerta trasera del teatro cuando terminábamos un recital. Nosotras sencillamente los ignorábamos. Esto era algo inusitado en una compañía mayormente de mujeres jóvenes como la nuestra. A veces ayunábamos durante varios días para mantenernos delgadas y livianas sobre nuestros pies. El hambre nos limpiaba, nos purificaba de todo deseo. El dolor quería decir que estábamos trabajando duro, que estábamos haciendo las cosas bien. Una bailarina está dispuesta a soportar el dolor para que su arte trascienda lo mundano. Y en cada uno de estos empeños, imitábamos siempre a Madame.

Cuando Madame se sentía complacida por la manera como una de nosotras ejecutaba alguna secuencia difícil de pasos, se quedaba de pie frente a las candilejas y gritaba *"¡Járasho!"*, mientras aplaudía entusiasmada. Pero no siempre era tan generosa. Podía ser tremendamente cruel cuando una de las muchachas se tomaba mucho tiempo en aprender un nuevo ballet. Le mostraba entusiasmada la nueva secuencia de pasos, pero si la estudiante no recordaba todos los detalles a la primera vez, le gritaba desde los bastidores: "¡Qué memoria la tuya! ¿Eres bailarina de ballet o cocinera?". Y si alguien había engordado una libra o dos —lo que sucedía a menudo en esta isla donde la comida más deliciosa la fríen unas negras gordas en calderos humeantes a orillas de la carretera— ella inmediatamente les gritaba: "¡*Vaches!* ¿Cómo pueden aspirar a ser bailarinas si parecen bistecs a la Chateaubriand?".

A las chicas con tobillos débiles o piernas delgadas la cosa se les hacía más difícil. Madame era implacable con ellas, y las ridiculizaba sin compasión. Que no se confunda nadie. Madame era frágil únicamente en apariencia. Sus pies, de arcos excepcionalmente pronunciados, sus tobillos de gacela, su cuello de líneas sinuosas, le hacían parecer una figura de porcelana, pero tenía los músculos atemperados en acero. No era un cisne en lo absoluto. Era una liebre, una máquina de carrera. Nunca se cansaba; podía bailar durante quince horas sin parar, dormir seis horas, y seguir bailando al día siguiente. Se ganaba el derecho a cada minuto en el escenario a fuerza de pura energía.

Madame vigilaba con mucho celo para que los roles principales de los ballets le tocaran a ella, y tenía buena razón de hacerlo. En el escenario, como en el resto del mundo, hay oportunistas escondidos detrás de cada decorado, y los artistas mediocres a menudo se lucran de la excelencia de los otros. Por esta razón, cuando Madame estaba en escena, si su *partner* se le pegaba demasiado durante alguna pirueta, buscando compartir con ella el brillo de las candilejas, o si por mala suerte le pisaba el ruedo de su vestido, le bailaba alrededor al truhán muy sonriente y hacía como que todo estaba muy bien, pero en cuanto bajaba la cortina se le enfrentaba y le daba tremenda cachetada.

En todo caso, Madame tenía todo el derecho a ser implacable con nosotros porque era igual de exigente consigo misma. Podía ensayar un mismo paso durante horas, aunque le tomara sólo algunos segundos ejecutarlo en escena. Nos mostraba tantos *battement tendus, bourrées* y *arabesques,* que el piso empezaba a girar bajo nuestros pies y nos sentíamos mareadas. Las pocas veces que la vi practicar los *fouettés,* un paso endemoniadamente difícil, su pierna se convertía en un pivote de hierro sobre el cual todo su cuerpo giraba como una batidora de mantequilla, la otra pierna un látigo de carne y hueso que subía y bajaba cuarenta veces sin detenerse a un ritmo perfecto. Aquello era tan asombroso, que acabé convencida de que el Santo Pantocrátor, que flota omnipotente sobre todo lo creado, sostenía a Madame en vilo dentro del iris de Su ojo.

En una ocasión, justo antes de la función, Madame, ya vestida para aparecer en escena, estaba observando al público por el hueco de los ligones, oculta tras los pliegues de la cortina, cuando me dijo: "Míralos, Masha, lo satisfechos que se ven después de comer una comida exquisita y beberse una botella de Châteauneuf-du-Pape. Son esclavos de sus cuerpos, la carne los domina y su espíritu ya no puede volar. Intentaremos ayudarlos con nuestro baile, pero no podemos asegurarles nada". En cuanto subió el telón y Madame salió al escenario, se entabló entre el público y ella una batalla campal: entre el poder vital de la inspiración y aquella pesadez humana desparramada sobre lujosas butacas. El perfil de Madame era tan sereno que parecía tallado en nieve; sus movimientos tan seguros como los de una pantera. Y yo, flaca y poco agraciada, con la cara picada de barros y los brazos desgarbados, bailaba ilusionada a su lado, convencida de que estaba ayudando a salvarlos.

Madame ejercía una atracción misteriosa sobre los que la

rodeaban. De ella emanaba un aura que atraía a la gente como la lumbre a las polillas. Era peligroso acercársele demasiado, porque la llama podía consumir a uno. Cuando me quedé huérfana y vivía en Minsk, mi madrastra me llevó un día a ver una función en el jardín de un castillo. Ella trabajaba allí de cocinera, y fue la primera vez que vi bailar a una bailarina de ballet. Parecía una misma hada, caminando en puntas de pie entre las flores, dando saltitos y vueltas.

Cuando Madame perdía la paciencia con las chicas y empezaba a gritarles que parecían ovejas o vacas, el señor Dandré enseguida venía corriendo, aparentemente a defenderlas. Pero en realidad estaba buscando otra cosa: quería que las muchachas dependieran de él, para que luego hicieran lo que él decía. En una ocasión, un mes antes de que la compañía llegara a Puerto Rico, nos estábamos quedando en el Hotel Ansonia en Nueva York, cuando sucedió una tragedia. María Volkonskaya, que acababa de llegar de Rusia, se sentía muy solitaria. Como resultado de su ansiedad empezó a comer demasiados postres y engordó diez libras. Dandré se dio cuenta de ello e inmediatamente se aprovechó de la situación. Empezó a mimarla; le supervisaba las comidas y la acompañaba a todas partes, tratando de ganarse su confianza para que lo dejara pasar a su cuarto en las noches, cuando le daba golpecitos con los nudillos a su puerta. Al final, Madame le prohibió a María que bailara. Hizo que le enseñara su papel a una sustituta, y esto desalentó aún más a la joven. Se deprimió tanto que se tiró de la ventana de su cuarto del hotel, y murió en uno de los oscuros callejones llenos de basura de Nueva York.

Un día Nadya Búlova, la sustituta de Madame, se sintió mal y Madame me mandó a buscar para que yo ensayara con ella el *pas de deux* de *Les Sylphides,* de Chopin. Hizo unos *bourrées* a mi lado durante los arpegios líricos, y de pronto se inclinó hacia adelante durante un *arabesque* y me rozó el pecho con la mano. Quizá fue sin querer, pero no pude evitar un escalofrío. Madame tenía mucho cuidado de no tocar a ninguna de nosotras mientras bailaba, y no le gustaba que nadie la tocara a ella; era parte de su disciplina a la hora de clase. Introducía un delgado bastón delicadamente debajo del brazo o de la pierna cuando necesitaba que la discípula los levantara más, o nos daba con él un golpecito en la espalda si nuestra postura no era buena. Tocar a Madame en el hombro o intentar llamar su atención tirando de su vestido se hubiese considerado un sacrilegio. Su inaccesibilidad era parte de su misterio, y aceptábamos el tabú sin cuestionarlo. Por alguna razón, el día de nuestro ensayo rompió su propia regla.

¡Quizá estaba equivocada y Madame podía amarme, después de todo! Pero me quedé callada. Debía tener mucho cuidado, no fuese a correr la misma suerte que María Volkonskaya.

4

Para el señor Dandré el ballet era un negocio como cualquier otro. Nunca cerraba un trato con un empresario sin exigir la mitad del dinero por adelantado. En el caso de Bracale, evitamos caer bajo su merced gracias a la previsión de Dandré, que le exigió una buena cantidad por nuestras representaciones antes de comenzar nuestra gira. Madame, por el contrario, jamás bailaba por dinero. Quería darle a todo el mundo la oportunidad de gozar de su arte, tanto a ricos como a pobres.

Vivíamos tiempos difíciles. Más de diez millones de personas habían muerto en Europa y había veinte millones de heridos. Sesenta millones habían sido reclutados por los ejércitos y ahora, al unirse los Estados Unidos al conflicto, habría todavía más devastación. Europa se estaba desangrando, pero la compasión y el amor todavía eran posibles; ese era el mensaje de Madame. *La muerte del cisne,* el ballet que la hizo famosa por todo el mundo, era una oración por la paz. Nuestro amado San Petersburgo era el cisne, desgarrado por la guerra civil; sus iglesias ardían botando humo, y sus cúpulas doradas servían ahora de asilo a los ateos que asesinaban a los sacerdotes mientras celebraban el culto ortodoxo.

La relación de Madame con Dandré, después de doce años de vivir juntos, era más filial que amorosa. El deseo entre ellos se había agotado. Yo lo sabía porque cambiaba las sábanas de sus camas gemelas todas las mañanas. Dandré entendía a Madame, y estaba contento de servirle porque recibía buenos dividendos. Era como un enorme siempre parado, de esos que utilizan los pugilistas para entrenarse. Absorbía sus golpizas y volvía a ponerse de pie en cuanto la crisis tocaba a su fin. Existía en una sola dimensión: la vaina era más valiosa que la daga. De Madame nunca se podía decir eso.

Madame le aconsejaba a las niñas: "Si quieren llegar a ser bailarinas de categoría, tienen que defender su libertad". Otras veces las amonestaba: "Uno tiene que bailar para alguien. El arte es todo comunicación, esfuerzo por unirse al otro". ¿Cómo explicar contradicciones tan obvias? Durante nuestras giras, las chicas a menudo conocían caballeros bien puestos y adinerados que se prendaban de ellas y venían a tocar a las puertas de sus camerinos luego de los espectáculos. Si les ofrecían diamantes o perlas, eso estaba muy bien. Pero si venían a pedir la mano de alguna joven en matrimonio, Madame se encerraba en su camerino y empezaba a arrojar tazas y platillos contra las paredes. La mayor parte de las chicas no se atrevían a causarle aquel malrato, y finalmente rompían sus compromisos con sus novios. Un día la señora nos pidió que nos arrodilláramos frente a la Virgen de Vladímir e hiciéramos un juramento. "El amor y la carrera profesional son polos opuestos; resulta imposible reconciliarlos. Por eso ustedes no pueden entregarse a ningún hombre", nos dijo mientras encendía un velador rojo rubí frente al icono. Todas besamos el icono y juramos.

¿Sabría lo que significaba una promesa como aquella? Yo había oído decir que en su juventud Madame había estado enamorada de alguien, pero tuvo que renunciar a él. De hecho, permaneció fiel a esa promesa hasta nuestra llegada a Puerto Rico. Aquí sufrió una metamorfosis.

Casi todas las jóvenes de la compañía habían experimentado con algún amante y sufrido decepciones; muchas encontraban consuelo en el celibato. Madame era pura y casta como la nieve, incapaz de los fangos del sexo y de la traición, y era necesario imitarla. De todas formas, yo estaba siempre ojo avizor cerca de ella, vigilando que los pillos no se le acercaran demasiado. Las chicas y yo nos ocupábamos de todo lo suyo: le cepillábamos el pelo, le untábamos crema Ponds en el rostro, le dábamos masaje en los pies. Una vez una mujer ha experimentado la suavidad de las caricias femeninas, los dedos delicados como capullos de seda —no importa que sea un *amitié en rose*— ¿cómo podrá a amar a un hombre? Resulta difícil comprenderlo.

Durante nuestras giras alrededor del mundo Madame le pagaba a sus bailarinas unos salarios de miseria —más una limosna que un sueldo—, pero eso no nos importaba. Nosotras sabíamos por qué estábamos bailando, y para quién. No había que mencionarlo. Era algo que dábamos por sentado, como fluye la marea del Mar Negro por el Estrecho de los Dardanelos al amanecer cada día.

Varias de las bailarinas vivían como pájaros, a la merced de la voluntad de Dios. Teníamos que pagar por el hotel, la comida, los taxis y hasta por las zapatillas de punta. Las jóvenes inglesas y las francesas (las había de ambas nacionalidades) escribían constantemente a casa, pidiéndoles dinero a sus padres para sobrevivir. Los rusos, por supuesto, no teníamos a quién escribirle pues nuestra tierra ardía como una fogata. Madame se enfurecía cuando sus enemigos la criticaban por cosas así. "Las familias deberían pagarme a mí, porque ahora sus hijas pueden decir que fueron mis discípulas, y esto les asegurará un gran prestigio", afirmaba. Pero eso no nos quitaba el sueño. Hubiésemos bailado de gratis, con tal de permanecer junto a Madame.

5

El *Courbelo* era un carguero que se dirigía hacia Panamá, y fue desviado hacia Puerto Rico porque necesitaba reparaciones. En cuanto empezó a balancearse de lado a lado, las vacas apiñadas bajo cubierta empezaron a quejarse, y sus mugidos podían escucharse por todo el barco. Pasamos una noche horrible y todo el mundo estaba deprimido, pero no había manera de alejarse del ganado o del hedor a bosta fresca que se colaba por las juntas de las bodegas. Nadie logró dormir. Como el viaje a Puerto Rico era corto y sólo tomaría algunas horas, colgamos nuestras hamacas sobre cubierta y pasamos la noche bajo un cielo lleno de estrellas.

Al aproximarnos a la isla la mañana siguiente, Madame se me acercó y nos asomamos juntas al mar por la borda del barco. Me rodeó el hombro con un brazo y arrimó su cabeza a la mía. "Buenos días Masha. ¿Te has bebido ya tu vaso de leche? ¡Al menos hay mucha leche a bordo!", dijo riéndose. Eso era lo que más me gustaba de Madame. No importaba lo mal que nos fuera, ella siempre le encontraba el lado positivo a las cosas.

Sonreí y admití haberme tomado una taza de café con leche en la galera de la cocina hacía unos minutos. "El café es muy bueno. Dicen que el papa católico sólo bebe café puertorriqueño", dije en broma, porque sabía lo apasionada que era con su fe ortodoxa. Apoyé los brazos sobre la barandilla de borda y observé la costa que se acercaba, una línea increíblemente verde flotando entre dos telas azules —el mar y el cielo— sin una nube a la vista. El sol era más fuerte que en La Habana; caía sobre las olas como bronce líquido, dorando nuestros brazos y nuestras caras. Me sentí estupendamente bien. "¡Qué sol tan maravilloso!", exclamé, abriendo mucho los brazos. "Bailaremos mejor que nunca, con este sol para inspirarnos". Me dio un beso ligero en la mejilla y yo la abracé tímidamente, sin decir palabra.

Ante las murallas de San Juan la luz se hizo aún más fuerte, refractada por los muros de piedra caliza de los baluartes. Madame inclinó la cara hacia los rayos de sol y cerró los ojos. ¿Estaría recordando la llovizna helada de San Petersburgo, la cúpula del Palacio del Almirantazgo que atraviesa el cielo color pizarra con su enorme aguja dorada? "Si pudiéramos absorber este sol y llevárnoslo con nosotros", la escuché susurrar. Y lo consideré un buen augurio.

Cuando atracamos en el puerto, Madame y Dandré desembarcaron juntos antes que nadie. Yo los observé apoyada sobre el barandal de cubierta, junto al cable de borda. Dandré llevaba en la mano el neceser de piel de cocodrilo de Madame, donde estaban sus joyas: su collar de diamantes, sus aretes y pulseras, y el huevo de Fabergé que le había regalado el Zar, con su diminuto pez adentro, obsequio que le hizo cuando se graduó de la

Escuela del Ballet Imperial. Madame llevaba a Poppy en los brazos, su Boston terrier blanco y negro. Custine, el maestro de ballet, y Smallens, el director de orquesta, venían detrás muy elegantes, cada uno con una jaula de pájaros en la mano. En Santiago de Cuba a Madame le habían regalado un par de ruiseñores gris plata antes de embarcarse, y ella por supuesto los trajo consigo. ("¡Mira, Masha! ¡Los ruiseñores de esta isla tienen bigote; pelitos negros en el pico!", me señaló alegremente cuando los vio.) Madame nunca viajaba sin sus mascotas, y se le hizo imposible dejarlos atrás.

Un magnífico Pierce-Arrow de cuatro puertas se encontraba estacionado en el muelle, con chófer uniformado al volante. Madame se sorprendió muchísimo; no esperaba que nadie viniese a recogerla. Se acercó al vehículo y el chófer descendió, abrió la puertecilla y le hizo una venia. Madame consultó con Dandré, quién hizo un gesto de aprobación y todos se montaron. El coche salió disparado por los adoquines de la calle Tanca.

El resto de la tropa —Liubovna Federovna, la madre de Madame y su dama de compañía; el electricista; la costurera; la peluquera con sus cajas redondas llenas de pelucas; el resto de los bailarines, y esta, que pinta y calza— ayudamos a cargar el equipaje, haciéndolo rodar calle arriba sobre rústicos carretones. Caminamos hasta el Hotel Malatrassi, un edificio estrecho de cinco pisos, que se encontraba en la Plaza de Armas, la más importante de la ciudad. Era un hostal de segunda, cerca de la alcaldía. A causa del fracaso en La Habana no podíamos quedarnos en un hotel de primera. Todo el mundo estaba furioso con Dandré. Pero aunque hubo muchas quejas y suspiros, a nadie se le ocurrió sugerir que nos regresáramos a Nueva York.

Madame tenía un grupo de admiradores que viajaban tras de ella a todas partes. Se denominaban a sí mismos *Los cisnes desma-*

yados. En Australia, dos jovencitas se subieron al tren en el que ella viajaba, y la siguieron por miles de kilómetros, admirándola a la distancia hasta que llegaron a Sydney. Allí se dieron la vuelta y se regresaron por donde mismo habían venido, sin atreverse a saludarla. Hubo una época en que sus seguidores, incluyéndome a mí, hubiésemos podido matar por un jirón de tela de su falda, por la cinta de una de sus zapatillas. Nos disputábamos cada recuerdo suyo con las uñas. Una vez que Madame bailó la escena de la locura en *Giselle,* por ejemplo, y se arrancó un mechón de pelos de la cabeza, las muchachas lo buscaron por el escenario durante horas una vez terminada la obra. *Los desmayados* la acechaban a la salida del teatro, y se le arrojaban encima en cuanto salía por la puerta. Madame se dio cuenta de que necesitaba protección y el señor Dandré se hizo imprescindible. La mentira blanca de su matrimonio se volvió una armadura efectiva; gracias a Dandré, nadie se atrevía a acercársele demasiado.

6

Yo nunca me atreví a hablar con Madame en público. Me daba vergüenza que la gente me comparara con ella, que notaran mi fealdad. Sin embargo, nunca me perdía sus recitales. Más tarde, cuando tuve la suerte de que Madame me permitiera formar parte de la compañía, me di cuenta que muchas de las jóvenes se sentían igual que yo. Pero me tomó tres años de compartir los sufrimientos de las bailarinas —de guardar ayuno para conservar la figura, de sufrir dolores atroces en los juanetes y en las piernas y, más importante que todo, de observar cada movimiento suyo durante las clases— antes de que me diera cuenta de que formábamos parte de una orden sagrada.

Madame era muy devota. Su vestidor estaba lleno de iconos de la Virgen María, de María Magdalena, de Santa Ana, con cirios encendidos parpadeando en vasitos rojos por todas partes.

Antes de cada función, besaba los iconos y les rogaba que la inspiraran. A nosotras nunca nos interesó hacernos famosas individualmente ni ganarnos una reputación. Nuestro deber era difundir el arte de Madame por el mundo.

Madame adoraba a los niños. A menudo las mamás le traían a sus hijas de doce años, y le rogaban: "Llévesela con usted, señora, es suya de ahora en adelante". Haciéndole una reverencia, le decían: "Queremos que sea como usted. Por favor haga lo que tenga que hacer para enseñarle sus secretos". Cuando alguien le traía una niña ya mayorcita, Madame se quedaba pensativa durante unos minutos, inspeccionando si tenía los tobillos demasiado frágiles o los pies poco flexibles. Colocaba su mano sobre la cabeza de la niña y, en la mayoría de los casos, le aconsejaba a la madre a que se la llevara de vuelta a casa. "Es muy difícil salir adelante en el ballet", murmuraba suavemente. "Se gana poco: las chicas mucho menos que los jóvenes. Y como tienen que bailar en punta, los dedos de los pies se les encaraman y a menudo tienen que operarlas, porque si no, se quedan cojas". "El ballet es una experiencia espiritual, pero es también muy doloroso", insistía Madame, cerrándose un poco más el chal alrededor de los hombros e inclinando la cabeza hacia un lado, como suelen hacer los cisnes. Pero las madres nunca le hacían caso, y las niñas —que observaban a Madame con ojos incandescentes— le hacían todavía menos.

La compañía estaba compuesta por doce bailarinas y seis bailarines. Madame les daba clases personalmente a las jóvenes, y los varones eran entrenados por Nóvikoff. Nóvikoff no sólo era maestro de ballet, era también *partner* de Madame en escena. Madame había tenido una larga lista de acompañantes en el escenario, pero estos duraban únicamente algunos meses, hasta que se enamoraban de Madame y Dandré los botaba sin miramientos. Nóvikoff, por suerte, nunca se enamoraría de Madame. Le gustaban más las nalgas que las tetas, y Madame no tenía mucho de ninguna de las dos. Era la dirección en que se efectuaba el ataque lo que importaba, le decía a Madame riendo, no el objetivo.

Aunque todas nuestras bailarinas tenían nombres rusos —Katia Borodina, Maya Ulánova, Egórova Sédova, Natasha Búlova— dos de ellas eran en realidad inglesas, y habían sido entrenadas por Madame en los últimos años. Les habían cambiado los nombres para dar la impresión de que la compañía era rusa, lo cual no era completamente cierto. Nadya Búlova, la sustituta de Madame, sin embargo, era rusa de pura cepa. Sólo bailaba cuando Madame se enfermaba, lo que sucedía pocas veces.

Los rusos somos gente sentimental; el afecto nos sale a raudales, sin ningún esfuerzo. Aunque luego descubrimos que los puertorriqueños también eran cariñosos, este fue uno de los aspectos que más echamos en falta de nuestra patria. Durante nuestras giras las chicas a veces se besaban y se abrazaban, pellizcándose las mejillas unas a las otras como si quisieran asegurarse de que de veras existían, tan solas se sentían.

Para ese tiempo todavía era muy difícil que las jóvenes de clase media llegaran a ser bailarinas de ballet, y muchas de las estudiantes de la Escuela Imperial procedían de las familias más pobres de San Petersburgo. Las madres como Liubovna no se preocupaban tanto por la reputación de sus hijas. Y desde el punto de vista de las jóvenes, era una oportunidad estupenda para hacerse camino en el mundo. ¡Liberarse de los lazos de familia! ¡Volar por toda Europa en busca de la aventura y el amor, como había hecho Madame! Ella siempre nos estaba instando a que apuráramos la copa de la vida hasta la última gota, sin dejar que nadie nos cortara las alas. Este era el sueño de cada chica que ansiaba llegar a ser una bailarina. Nuestra veneración por Madame era tácitamente parte de nuestra lucha por estar al timón de nuestras propias vidas.

Madame era el producto de la Escuela del Ballet Imperial, donde las bailarinas se sometían a una disciplina férrea. No en balde era la escuela gemela de la academia militar de los Cadetes del Zar. Su entrenamiento estaba basado en preceptos militares, y era comparable al de las tropas del ejército ruso cuando ejecutaban sus maniobras en el Campo de Marte. El zar Nicolás I, quién fundó la escuela del Maríinsky después de viejo, estaba sumamente orgulloso de este hecho. Nicolás dividía su tiempo equitativamente entre la soldadesca y sus bailarinas, y solía comparar la Escuela del Maríinsky a la caballería. Le encantaba sentarse entre las bambalinas al fondo del teatro y sentir temblar el piso de madera cuando las bailarinas salían corriendo por el escenario, porque le recordaban el batallón de caballería cuando cruzaba a toda marcha el campo de batalla.

Las discípulas de la Escuela del Ballet Imperial tenían que aprenderse de memoria la coreografía de Marius Petipá, el venerable jefe máximo del Teatro Maríinsky. Los ballets de Petipá eran muy conservadores. Sus partituras parecían jeroglíficos que solo lograban descifrar los bailarines del ballet clásico. El arte de Isadora Duncan, por el contrario, era el resultado de la improvisación, y por eso mi Señora siempre la consideró una amateur. Isadora no sólo bailaba semi-desnuda, sino también descalza. "Yo nunca sometería mis pies a esos instrumentos de tortura: las zapatillas de punta", le dijo una vez a un periodista. Y sin embargo nosotras, las seguidoras de Madame, sabíamos que era precisamente las zapatillas de punta, con su exiguo roce con el piso, lo que hacía posible la trascendencia espiritual.

7

⁂

Para cuando la última bailarina recogió su llave en la recepción del Malatrassi, el hotel estaba completamente lleno. Gracias a que el señor Dandré cablegrafió nuestras reservaciones por adelantado desde La Habana, podríamos dormir esa noche cómodamente en nuestras camas. Las muchachas estaban cuchicheando entre si y preguntando si alguien sabía quién era el dueño del magnífico Pierce-Arrow amarillo y negro que había ido a recoger a Madame al muelle. Pero nadie sabía de quién era.

Estábamos a punto de subir hasta nuestras habitaciones, arrastrando con dificultad los baúles escaleras arriba cuando llegó Molinari, el sub-agente de Bracale. Era alto y fornido, y tenía la nariz grande y perfilada; un corso que había llegado a la isla desde Italia huyéndole a un crimen misterioso, según nos enteramos luego. Molinari le informó a Dandré de los arreglos para nuestra estadía, y en ese momento llegaron al *lobby* dos agentes de la ley calzando botas hasta la rodilla y pistolas embaquetadas sobre la cadera. Nos pidieron que les mostráramos los pasaportes. Cuando terminaron de examinarlos, escoltaron sin miramientos a Dandré y a Madame hasta la estación de la policía. A mí me llevaron también, porque sabía algo de español —Vassili me había enseñado algunas palabras en Minsk— y podía servir de intérprete. Molinari también vino. La gente en la calle se nos quedaba mirando al pasar, especialmente a Madame. Su falda de encaje blanco llamaba mucho la atención por estar a la última moda, pero también por ser mucho más corta de lo que debía, a juzgar por las que llevaban puestas las señoras de San Juan.

El comisionado era un hombre grueso, con pelos negros en los dedos y las mejillas picadas de viruela. Estaba sentado ante su escritorio, y en cuanto entramos a la comisaría nos disparó una andanada de preguntas sin siquiera invitarnos a que nos sentáramos. ¿Cuándo habíamos llegado a la isla? ¿Sabíamos que Rusia había sufrido un golpe de estado y que los bolcheviques estaban ahora en el poder? Aparentemente nos encontrábamos en alta mar y no nos habíamos enterado. De todas formas, como éramos ciudadanos rusos, nuestros pasaportes habían caducado. La nación rusa ya no existía.

"¿Cómo que no existe? ¿Está bromeando? No tiene idea de lo grande que es nuestro país", declaró Madame, levantando la barbilla en un gesto despectivo.

"Es un hecho innegable, señora", terció un joven con gafas de sol y camisa de manga corta que se encontraba de pie junto al comisionado. "El Zar abdicó en Posk, y fue arrestado poco después. Ahora sólo hay bolcheviques en Rusia y están exterminando a los demás. Eso es lo que el comisionado quiere decir".

"Estas islas están llenas de espías por culpa de la condenada guerra y no queremos aquí más gentuza" dijo, limpiándose la boca con una servilleta luego de tragarse la borra de café frío que le quedaba al fondo de la taza. "¡Somos una isla pequeña, pero nuestro servicio secreto es de primera!", añadió el peludo hombrecito, levantando la voz y mirando a Madame fijamente.

Dandré trató de calmarlo. Le señaló que acabábamos de pasar por Nueva York antes de embarcarnos para Cuba, y que allí habíamos aparecido en el Metropolitan Opera House y en el City Center, donde la compañía había tenido un éxito enorme. El público más exclusivo había acudido a ver bailar a Madame. "¡Y a mí qué! Esto no es Nueva York y aquí tenemos nuestras propias leyes, que ustedes tendrán que cumplir", protestó el hombre, tamborileando impaciente con los dedos sobre su escritorio. "Sin pasaportes válidos sólo podrán quedarse en la isla tres días. Al cuarto serán deportados, y regresarán a Europa en el primer carguero que pase". "Madame no está metida en la política", le aseguró Dandré. "Y yo soy un ruso blanco, miembro de la Duma. Ambos no podríamos ser más conservadores".

"La Duma ya no existe", el comisionado recalcó en un tono helado, y empezó a escribir algo en su cuaderno, ignorando por completo a Dandré. Molinari, en lugar de ayudarnos, se había sentado en una silla y observaba la escena en silencio, el codo apoyado sobre el escritorio como si aquello no fuera con él. A Dandré casi le da un ataque de apoplejía. "¿Por qué cree que estamos aquí en lugar de en Europa? Porque estamos huyendo de la guerra, cada uno de los miembros de esta compañía. ¡Y usted nos va a mandar para allá otra vez!". Y, dando un suspiro, añadió compungido: "Esta compañía es mi responsabilidad. Sus miembros son inocentes y varias de las bailarinas ni siquiera son rusas, son ciudadanas inglesas. En cuanto a los pasaportes inválidos, yo me comprometo a regresar a Nueva York a la mayor brevedad posible, y visitar al cónsul británico, que es amigo personal mío. Solicitaremos pasaportes nuevos y nos los darán sin ningún problema". Se secó la calva con el pañuelo de hilo antes de volverse a poner el sombrero de hongo. Madame no pronunció una palabra, pero estaba más pálida que una muerta.

El joven de las gafas le susurró algo al comisionado al oído. Adiviné que era periodista, por lo que alcancé a oírle decir: "Tenga cuidado, señor comisionado. Madame ha sido invitada esta noche a una recepción en su honor en el palacio de La Fortaleza. Me han pedido que escriba un artículo sobre ella para *El Puerto Rico Ilustrado*".

El comisionado frunció el ceño y juró en voz baja. Nunca había oído hablar de la bailarina rusa, pero inclinó la cabeza con gesto desabrido. "De acuerdo. Ya que nuestra huésped es tan célebre, dispensaremos de nuestra restricción por unos días. Madame puede quedarse en la isla durante tres semanas, o hasta que su marido regrese con los pasaportes".

Salimos de la comisaría, y una vez en la calle, Madame miró consternada a Dandré. "¡El Zar y su familia encarcelados! El gobierno depuesto por un golpe de estado. ¡Es increíble!", exclamó, con los ojos desorbitados por el asombro. "¿Qué querrá decir todo eso?". Apoyó temblorosa la mano en el brazo de Dandré.

"Quiere decir", contestó Dandré, "que somos unos parias sin ciudadanía. Escombros de un naufragio, astillas a merced de las olas". Madame bajó la cabeza como si un enorme peso hubiese caído sobre sus hombros.

Caminamos por la calle completamente mareados, como si el

piso se ladera bajo nuestros pies. Morlinari venía detrás de nosotros, igual que un cuervo en un velorio. Nuestro espíritu estaba
en añicos, pero afortunadamente nuestra *troupe* seguía unida. Y
nuestra fe en la Santa Madre Rusia y en nuestro arte estaba
intacta.

8

Hicimos todo lo posible por mantener el ánimo en alto. Hablar sobre nuestra ciudad y sobre el pasado nos hacía sentir mejor; nos ayudaba a sobreponernos al miedo de que ahora ya no teníamos patria, de que separanos podía significaba perdernos en un mundo inhóspito. La compañía era nuestra familia y nos necesitábamos desesperadamente unos a otros. Hablar de Rusia, recordarla, era igual que afirmar su existencia. Por eso nunca me sentí tan cerca de Liubovna Federovna como me sentí entonces, a pesar de su carácter torvo y áspero. Casi hubiera podido quererla.

"Niura fue un bebé prematuro", me contó aquella tarde mientras me servía una taza de té del samovar que acababa de desempacar en su cuarto de hotel. (A menudo charlábamos sobre nuestras cosas y nos contábamos historias para entretenernos, y en Puerto Rico lo hacíamos aún más, para no volvernos locas.) "Si la hubieras visto cuando tenía siete meses te hubieras maravillado; parecía un conejo recién nacido. Vivíamos en la calle Kolomenskaya entonces, donde yo les lavaba la ropa sucia a varias familias de posición adinerada. Una de ellas era los Póliakoff, una familia judía. El padre de Lázar Póliakoff era un banquero de Névski Próspekt. Eran dueños de una de las casas de inversiones más grandes de San Petersburgo.

"Un día vi al hijo de la familia salir de su casa y me siguió hasta mi departamento en la calle Kolomenskaya. Llevaba puesto un magnífico abrigo de astracán, con un sombrero de la misma piel rizada y negra. Cerró la puerta de la casa tras de sí y le pidió a mi madre, que había venido desde Ligovo a pasar con nosotras el invierno, que saliera a buscarle una cajetilla de cigarrillos. En cuanto estuvimos solos, me empujó sobre una montaña de ropa sucia que yo estaba a punto de llevar a los lavaderos, y me violó. Regresó todas las semanas, y cuando nació mi pequeña Niura, Mamá sólo tenía que verlo llegar por la ventana y decía: 'Ahí está otra vez la oveja negra que viene a darte de topetazos. Ha vuelto por otra cajetilla de cigarrillos'".

Liubovna se levantó de donde estaba sentada y fue a encender un cirio frente a la Virgen de Vladímir. Se persignó, como pidiendo perdón por lo que acababa de decir. "No se preocupe, la Virgen entiende de lo que estamos hablando", le dije para consolarla. "Estoy segura de que no le importa". Me reí bajito. No la detuve ni la hice callar, aunque lo que me estaba contando era bastante chocante. Siempre me interesaba escuchar las historias sobre Madame, aunque ya casi me las sabía todas de memoria.

"Al año siguiente nació Niura, y un tiempo después el joven Lázar dejó de venir a verme. Supe de que los Póliakoff se habían enterado de la aventurilla de su hijo, y que lo habían enviado a la

Universidad de La Haya para evitarle tentaciones. Me pasaban una pequeña mensualidad para que vistiera y le diera de comer a la niña, y enviaban a un rabino a nuestra casa para que le enseñara las sagradas escrituras. Niura, como siempre le hemos dicho de cariño en nuestra familia, no tenía la menor idea de quién era su padre, pero sí sabía que era distinta. Un día, alguien envió un fotógrafo a nuestro apartamento y nos dijo que tenía que hacernos un retrato a las dos. Traía consigo la cámara y las ropas que estábamos supuestas a vestir para la ocasión: dos trajes de seda negra, con mangas muy ajustadas y cuellos de encaje cerrados. Me indicó que me sentara en una silla y a Niura que se quedara de pie un poco alejada de mí, como si no estuviésemos emparentadas. Niura hizo lo que le pidieron y se enfrentó a la cámara con esa expresión de superioridad en la cara que le conozco tan bien.

"Niura era de estatura mediana y tenía los huesos livianos. Sus piernas eran largas y los arcos de sus pies muy pronunciados. Tenía mucha afinidad con los pájaros; los movimientos rápidos y el paso ligerito. La rica seda de sus mangas hacía que los dedos de sus manos parecieran aún más largos y delicados. Yo vengo de raza de campesinos. Nací en la aldea de Ligovo, en la ribera del Volga, cuyas aguas son tan blancas como la leche, ya que es el río que alimenta a Rusia. Soy una mujer grande y mis manos son tan fuertes como las de un hombre. Siempre he trabajado para ganarme la vida y soy una persona honesta. Mis nudillos están rojos de tanto restregar la ropa de la gente de más alto rango, y no veo porqué deba esconderlas. Así que cuando el fotógrafo me pidió que por favor deslizara las manos discretamente entre los pliegues de la falda, las coloqué a plena vista sobre mis rodillas.

"Algunas veces, cuando veía a Niura, no podía creer que era mi hija. Yo no sabía leer ni escribir, pero gracias al rabino, Niura

aprendió a leer la Biblia, y también podía escribir estupendamente. Como estaba siempre cerca de mí y me veía rezar todos
los días, se hizo muy devota y aprendió a rezarles a los iconos,
arrodillándose entre los cirios y besando las sagradas imágenes.

"Unos días más tarde, el fotógrafo regresó al departamento y
me regaló una foto ampliada y montada sobre cartón. Me gustó
mucho y la coloqué sobre el velador de la sala. Me pregunté si el
fotógrafo le habría llevado una foto igual al padre de Niura, la
oveja negra que había dejado de venir a darme de topetazos,
como decía la pobre Mamá. Quizá quería tener un recuerdo de
su hija antes de cortar por completo, o posiblemente la foto era
una prueba conveniente de que la madre de su hija era rusa, y si
lo agarraban durante una cacería de judíos, le darían una oportunidad de escaparse con su vida. Lázar debió adivinar que yo
nunca renunciaría a Niura, porque nunca se ofreció a adoptarla.

"Desde que Niura era una niña le encantaba bailar; si estaba
nevando, imitaba el movimiento de los copos deslizándose por el
cristal de la ventana, y si estábamos en otoño, imitaba el vaivén
de las hojas que se agitaban en el viento. Una vez, en el parque,
vio una libélula, y al llegar a casa, imitó su vuelo con precisión
admirable. El rabino la vio hacer esto y algo debió decirles a los
Póliakoff, porque unos días más tarde me llegó un mensaje del
padre de Lázar. Los Póliakoff eran una familia culta, y tenían
influencia en los lugares apropiados. La nota me pedía que llevara a la pequeña Niura a la Escuela Imperial del Ballet, entre
Nevski Próspect y el río Fontanka: el distrito más exclusivo de
San Petersburgo. Podría ir a verla los domingos y no debería de
preocuparme, porque la cuidarían muy bien. La noticia me dejó
hecha pedazos, pero le recé a la Virgen de Vladímir, y así encontré el valor para llevar allí a la pequeña.

"Yo había pasado frente a la Escuela del Ballet muchas veces, cuando iba al culto religioso en la Catedral de Vladímir. Era un palacete del siglo dieciocho, con muchas ventanas y amplios salones de treinta pies de alto. Cuando llegamos y le pregunté a la señora vestida de negro que nos recibió cuánto costaba el internado, la señora me dijo que no me preocupara, que ya todo estaba pagado. Le entregó a Niura dos uniformes de cachemir color marrón, cuatro camisas de popelina, un par de zapatos de tacón bajo, un par de botines de cuero, libros y material de estudio. Me quedé pasmada pero no me atreví a preguntar nada, por miedo a que todo se evaporara como si fuera un sueño.

"Las discípulas de la Escuela del Ballet eran consideradas hijas adoptivas del Zar. Sus padres prácticamente renunciaban a sus derechos sobre ellas. Niura estuvo allí de interna por diez años. Se sintió muy a gusto. Pasaba gran parte del día haciendo ejercicios para fortalecerse el cuerpo, y también daba clases de armonía, composición y teoría musical. Podía leer una partitura de música y dirigir una orquesta. Todo esto me parecía maravilloso, pero mis antiguos temores no me habían abandonado. Todas las noches le rogaba a Dios que cuando Niura terminara sus estudios se le permitiese regresar a mi lado.

"La Escuela del Ballet dependía enteramente del subsidio del Zar. Los Romanov iban a menudo de visita la escuela, a observar el progreso de las pupilas y a hablar con ellas sobre arte, música y otros temas más personales, discretamente comentados. Niura estuvo cerca del Zar varias veces, durante los *matinées* que se daban para los padres de las estudiantes.

El seis de diciembre era el día del cumpleaños del Zar, y todos los años en esa fecha se hacía una gran celebración en su honor. El Maríinsky se llenaba de jovencitos: filas de palcos llenos de niñas y niños vestidos con los uniformes del Liceo, de la Academia Naval, de la Escuela del Ballet Imperial, de todas las instituciones más prestigiosas de San Petersburgo. Cada niño recibía una caja de chocolates con el retrato del Zar y de la Zarina sobre la tapa. Durante el intermedio, los oficiales más jóvenes servían té y refrescos en varios de los *foyers,* vestidos con sus uniformes de gala rojos, adornados con águilas en el cuello de la chaqueta. Se servía leche de almendras fresca, que tiene un perfume delicioso. En una ocasión llevaron a un grupo de estudiantes de la Escuela del Ballet a besarle la mano a Zar después de la función. Nicolás II se encontraba sentado junto a la zarina Alejandra, y seguramente habrían de asistir a un baile formal más tarde, porque ambos estaban espléndidamente vestidos. El Zar llevaba una banda azul cruzada al pecho y la Zarina lucía una diadema de brillantes sobre la cabeza. '¿Quién fue la niñita que bailó el pez en *Le Roi Candaule?*', preguntó el Zar. Niura dio un paso al frente y le hizo una graciosa reverencia. '¿Dónde escondiste el anillo mágico, cuando el pastor lo dejó caer al fondo del mar?' Niura tenía puesto el disfraz de pez, que era de papier maché dorado, y dentro de la boca llevaba una cajita donde guardaba el anillo. Bajó la cabeza para que el Zar pudiera verla y le explicó cómo funcionaba. El Zar se quedó encantado. Se sonrió. 'Nunca lo hubiese adivinado', dijo, y se sonrió con ella.

"Imagínate el asombro de Niura cuando al día siguiente se enteró de que el Zar había ido de cacería a la provincia de los Urales, donde había una hambruna terrible. Regresó diez días más tarde con ciento cincuenta venados, cincuenta y seis cabras salvajes, cincuenta jabalíes, diez zorros, veintisiete liebres: doscientos cuarenta y tres animales cazados en una semana. '¿Por qué los mató? No podrá nunca comerse todo eso él solo', me preguntó, los ojos llenos de lágrimas. Pobrecita, así de inocente era.

"El día de la graduación de Niura me sentí orgullosa de ella. Su abuela vino desde Ligovo para estar presente, y Niura se veía preciosa vestida con el traje de tul blanco con que bailó en *La Sylphide,* el ballet de graduación. Todos los alumnos de la escuela participaron, y el público estaba compuesto mayormente de padres, aunque la familia real tambien estaba presente. Podíamos verlos sentados en el palco real del Maríinsky, justo a la izquierda del escenario. En sus butacas doradas y tapizadas de terciopelo azul parecían una misma postal: el zar Nicolás con sus ojos débiles y acuosos; la Zarina con su boca alemana que nunca sonreía; y las cinco niñas, todas vestidas de muselina blanca. Era difícil verlos como opresores, como demonios disfrazados.

"Yo misma le había cosido a Niura la corona de rosas diminutas que llevó puesta ese día, y se veía contenta y despreocupada durante los ejercicios de graduación. Por eso me quedé tan sorprendida cuando, unos días después, llegó a nuestro apartamento cargando dos enormes maletas con todo lo que tenía. Había decidido mudarse a vivir conmigo, me dijo. 'En la escuela nos enseñaron que nuestro progreso en el mundo depende no sólo de nuestro arte, sino de la magnanimidad de nuestros mecenas. Estoy cansada de ser pobre, Mamá. Debí tenerlo en cuenta desde un principio'. Di un suspiro de resignación. Ahora tendríamos que vivir las dos de la mensualidad que nos enviaban los Póliakoff, que escasamente daba para una persona.

"Cuando Niura empezó a recibir ramos de flores de caballeros embigotados, que la devolvían a casa en carruajes espléndidos a altas horas de la noche, empecé a preocuparme. Una noche la esperé despierta y fui a su cuarto cuando la oí llegar. 'No tienes que hacer esto, Niura. No me importa volver a lavar y a planchar', le dije compungida. Niura me miró con sus ojos luminosos. 'Gracias Mamá', me contestó, 'Pero no hay porqué preocuparse. El ballet nos mantendrá cómodamente a las dos'.

Sus palabras me tranquilizaron, porque Niura jamás se equivocaba.

"Cada vez que Niura bailaba en el Maríinsky me venía a la mente la misma cosa. Yo siempre me sentaba en la galería, donde los asientos eran más baratos, y desde allí podía contemplar el público de gente elegante, sentado en los asientos de la platea. Vestían magníficas sedas y terciopelos, y sus joyas relucían en la semioscuridad. No en balde *Le mirroir* era el ballet preferido de San Petersburgo. Los aristócratas estaban convencidos de que se lo merecían todo y vivían fascinados por su propio reflejo. Mientras tanto, los campesinos seguían muriéndose de hambre, porque el gobierno les enviaba toda la comida a los soldados que estaban peleando en la guerra contra el Japón.

"Matilde Keshessinka era prima *ballerina* cuando Niura se graduó. Bailaron juntas en el Maríinsky varias veces, y siempre estaban compitiendo por el brillo de las candilejas. Matilde tenía muchos admiradores que hubiesen hecho cualquier cosa por ayudarla a progresar en su carrera. Como era mayor que Niura, tenía mucha más experiencia que ella. Nicolás II la había favorecido cuando todavía era el Zarevich, y le regaló una mansión en el Malecón Inglés, una localidad muy de moda entonces. A Matilde le encantaba bailar con sus joyas puestas. A veces llevaba puestos tres collares de diamante a la vez, lo que le daba un aire de *poodle* porque tenía el pelo lanudo y rizo, y lo llevaba muy corto. Nunca fue una gran bailarina. Era talentosa y su técnica tenía brillo, pero sólo bailaba en la superficie, para entretener. No bailaba nunca desde las profundidades, como lo hacía Niura.

"El zar Nicolás tenía muchas amigas artistas, y no todas eran bailarinas. Una de las más famosas fue una niña americana, una diva cuyo nombre no recuerdo ahora. Tenía diez años y creó un furor cuando debutó en el Palacio de Invierno, donde cantó el aria de Bellini *"Ah! Non giunge"*, de *La sonnambula*. Gorjeaba con un mismo ruiseñor cuando la sacaron al escenario sobre una plataforma de terciopelo rojo que tenía unas rueditas pequeñas. La ovación de aplausos fue tal, que el Zar y la Zarina la mandaron a buscar y la invitaron a subir al palco real al finalizar el concierto. Eso sucedió la misma noche que Niura bailó el pez, en *Le Roi Candaule*. Niura era muy joven, pero nunca olvidó aquella cantante vestida de muñeca que llevaba una levita de terciopelo rojo al estilo de los húsares, y que le arrojó una rosa al pasar camino del escenario. El Zar obsequió aquella noche a la *prima dona* con una diadema de brillantes, una copia más pequeña de la que la Zarina llevaba puesta.

9

"*P*or aquel tiempo Niura alquiló un apartamento amplio en Angliski Próspekt. Yo no
tenía idea de dónde venía el dinero, pero era mejor no hacer
demasiadas preguntas. Era un edificio nuevo, y nos mudamos
allí. Yo estaba encantada porque eso quería decir que no tendría
que separarme de mi hija. No me importaba trabajar para ella: le
servía de dama de compañía y además le cocinaba, lavaba y le
planchaba su ropa. Nadie sabía que yo era su madre, para que así
sus visitas no se sintieran incómodas.

"El apartamento era precioso; tenía habitaciones grandes con
techos altos, y estaba decorado con muebles estilo Imperio, tapizados en seda azul. La cama de Niura tenía un respaldar y una
piecera de pajilla adornados con guirnaldas de rosas, y su colcha
era exactamente del mismo azul que el Neva, que podía verse
desde su ventana. Niura situó su estudio en lo que había sido la

sala, con un espejo enorme a lo largo de una de las paredes, y la barra de hacer ejercicios del lado opuesto.

"El ingreso que Niura devengaba de sus amigos, sumado a la mensualidad de los Póliakoff, nos aseguró una existencia bastante holgada. Niura estaba ganando también más dinero, porque la gente quería verla bailar. La invitaban a menudo a dar representaciones en las tómbolas y en las galas de caridad. Su popularidad se debía en parte a los rumores de que venía de una familia humilde, lo que le atraía un amplio público entre la gente del pueblo. Las conexiones imperiales de Matilde Keshessinka, por otro lado, le hacían daño, aunque todavía sostenía el título de primera bailarina del Maríinsky. Poco a poco, Niura la estaba suplantando en el ojo del público.

"Niura nunca demostró interés en conocer a los Póliakoff, cosa que le agradecí, aunque yo sabía que estaba orgullosa de su sangre judía. Era algo que la mantenía aparte de la alta sociedad de San Petersburgo, que ambas despreciábamos. Aunque nadie sabía quién era el verdadero padre de Niura, los amigos de Keshessinka podrían dar con el secreto algún día con indagar un poco. Una vez comprobada su ascendencia, expulsarían fácilmente a Niura de la ciudad.

"La Escuela del Maríinsky no era una institución independiente; era imposible mantenerla al margen de los conflictos que estaban desgarrando a Rusia. Muchos de los bailarines también cursaban estudios en la universidad, y por lo tanto, estaban bien informados sobre los eventos políticos. Niura empezó a asistir a las reuniones de los bolcheviques y un día, al regresar al Maríinsky, se subió a un escritorio de la sala de estudios y empezó a criticar al ejército ruso por asesinar gente inocente y maltratar a los trabajadores como si fueran el enemigo. Ella era hija de la lavandera de la calle Kolomenskaya, dijo, y tenía todas las de ganar si triunfaba la Revolución. Más tarde le prestó nuestro pequeño apartamento a los estudiantes del Maríinsky que se habían ido a la huelga, para que celebraran allí sus reuniones. Poco después los Póliakoff cerraron inesperadamente su banco, y abandonaron el país. Niura y yo nos quedamos prácticamente en la calle.

"Un día a Niura le tocaba bailar el rol principal en *La fille mal gardée* —un ballet coquetón lleno de vida— en una gala que se celebraba en beneficio de la flota rusa. Al terminar la función recibió un bouquet de rosas en su camerino, con una tarjeta del 'Honorable Señor Víctor Dandré'. Cada rosa venía espetada en un alambre que la mantenía derecha, y al verlas, Niura dio un grito y se tapó los ojos con las manos. Me pidió que por favor las librara de aquella tortura y las pusiera en un florero con agua. Hice al punto lo que me indicó, y coloqué el jarrón sobre la consola del camerino.

"Víctor Dandré era un ruso afrancesado que había vivido en París durante algún tiempo. Era alto y tenía pecho de oso, con un florido bigote rojo que compensaba la calvicie de su cabeza. Tenía unas mejillas grandes y carnosas que le temblaban cuando se reía. Era famoso en San Petersburgo como inversionista y se había hecho de una situación holgada. Esa noche invitó a Niura a uno de los restaurantes más lujosos de la ciudad, de los que tenían cuartos privados al fondo. Luego de cenar fueron al apartamento de Dandré en la calle Italianski.

"Se acabaron los problemas económicos, Mamá: ya no tendremos que morirnos de hambre ni vender nuestro piso a causa de la huelga. Por fin he dado con el mecenas que la Escuela Imperial del Maríinsky siempre me aconsejó que buscara', dijo Niura. Yo empecé a llorar; entendí muy bien lo que aquello quería decir. Hice que se arrodillara frente al icono de la Virgen de Vladímir y que le pidiera perdón. Niura besó la esquina inferior de la imagen y bajó la cabeza. Yo sabía que la decisión le había costado un gran esfuerzo. Siempre había criticado a Keshessinska y a las demás bailarinas que se plegaban a las exigencias de los patrones del Maríinsky para seguir bailando.

"El señor Dandré no se mudó a vivir con nosotras; retuvo su apartamento de soltero en la calle Italianski. Niura nunca se sintió atraída por él, pero era un tipo fuerte y podía restrellar a cualquier admirador impertinente contra la pared. Por aquel entonces Dandré tenía un palco privado en el Maríinsky que compartía con un amigo aristócrata, y solía ir a ver bailar a Niura todas las noches. Se dio cuenta de que tenía un talento singular, y que si se quedaba en Rusia no lograría librarse 'de la mortaja de la Escuela Imperial del Ballet', donde sólo se ponían en escena ballets que ya estaban pasados de moda. En París o en Londres podría desarrollar su talento. Un día le sugirió que podría ayudarla a organizar una *tournée* por las ciudades del Báltico: Helsinki, Riga, Estocolmo. Podría bailar junto a un grupo selecto de bailarines, y él la acompañaría parte del camino. La gira fue un éxito rotundo, y al terminar, Dandré la convenció de que se comprara una casa en Londres: la famosa Ivy House de William Turner, en el barrio de Golders Green. Por eso Niura ya tenía un pie fuera del país cuando la Revolución Rusa estalló.

"Fue para esa época, el mes de junio de 1912, que ocurrió la debacle. A Dandré, que todavía vivía parte del año en San Petersburgo y era presidente de la Comisión de Inspectores del Ayuntamiento, se le acusó de uso ilegal de fondos municipales. Cogía prestado el dinero, lo invertía a su nombre y devengaba el interés a corto plazo, para luego devolvérselo a los bancos. Pero un día la maniobra tardó más tiempo de lo debido, y lo agarraron. Niura estaba en Londres; tenía dieciocho mil dólares ahorrados, las ganancias de su primera gira por Europa, y los telegrafió íntegros a Rusia para la fianza. Cuando me enteré del asunto me disgusté profundamente. Yo lo hubiese dejado que se pudriera en la cárcel. No pasó ni una semana antes de que Dandré se escabullera y viajara secretamente a Dinamarca, dónde Niura lo estaba esperando. Se lo trajo consigo a Londres, y ha estado viviendo a costa nuestra desde entonces.

"Algunos años después la compañía se embarcó para América. Nuestra primera gira nos llevó a través de los Estados Unidos en tren. Niura ganaba miles de dólares a la semana, pero al terminar no tenía dinero. El señor Dandré, luego de trazarnos un horario agotador, se desaparecía con los beneficios. Él insistía en que se lo gastaba todo en los boletos de viaje, en el costo de los hoteles y los salarios, pero aquello era imposible. Tenía que existir alguna cuenta en alguna parte, donde iban a parar esos dineros.

"Nos quedamos en Nueva York una temporada, y Dandré logró que Niura apareciera allí en toda clase de anuncios: los de la campaña de la crema invisible Ponds fueron los más efectivos. En ellos, Niura aparecía vestida de cisne, bailando entre los copos de nieve o de crema, no se sabía bien cuáles, hasta que desaparecía en la distancia. Dandré mismo escribió el estribillo del anuncio que decía: *'Ni viento invernal / ni neblina helada / podrán borrar la cara / eternamente tersa de Ponds'*. Poco después de que saliera este anuncio nos embarcamos hacia Cuba, y así comenzó la odisea de nuestro viaje.

"El señor Dandré tenía ya más de cuarenta años cuando Niura lo conoció. Era un hombre de negocios corrupto, de los que había muchos en la Rusia de los Zares. Pero era cariñoso con Niura. La vestía siempre con ropa de diseñadores franceses, porque insistía en que ir bien vestida por la calle era buena publicidad para su arte. En su opinión, el sueño de toda niña bien era llegar a ser una bailarina de ballet, y por lo tanto Niura debía ir vestida siempre como el sueño de una niña bien.

"El mundo del ballet estaba lleno de personajes excéntricos. Uno de los más extraños que conocimos fue Sergei Diáguilev, el creador de los *Ballets Russes*. Tenía una cresta de pelo blanco que le brotaba de la frente y le daba un aire diabólico, pero conocía el talento verdadero cuando lo veía. Le encantaba pasearse desafiante por los Champs-Elysées del brazo de algún amigo, con un clavel rojo en la solapa y el lente de su monóculo refractando los rayos del sol en todas las direcciones para llamar la atención. Años antes lo había hecho con un escritor irlandés muy famoso que se mudó a vivir a París después de pasar un tiempo en la cárcel de Londres —se llamaba Wilde o Wile, ahora no recuerdo bien su nombre— y el retrato de ambos salió publicado en todos los periódicos.

"Diáguilev y Vaslav Nijinski, el *dieu de la danse*, eran amantes y vivían juntos abiertamente. Dicen que Diáguilev vivía obsesionado por los gérmenes, y que siempre besaba a sus amigos a través de un pañuelo de seda blanca. Cuando Nijinski bailó *L'aprés-midi d'un faune*, llevaba puesto un leotardo tan apretado que parecía una piel de fauno con manchas marrones. Las manchas ondeaban sobre su cuerpo como si estuvieran vivas, y hacían que el acto sexual que dramatizaba sobre el escenario pareciera aún más convincente. Bailaba con una estola de seda que supuestamente le pertenecía a una ninfa, pero que podía muy bien haber sido la bufanda de Diáguilev. La coreografía del ballet, que se hizo con música de Stravinski, era muy hermosa, pero tan *avant garde* que hasta el sofisticado público de París la encontró chocante, y se formó un escándalo monumental.

"Diáguilev era un depravado y Nijinski, que era inocente como un niño, no supo juzgar la maldad de su empresario. Quería tener una vida normal y se casó con Rómola de Pulski durante la gira que hicieron a la Argentina en el 1913. Rómola era hija de la actriz más famosa de Hungría, una joven rica y hermosa. Pero la ambición la cegó, y se casó con Nijinski porque estaba convencida de que, junto al *dieu de la danse,* podría llegar a ser una gran bailarina. Aquello fue una tragedia. Siendo rusa, de seguro entiendes lo que significa estar casado con un húngaro: son como los vampiros, nunca le sueltan a uno; te chupan la sangre hasta lo último. Nijinski todavía estaba enamorado de Diáguilev, pero no era capaz de reconocerlo. Lo que era peor, dependía de los *Ballets Russes* para seguir bailando, pero Diáguilev nunca lo perdonó por lo de Rómola y lo echó de la compañía. Nijinski acabó loco, y lo internaron en el sanatorio de Bellevue, en Suiza.

"Pero todo esto fue mucho después. Cuando viajamos a Francia en el 1910, Niura se unió a los Ballets Russes de Montecarlo. Bailó con Nijinski durante una temporada, pero no se quedó en la compañía de Diáguilev. Salió disparada de allí y regresó al Maríinsky. Niura siempre ha sido orgullosa y nunca ha aceptado ser plato de segunda mesa, y Diáguiliev le daba más importancia a los bailarines que a las bailarinas. Vaslav, por el contrario, era un muchacho de familia humilde, y fue presa fácil de Diáguilev. Sergei era hijo de un coronel de caballería y hechizó a Nijinski; lo convenció de que rompiera su contrato con el Maríinsky y se uniera a los *Ballets Russes* a tiempo completo. Nijinski duró poco como estrella principal. Fue un ejemplo perfecto de lo que le pasa a un bailarín cuando deja que el corazón se le enrede con los pies cuando está bailando.

"Cuando nos mudamos a Londres, mi hija decidió formar su propia compañía de ballet con la ayuda de Dandré. Fue una alianza arriesgada desde el principio; la oveja compartiendo el lecho con el lobo, como quién dice. Pero gracias a ella, hemos sobrevivido".

Escuché la historia que contaba Liubovna al borde de la silla. No era la primera vez que la oía, pero siempre me pasaba lo mismo: me quedaba como en un trance, queriendo saber más. Se me había enfriado el té, y la taza estaba sin tocar sobre la mesa. Una tormenta de emociones se agitaba dentro de mi pecho. El servilismo de Liubovna me caía mal, pero despreciaba aún más a Dandré, porque le había roto el corazón a Madame.

10

Algo más tarde toqué a la puerta de Madame y entré a su cuarto. Al verme me abrazó y empezó a llorar. Dandré tenía puesta su bata de seda color vino y estaba sentado en la cama; siguió fumando su puro con una expresión impasible en la cara. Al día siguiente se marchaba a Nueva York, dijo, y conseguiría pasaportes británicos para todos los miembros de la *troupe*.

Le susurré a Madame que tenía que controlarse, porque si las chicas la veían llorando, la compañía entera se desmoronaría. "Esto no es más que una crisis pasajera. La Virgen de Vladímir nos protegerá", le dije, intentando darle ánimo. Pero tuve una premonición: temí que nos quedáramos atrapados en la isla.

Esa tarde salimos a dar un paseo por la ciudad. Molinari nos acompañó. Hablaba francés, español e inglés, y además de suba-gente de Bracale, trabajaba para el gobierno como traductor. Su versatilidad me pareció sospechosa. Vestía un traje de lana negra y sus ojos amarillos rondaban por todas partes como los de un buitre, buscando en qué cebarse. Si Madame se quedaba un poco rezagada, o si yo me paraba a hablar con la gente en la calle, inmediatamente estaba junto a nosotras, ordenándonos que continuáramos la marcha. Cerca del puerto había mucha actividad, la multitud se aglomeraba en las aceras cantando el himno nacional norteamericano y agitando banderitas. Una banda militar tocaba en la esquina de la calle Comercio, que bajaba hacia los muelles. era una música alegre e informal, y dejamos que nos inundara los oídos para olvidar la pesadilla que estábamos viviendo. La bandera norteamericana ondeaba frente a la escuela pública Salvador Brau; encima del correo; a la entrada del edificio de la aduana; y hasta de las ventanas del Teatro Tapia y del Casino. Nos preguntamos cuál sería la razón para aquel despliegue enloquecido de patriotismo.

Una fila de soldados recién reclutados marchaba en dirección al malecón, con mochilas a la espalda y cargando Winchesters relucientes sobre los hombros. Al frente de la columna una banda tocaba una marcha de John Philip Sousa, el compositor norteamericano. Reconocí aquella composición al instante. Habíamos bailado al compás de ella en el Hipódromo de Nueva York, donde el propio Sousa comenzó a dirigir la banda, y siguió tocando con tanto ahínco que se olvidó por completo de nosotros y casi nos desmayamos a causa del agotamiento. De vez en cuando, sin embargo, a los reclutas puertorriqueños se les zafaba un pasito rápido parecido al del paso doble, ese baile español muy brioso, acompañado de castañuelas y panderetas. Empezaban a dar saltitos para recobrar el ritmo, y al hacerlo se les movían los traseros como si estuviesen bailando. Madame se echó a reír a carcajadas.

"¿Para dónde van?" preguntó.

"Son las compañías 'A' y 'B' del batallón de Puerto Rico", le contestó Molinari. "Salen esta noche rumbo a Colón y al Canal de Panamá, para defenderlo de un posible ataque de los submarinos alemanes". Y señaló al Buford, el barco de guerra anclado en puerto.

"¿Y porqué van a defender el Canal? No es parte de este país, ¿no es cierto?", preguntó.

Molinari levantó las cejas. "Ahora sí lo es, Madame", dijo limpiándose el sudor de la frente con un pañuelo. "Nos hicieron ciudadanos americanos hace poco y tenemos que defender nuestra ciudadanía con la vida". Madame lo fulminó con la mirada. "Eso es imposible. ¿Cómo puede uno convertirse en ciudadano de un país que no es el suyo?", preguntó.

"Eso es precisamente lo que usted estará haciendo dentro de poco, Madame", contestó Molinari en un tono irónico. "Usted señala la paja en el ojo ajeno, y no ve la viga en el propio". Madame dio una patadita en el piso, como hacía siempre que se sentía frustraba. Molinari tenía razón. Pronto se haría ciudadana británica, le gustase o no.

Madame salió corriendo para alcanzar el último soldado, que llevaba una oveja recién nacida en los brazos. "¿Adónde llevan a esa pobre? No me diga que también va para la guerra".

"Por supuesto. Es la mascota del batallón. El cordero de San Juan es nuestro símbolo nacional". Madame se rió y batió palmas. "Me gusta este país, Masha. ¿Cómo resistirse a un pueblo que tiene una oveja como símbolo nacional?".

Mientras cruzábamos la ciudad, nos fijamos más de cerca en lo que nos rodeaba. Las mujeres de posición social vestían más o menos igual que en Rusia durante el verano: llevaban trajes de muselina de algodón blanco, con elegantes sombreros y sombrillas. Los hombres vestían trajes de hilo y sombreros de Panamá. La gente era simpática; lo miraban a uno a los ojos cuando saludaban, en lugar de desviar la mirada como sucedía en San Petersburgo y en Nueva York.

La calle Fortaleza estaba llena de tiendas: ferreterías, negocios de textiles, zapatos, ropa de cama, ropa de niños, todo se exhibía de manera caótica y poco sofisticada en los escaparates, como sucede en los pueblos pequeños. La tienda que más nos gustó fue la Casa de las Medias y los Botones, que parecía salida de las *Mil y una noches*. Madame y yo nos paramos frente a la ventana a mirar. Se vendían ristras de lentejuelas, canutillos, mostacillas de todos los tipos y colores. Exhibidos en unas cajitas de madera con tapa de cristal que llegaban hasta el techo había botones de marfil y madreperla, de diamantes de cristal, de oro del que cagó el moro y de plata de la que cagó la gata. También se vendían cintas en carrete y plumas de todas clases: avestruz, *marabout*, faisán. Los encajes, damascos y brocados recién llegados de Europa se exhibían llamativamente sobre los escaparates. La tienda parecía un hormiguero, todo el mundo pidiendo que le vendieran esto o aquello. A Madame y a mí nos asombró aquel batiburrillo de gentes. "A los sanjuaneros les debe encantar la ropa bonita", dijo Madame. "Tendremos que regresar aquí, a hacernos disfraces nuevos".

La calle Fortaleza era estrecha, y tenía una capilla dedicada a San Judas Tadeo, uno de mis santos preferidos porque es el intercesor de las almas extraviadas, y la mía se perdió hace tiempo. Su estatua estaba en un nicho y a Madame y a mí nos gustaba rezarle. Era una capilla bonita, con pisos de mármol blanco y negro. Nos atraían las iglesias católicas porque se parecian a las ortodoxas: eran oscuras y misteriosas, y allí se podia meditar sobre los enigmas de la vida. En las iglesias protestantes, como las de Nueva York, todo estaba pelado y no se veía ni un solo santo. Madame y yo nos aburríamos tanto que enseguida empezábamos a bostezar.

A los puertorriqueños les encantan los santos, y sienten una predilección especial por ellos. En las casas del Viejo San Juan, a las que nos asomábamos al pasar, había pequeños altares con unos santos muy viejos tallados en madera, a los que les ponían flores y velitas encendidas en las manos.

Muchos de los edificios de la ciudad se veían dilapidados. Los muros de las casas estaban desconchados, mudando el carapacho de los estucados como cangrejos. La ciudad completa olía a orín y a musgo, a una humedad que subía por las grietas de los adoquines. Y sin embargo, me gustaba. En San Petersburgo también todo era viejo. En una ciudad nueva yo me siento incómoda. Los árboles, las aceras, las casas no resuenan con los ecos del pasado. La gente que vive en una ciudad vieja se acostumbra a oír las voces de los que la habitaron antes. Y San Juan era así.

Las calles estaban atestadas de coches, a causa de los festejos militares. Se veían Studebaker, Peerless Eight, Franklin, Willis Overland. La gente había acudido de toda la isla a ver el desfile, y todavía seguían llegando. El magnífico Pierce-Arrow amarillo y negro que había recogido a Madame en el muelle, sin embargo, no se veía por ninguna parte. Teníamos la esperanza de poder averiguar quién era el dueño. Bajábamos por la calle San Justo cuando nos topamos con un grupo de niños vestidos en harapos jugando a la peregrina. Habían dibujado la rayuela en la acera con tiza, y brincaban dando gritos de una casilla a otra en una sola pierna. Cuando vieron a Madame dejaron de jugar, corrieron hacia ella como una parva de gorriones y empezaron a pedirle dinero. Madame les dio todo el cambio que tenía en el bolso. Quería llevárselos al hotel para darles de comer, pero Dandré no se lo permitió.

Estábamos casi de regreso en el Malatrassi cuando pasamos frente a un edificio de columnas dóricas y muchas ventanas que decía sobre la entrada "Escuela Salvador Brau". Madame y yo nos subimos a un banco cercano para ver mejor. Por las ventanas abiertas podíamos escuchar a los niños jurando lealtad a la bandera norteamericana y cantando el *Star Spangled Banner*. Lo reconocimos inmediatamente, porque la orquesta de Sousa lo había tocado en el Hipódromo de Nueva York en otro concierto maratónico durante el cual habíamos tenido que bailar con la mano sobre el corazón como si estuviéramos marchando. Luego empezaron a recitar las tablas de multiplicación en voz alta. Nos sorprendió que lo hicieran en inglés. ¿Cómo era posible que a los niños les enseñaran en inglés cuando hablaban español? Aquello era un misterio.

Un caballero muy elegante entró a uno de los salones de clase en muletas, y se detuvo frente a la pizarra. Había algo extraordinario en su presencia, sus ojos ardían en su pálido rostro con una intensidad misteriosa. Tenía una sola pierna; la otra se la habían amputado. Llevaba el muñón enfundado en el pantalón de hilo inmaculadamente planchado, con la pernera vacía doblada hacia arriba y prendida del muslo en forma de sobre. Hablaba con un grupo de estudiantes que lo atendía con reverencia. De pronto alzó la voz y la escuela entera, la calle, hasta los pájaros en los árboles hicieron silencio para escucharlo. O por lo menos, así nos pareció.

Estaba recitando un poema, pero yo casi no entendí nada porque el lenguaje de la poesía es siempre difícil. Madame, por supuesto, no entendió ni palabra porque no hablaba español, pero a ambas nos conmovió profundamente.

Una camioneta de la policía se detuvo frente a la escuela y el chillido de las sirenas nos hizo taparnos los oídos. Oficiales con macanas en alto subieron corriendo por las escaleras e irrumpieron dentro del salón. Levantaron en vilo al poeta, sujetándolo por los brazos, y se lo llevaron a la fuerza. Madame corrió hacia la entrada dispuesta a intervenir, pero Dandré corrió tras ella y la detuvo. A nuestras espaldas Molinari gritó: "¡Es Manuel Aljama, recitándole basura otra vez a nuestros niños! ¡El director de la escuela es demasiado indulgente! ¡A los traidores se les fusila!". Dandré nos empujó a todos lejos de allí. "Parece que San Juan no es tan tranquilo como creíamos", le escuché mascullar mientras nos escoltaba de regreso al hotel.

11

os habían invitado a todos a La Fortaleza, la residencia del gobernador, donde conoceríamos a algunos admiradores de Madame. Ella se había comprometido a bailar *La muerte de cisne* en una función privada en los jardines del palacio. La Fortaleza estaba cerca del Malatrassi, y a las siete y pico de la noche nos dirigimos hacia allá, vestidos con ropa formal y caminando en fila india, porque las aceras eran muy angostas. Madame iba de traje largo muy escotado junto a Dandré vestido de etiqueta. Molinari iba delante, y cogió a la derecha en la General O'Donnell, que antes se llamaba calle San José. Luego viró a la derecha en la calle General Allen, que antes se llamaba calle Fortaleza. Mientras caminábamos leía burlándose, los nombres militares en voz alta, lo que nos resultaba bastante antipático. Preferíamos los nombres de santos: calle San Francisco, San Sebastián, San José, que estaban también en nues-

raje largo, cubiertas de joyas. Todo el mundo hablaba con un acento pronunciado. Nadie hablaba español por- Gobernador y su hija no lo hablaban. Vimos al comisio- de la Policía, quién debería estar presente en todas las ones oficiales de la mansión, observando a la concurrencia e uno de los parapetos.

Madame llevaba puesto su traje de *chiffon* drapeado, un *dame de grés* provocativo, cuyo escote terminaba en punta más ajo de la cintura. El Gobernador dio unos golpecitos contra su pa de champán (la ley seca no se aplicaba en La Fortaleza) y idió silencio. "Tengo el gusto de presentarles a una de las artis- as más extraordinarias de Rusia", dijo. "Madame es una de las maravillas del mundo del arte". Levantó su copa en dirección a Madame y se la llevó a los labios. Todo el mundo lo imitó, y el cristal resonó por toda la sala.

Dandré se acercó al Gobernador y le estrechó la mano. "Brin- demos por los rusos y los americanos. ¡Ojalá siempre seamos amigos!" dijo. Madame se unió a su expresión de simpatía. Se hizo un silencio álgido, pero al Gobernador no le quedó otro remedio que devolver el brindis. Luego se acercó a Madame y le dijo en confianza: "Ojalá fuera así, pero no creo que sea posible. Nuestros gobiernos no se quieren". Y le explicó que el nuevo gobierno soviético acababa de formar una alianza con Alemania al firmarse la Paz de Brest-Litvosk, y ahora los americanos y los rusos eran enemigos. En alta mar no nos habíamos enterado de aquello tampoco. Dandré empezó a protestar que no era posible, y a excusarse servilmente. Como siempre estaba haciendo un papelón, y Madame guardó silencio.

Quince minutos después Nóvikoff se abrió camino entre el tropel de gente hasta llegar junto a Madame, y la invitó a bailar un fox-trot. Era de estatura baja pero tenía un físico espléndido y

tro santoral ortodoxo. Para Molinari los nombres militares eran más apropiados, porque "eran el resultado de la historia": la invasión norteamericana. En el fondo despreciaba todo lo puer- torriqueño, porque lo consideraba un pueblo conquistado.

Pasamos junto a una pequeña capilla construida sobre las anti- guas murallas. "Aquí supuestamente tuvo lugar un milagro hace muchos años", dijo Molinari. "Las carreras de caballos son una parte importante de las celebraciones durante el carnaval de San Juan; en ellas participan docenas de jinetes. Un día, uno de los caballos se desbocó por la calle del Cristo, y el jinete se desba- rrancó, cayendo del otro lado de las murallas. Dicen que la Vir- gen de la Providencia lo salvó". Molinari siguió con su tonito de burla: "no es más que un embuste, por supuesto, pero a los turis- tas les encanta".

Madame no le hizo caso. "¡Mira Masha! ¡Un lugar mila- groso!", dijo, arrodillándose frente al pequeño altar de la capilla. Nos asomamos por las murallas, reviviendo el momento aterra- dor en que el pobre jinete había salido volando de cabeza por el aire. Madame se persignó devotamente.

Cuando llegamos a la residencia del Gobernador ya había muchos invitados esperándonos y un número casi igual de guar- dias de seguridad. Los jardines estaban situados sobre las antiguas murallas, y desde ellos se divisaba la entrada a la bahía. Los guar- dias se mantenían arrimados a los contrafuertes, la mirada cla- vada sobre las cabezas del gentío y las manoplas ocultas dentro de los bolsillos. Nos dio curiosidad ver tantos, y temimos que el Gobernador sospechara de nosotros porque éramos rusos. Los asesinatos políticos eran comunes en nuestro país y Madame, según los informes secretos, era una simpatizante de los bolche- viques.

El gobernador Arthur Yager era un hombre alto y usaba bigote de brocha gorda. Nos recibió en el Salón Azul, debajo de un retrato de la reina Isabel II de España, regordeta como un budín envuelto en sedas azules. Junto al Gobernador estaba su hija, Diana. Como la señora Yager estaba enferma, Diana hacía de anfitriona en las celebraciones formales de la mansión. Había sido ella quien, al enterarse de que Madame se encontraba en la isla, había insistido en que su padre celebrara un agasajo en su honor.

Molinari nos informó de que el gobernador Yager era graduado de la Universidad de Georgetown y que era un buen amigo del presidente Wilson. Tenía aspecto de serlo, pues vestía democráticamente. Todos los hacendados invitados a la recepción estaban de etiqueta, pero el Gobernador vestía traje *sport* de hilo blanco, y unos zapatos de gamuza que eran su sello personal. Era evidentemente un hombre culto y La Fortaleza estaba decorada con buen gusto: pinturas de la época colonial colgaban de las paredes, y había antigüedades por todas partes: sillas y consolas de caoba oscura sostenían en alto candelabros encendidos que relucían como sirvientes a los que se les había sacado brillo. Yager había oído hablar de los *Ballets Russes* de Madame en Nueva York, y estaba encantado de conocer a los bailarines. Cuando entramos al Salón Azul, donde tenían lugar los recibimientos, le hizo una venia a Madame y le besó la mano.

"El Gobernador es de Kentucky", le explicó Molinari a Madame mientras caminábamos hacia el Salón de los Espejos. "Como está familiarizado con los Montes Apalaches, una región muy pobre en el sur de los Estados Unidos, entiende los problemas de esta isla hundida en la pobreza. Por eso mismo el presidente Wilson lo nombró a su puesto". Me pareció percibir un tonillo sarcástico en los comentarios de Molinari, pero no estaba

segura. Molinari era un enigma: no sa[...] Era subagente de Bracale, pero sospech[...] miembro de la policía secreta. Un día se[...] ductor para el gobierno norteamericano,[...] que "odiaba a los gringos". Por su culpa ha[...] dólares en su hacienda de café cuando los Es[...] ron a Puerto Rico fuera de la muralla arancel[...] exportar su café hacia Europa como solía hacer,[...] café se estaban pudriendo en la espesura de los[...] gotas de sangre.

Al ser oriundo de Kentucky, Yager era cons[...] importancia del negocio del licor. El ron sostenía a f[...] nomía de la isla, que estaba a punto de irse a pique.[...] denodadamente a la ley seca, pero el Congreso de los[...] Unidos insistió en que se celebrara un plebiscito en la [...] menos que los puertorriqueños podían hacer a cambio de l[...] dadanía norteamericana era votar a favor del prohibicionis[...] "Y el Congreso tenía razón", fanfarroneó Molinari. "Los pu[...] torriqueños son gente sin civilizar. Es mejor que no beban ro[...] porque el licor los hace más difíciles de gobernar".

Madame se molestó con Molinari al escuchar esto. "Los rusos beben vodka desde la cuna, y aunque nos obliguen a tirarlo al Neva, no vamos a dejar de hacerlo", dijo frunciendo el ceño. "El bárbaro es usted, al hablar así del pueblo que le ha dado techo y comida". Pero Molinari se había echado a reír y se había encogido de hombros.

Madame y yo, con las cuatro bailarinas principales, nos abrimos paso entre los invitados como una falange entrando al campo de batalla. Podíamos sentir el peligro palpitando a nuestro alrededor. El calor era atosigante, pero todos los hombres, a excepción del Gobernador, iban vestidos de etiqueta y las muje-

ágil, la combinación perfecta para ser partner de Madame. Estábamos acostumbrados a sus rarezas y extravagancias: hablaba con acento afrancesado, y rizaba el dedo meñique en señal de superioridad cada vez que bebía algo, pero en realidad andaba siempre echando ojo para ligarse a algún efebo. Madame podía bailar con él todo lo que quisiera y Dandré nunca se pondría celoso.

En ese momento divisé la silueta fúnebre de Dandré enfundado en su frac negro al fondo del salón. Cómo medía seis pies y cuatro pulgadas, dominaba las salas con su presencia y era fácil localizarlo a distancia. Estaba hablando animadamente con Molinari, Dios sabría de qué. Nóvikoff tomó a Madame por el brazo y la dirigió hacia el salón contiguo, donde un trío de violines amenizaba tocando danzas de Morel Campos y había muchas parejas bailando. Le encantaba aquella música, que la gente bailaba meciéndose abrazada entre almíbares perfumados. La juventud se apiñaba cerca de la pista y jovencitas bellamente vestidas examinaban sus carnets para ver a quién le tocaba el próximo baile.

Nóvikoff giró a Madame alrededor del salón, adornado con espejos del siglo XVIII dorados al fuego y consolas de tope de mármol. Yo los seguí lo más discretamente posible, ocultándome entre los jarrones de Sèvres balanceados sobre altas columnas. Nóvikoff le tenía el ojo puesto a un joven de rizos color canela, que lo seguía desde el bar con ojos de cervatillo enamorado. Madame también se había fijado en alguien. El poeta cojo que nos había llamado la atención aquella tarde en la escuela estaba de pie junto a una palmera frondosa sembrada en un tiesto al final de la pista de baile. Madame le ordenó a Nóvikoff que bailaran en aquella dirección. Una vez cerca del hombre, Madame dejó de bailar y le pidió a Nóvikoff que le buscara otra copa de champán. Nóvikoff se alejó hacia el bar luego de hacerle un guiño a Madame, y yo me acerqué a ella disimuladamente.

El caballero era muy delgado, y el cuello le nadaba dentro de la camisa impecablemente planchada y almidonada. Tenía un aspecto alerta y a la vez patético. Era tan frágil que sus orejas la sobresalían a ambos de la cabeza como alas de murciélago casi transparentes. Las manos le temblaban al sostener la copa, pero en sus ojos ardía el mismo fuego que le habíamos notado antes.

"¿Era usted el que estaba recitando un poema hoy en la escuela Salvador Brau?", le preguntó Madame cuando la música dejó de tocar. "Masha y yo lo escuchamos desde la calle; aunque no entiendo palabra de español, me pareció muy hermoso. ¿Se acuerda del título?". Madame había hablado en francés, porque estaba segura que el caballero la entendería, y así fue. "Se llama *Último réquiem* y es un poema sobre la muerte y la resurrección de la patria", le contestó el hombre. "El director de la escuela me invitó a dar una charla, y no se imaginó lo que podría suceder. La poesía nacionalista está prohibida, y cuando la policía acudió ya era demasiado tarde; no pudieron callarme y lo recité completo. Aunque la próxima vez será más difícil. Si es que hay una próxima vez. Al menos, me queda el consuelo de que Estrella, mi hija, lo leerá en voz alta el día de mi entierro". Tenía los ojos color ámbar y miraba a Madame con curiosidad, como se mira una cosa bella que por casualidad se ha detenido a nuestro lado. Sonrió bajo el bigote frondoso.

"¿Por qué escribe sobre la muerte?", le preguntó Madame quedamente. "Hay que escribir sobre la vida".

"Porque es imposible seguir viviendo cuando uno no es libre", le contestó con vehemencia el hombre.

Madame sintió un escalofrío, y se abrigó más estrechamente con su chal.

12

El tumulto de gente aglomerada en el Salón de los Espejos nos empezó a dar claustrofobia. Estábamos a punto de salir a coger aire a una de las galerías de persianas adornadas de cristales de colores cuando Madame se tropezó con un joven que, como el Gobernador, no iba vestido de etiqueta. Vestía una chaqueta de hilo blanco y llevaba una cinta de luto cosida a una de las mangas. Tenía los ojos tan negros que semejaban carbones, y escrutaba a uno detrás de sus anteojos de metal redondos. Era muy bien parecido, y lo sabía.

"¿Usted es la famosa bailarina rusa?", le preguntó a Madame ansiosamente, haciéndose a un lado para darle paso. "La he estado buscando toda la noche. Yo soy el que envió el Pierce-Arrow a recogerla al muelle esta mañana. Quería recibirla en grande, como usted se merece".

Madame se sintió agradablemente sorprendida, y salieron

juntos a la galería que daba a un patio interior. Yo me quedé rezagada a propósito pero no me aparté demasiado, para enterarme de lo que estaba sucediendo.

Estuvieron en silencio unos momentos en la oscuridad, disfrutando del fresco y mirando el jardín. En el centro del patio había una fuente morisca, y un surtidor desperdigaba agua sobre una pileta; el eco de su murmullo se escuchaba muy lejos, como si viniera de otros país. Madame no tuvo que darle cuerda; el joven era de los que se creen importantes, y empezó a hablar inmediatamente.

"Me llamo Diamantino Márquez, mucho gusto", dijo. "Soy periodista y poeta".

Pensé que el nombre le iba bien. Tenía la ropa estrujada y los zapatos sucios, pero los botones de pasador de su camisa llevaban diamantes incrustados, lo cual no lo identificaba exactamente con la clase obrera.

Había vivido en Nueva York, dijo, donde había estudiado periodismo, y quería llevar una vida noble en pos de un ideal, tal y como hacía Madame. Había leído su biografía, publicada en Londres recientemente, y la admiraba mucho. Sabía que había bailado con Nijinski en París, que había sido discípula de Petipa. Le apasionaba el arte ruso, sobre todo la literatura, y había leído a Tolstói y a Dostoievski. Empezó a recitarle a Madame un párrafo de *Das Kapital* lleno de entusiasmo, pero Madame lo interrumpió y le rogó que no siguiera. Hablar de aquello la ponía mal, dijo, le daba una migraña terrible. Diamantino no se desanimó ante su falta de interés, sin embargo. Como todos los jóvenes intelectuales de su edad, quería pavonearse de sus conocimientos frente a Madame.

"La vi conversando con Aljama, nuestro poeta patrio, hace

unos minutos. Es el Quijote de nuestro movimiento de independencia. Todo un personaje".

"Hubiese querido hablar más con él, pero se fue muy pronto. Parecía que estaba enfermo", dijo Madame.

"Está enfermo. Le dio gangrena a causa de la diabetes y le amputaron una pierna. Ahora dicen que se ha vuelto adicto a la morfina. Temo que no vivirá mucho tiempo más".

"Lo siento. He oído decir que es uno de los poetas más talentosos de la isla".

"Es *el* poeta. La gente viaja a pie durante días enteros, cruzando ríos y montañas sólo para oírlo leer sus versos en público".

"Hoy vimos cuando la policía se lo llevaba preso frente a una escuela pública. ¿Sabe usted por qué?" preguntó Madame.

El joven se quitó los espejuelos para limpiarlos con su pañuelo de hilo. Sacudió la cabeza.

"No lo estaban arrestando. Lo cogen preso a cada rato y se lo llevan de vuelta a su casa. Por eso precisamente lo invitaron a venir aquí esta noche. Es recomendable mantener al enemigo a la vista; así puede hacer menos daño". El joven la miraba fijamente y Madame empezó a sentirse incómoda.

"No nos viene a visitar gente de su país muy a menudo", dijo Diamantino, lisonjero. "Supongo que están muy ocupados, arrasando con todo para dar a luz un nuevo mundo". Sacó una caneca de plata del bolsillo de su chaleco y le sirvió discretamente a Madame un dedo de ron en su copa. Entonces se la empinó y bebió un trago largo. "Lo que ustedes están haciendo en Rusia es extraordinario. Se libraron del Zar y de sus boyardos de un solo golpe. Aquí, sin embargo, tenemos al gobernador norteamericano y a los barones del azúcar apoltronados en el poder". Tomó un segundo trago y la miró con suspicacia. "¿Es cierto lo que dicen, que usted es una espía de la Revolución Rusa?". Madame lo miró asombrada ante su atrevimiento.

"Yo era una estrella de la Escuela del Ballet Imperial de San Petersburgo, y el Zar era mi protector", le respondió Madame solemnemente. "Una revolución es algo terrible. Dios quiera que nunca le toque una".

El joven se encogió de hombros. "Podría ser ambas cosas, una embajadora del Zar y un agente bolchevique. O quizá ninguna. Sea lo que sea, es usted la mujer más hermosa que he conocido", dijo besándole la mano.

Al escuchar aquello, el corazón se me fue a los pies. Eso nada más nos faltaba, un adolescente encaprichado con Madame y ella hecha un melao entre sus brazos. Tenía que salir de mi escondite, porque casi no podía respirar. Pero no había manera de pasar por el lado de la pareja sin que se dieran cuenta.

En ese momento vimos acercarse el Gobernador, acompañando a Diana y a otra joven a las que tomaba cariñosamente por el brazo. Cuatro guardias de seguridad los seguían, una pared ambulante de músculos y tendones. "Le presento a Estrella Alajama, la hija de nuestro poeta insigne", anunció el Gobernador en tono condescendiente. "Y esta es mi hija, Diana. Son muy buenas amigas y estaban ansiando conocerla". Las niñas no se atrevieron a entablar conversación con Madame. Eran muy tímidas, sobre todo Estrella, que no se atrevía ni a mirarla. La señora, toda simpatía y sonrisas, las abrazó y las besó en la mejilla. Llamó a Nadya Búlova y a Maya Ulánova, que eran más o menos de la misma edad que las jóvenes, para que se acercaran, y se las presentó a las dos.

"Vayan con ellas", le dijo Madame a nuestras chicas. "Tendrán que hacerse bailarinas y unirse a nuestra compañía". Las jóvenes olvidaron su timidez. Muy pronto las cuatro estaban charlando y riendo como pericos, volando de aquí para allá entre el gentío. El Gobernador notó entonces la presencia de Diamantino en las penumbras, a un lado de Madame. Madame estaba a punto de presentárselo, cuando el Gobernador la cortó. "Conozco muy bien a Diamantino Márquez, señora. No me lo tiene que presentar", dijo, volviéndole la espalda al joven. Siguió hablando con Madame como si nada. Quería saber si las comodidades en el Malatrassi eran adecuadas y se puso cortésmente a sus órdenes en caso de que necesitara algo. Al rato se despidió de Madame y se alejó de allí. Era como si Diamantino fuera invisible.

Diamantino hizo como si no se hubiera dado cuenta de la grosería del Gobernador. "Estela Aljama estudia en Lady Lane School, en Norton, Massachusetts, la misma escuela de señoritas a la que asiste Diana Yager", comentó, observando de lejos a las jóvenes. "Son muy buenas amigas". Madame asintió con la cabeza, demostrando interés. "¿Sabe por qué se llama Estrella?". Madame dijo que no sabía. "Por la estrella de nuestra bandera. Como los americanos la han prohibido y nadie puede tenerla en casa, el poeta se la puso de nombre a la niña. ¿No le parece divertido?", dijo con una sonrisa irónica. Madame se le quedó mirando, confundida. "¿Cómo puede decir eso?", le reprochó. "El poeta cojo le rompe el corazón a cualquiera".

"Hábleme un poco más sobre el caballero poeta", dijo Madame sonriendo. "¿Qué tipo de libros escribe? Yo soy amante de Pushkin y de la poesía romántica". Me tranquilicé al ver que había decidido ignorar el piropo indiscreto de Diamantino. "Aljama ha publicado versos muy buenos", respondió el joven. "Pero es un león mellado". Y le contó cómo, luego de jurar que nunca adoptaría la ciudadanía enemiga, había tenido que hacerse ciudadano norteamericano antes de viajar a los Estados Unidos para la operación de la pierna. "Se operó en el hospital Mount

Sinai, en Nueva York, porque desconfiaba de los médicos en la isla".

"Es usted muy crítico de su país, ¿no es cierto?".

"Perdone mi sarcasmo, pero nuestro caso es trágico. Somos la última vagoneta del tren; la única colonia latinoamericana que no llegó nunca a ser independiente. Las tropas norteamericanas se quedaron con nosotros al final de la guerra hispanoamericana, y en el 98, pasamos a ser botín de guerra".

La voz le temblaba de emoción y hacía gestos dramáticos con las manos. Un manojo de pelo negro y rebelde le caía desordenado sobre la frente. Me hizo pensar en un cuadro que había visto una vez en la catedral de San Petersburgo, donde un Cristo enfurecido sacaba a los mercaderes del Templo a latigazos. Diamantino no era más que un imberbe, un niño malcriado y consentido, y sin embargo allí estaba Madame, la estrella del Ballet Imperial del Maríinski, escuchando lo que decía embelesada y con la boca abierta.

"Fue un gusto conocerle, señor Márquez", le escuché decir a Madame. "Muchas gracias por enviarme su coche a recogerme al muelle. Por favor, disculpe. Tengo que irme".

"No era mi coche, es de mi padrino. Estuve viviendo en su casa por un tiempo después de la muerte de mi padre, y el chófer me hizo el favor de buscarla".

"Lo siento de veras. ¿Y quién era su padre?".

"Don Eduardo Márquez, el mejor amigo de Aljama. Murió hace seis meses. Afortunadamente, antes de la traición del poeta, así que Papá nunca se enteró".

"¿Cuántos años tiene usted, Diamantino? Perdone que le pregunte".

"Veinte. Pero he vivido intensamente. El número de años no cuenta, ¿sabe? Yo podría fácilmente ser su amante".

El comentario cogió a Madame completamente por sorpresa, y a mí también. La idea era absurda: Madame casi le doblaba le edad. Pero me di cuenta de que aquel joven con ojos orlados de sombra le atraía poderosamente. "¿Y usted, también ha sido invitado aquí esta noche para ser observado?", le preguntó Madame con suspicacia, arqueando las cejas.

"Uno nunca sabe lo que puede pasar; los accidentes son impredecibles. Pero hablemos de cosas más agradables. ¿Qué dijo que bailaría esta noche?".

"No he dicho qué, y tengo que irme. Se está haciendo tarde". Y desapareció al instante de su lado.

Aproveché la distracción de Diamantino para escabullirme y me alejé de allí. Al rato vi que Madame se dirigía hacia el bar. Me hizo una seña a la distancia para que la siguiera. Empezamos a buscar a Diana Yager por todas partes; se suponía que iba a llevarnos a las habitaciones privadas. Madame tenía que bailar en menos de media hora y necesitaba ponerse el traje de cisne y maquillarse: pintarse los párpados azul turquesa y delinear las pinzas negras de las comisuras de sus ojos al estilo egipcio que eran la marca de su personalidad.

Salí a buscar el maletín de cosméticos que habíamos dejado escondido en el recibidor, y la bolsa de lona con el traje de cisne. Corrí con ellos escaleras arriba, por donde había visto desaparecer a Madame. Una vez en el cuarto de huéspedes la ayudé a ponerse el vestido, que estaba hecho de plumas de cisne verdadero. Le quedaba tan ajustado que parecía una segunda piel. Le cerré los broches de la espalda al traje y le ayudé a peinarse el moño, fijándole con horquillas el delicado adorno de cabeza, hecho también de plumas blancas. Cuando estuvo lista bajamos al jardín, donde las lámparas de gas ya estaban encendidas, y varias filas de gente aguardaban sentadas en la penumbra frente a una plataforma de madera. Todos conversaban animadamente entre sí. Al fondo del jardín, escondidos entre los helechos gigantes y los lirios de cinta, pude ver a los demás miembros de nuestra compañía, que aguardaban en silencio a que apareciera Madame.

Madame se detuvo por un momento junto a la plataforma, respiró hondo, y colocó las manos alrededor de la cintura para concentrarse mejor. Este era el momento más importante de la función, durante el cual se convertía en lo que bailaba a pura fuerza de voluntad. El movimiento tenía que venir desde adentro, no podía ser mecánico. Madame había bailado *el cisne* cientos de veces, pero antes de comenzarlo necesitaba siempre conjurar su visión.

Un violinista, un harpista y un celista estaban sentados bajo un árbol de frangipani, cuyos ramos blancos llenaban la noche con su perfume. Se levantó una brisa fresca de la bahía, que hizo que la piel de Madame se ajara como seda vieja sobre sus brazos y sobre el pecho. Ejecutó un *bourée* y se deslizó sobre el piso al ritmo de la música espectral de Saint–Saëns. La melodía se deshilvanaba como un hilo de plata en la oscuridad mientras ella aleteaba los brazos igual que un cisne moribundo. Todo su cuerpo era un rayo de luz que parpadeaba en las tinieblas. Por fin se tendió en el suelo y dejó caer la cabeza sobre los brazos en un gesto de entrega. Las luces se extinguieron y los últimos acordes se hundieron en la oscuridad.

El aplauso entusiasmado no se hizo esperar, y Madame se puso de pie para recibir un ramo de rosas rojas de manos del Gobernador. En ese preciso momento cayó un relámpago cerca, y un trueno ensordecedor estalló sobre nuestras cabezas. Las nubes grises que se hacinaban en el horizonte chocaron unas con otras como barriles de pólvora, y empezó a diluviar. De la cinta atada al ramo pareció desprenderse una tinta roja que manchó el traje de hilo del Gobernador y el vestido de Madame. De pronto nos dimos cuenta de que la tinta era sangre. Madame estaba herida; alguien le había disparado y nadie se había dado cuenta de dónde había venido la bala. Al principio se quedó allí de pie, clavada de terror al escenario, y se persignó ante el peligro. Todo el mundo corrió a resguardarse detrás de los arcos de los establos o entre los arbustos del jardín. Madame cayó redonda al suelo.

Todos corrimos a socorrerla y la cargamos a un lugar seguro. Pronto Madame volvió en sí. Afortunadamente la herida no era grave, la bala sólo le había rozado el brazo derecho. Diamantino Márquez, como todos los demás invitados, se había esfumado. Aljama, apoyado en sus muletas, desafiaba el aguacero sin buscar dónde guarecerse. "Usted también es poeta, Madame", dijo, aplaudiendo lentamente mientras la lluvia le bajaba a chorros por la cara. Y al pasar le hizo una profunda reverencia.

13

Llevamos a Madame al hospital cercano de las Hermanitas de la Caridad. Unas monjas con enormes tocas en la cabeza nos abrieron la puerta y corrieron a atenderla; le vendaron el brazo como si en lugar de un rasguño tuviera una herida profunda. Dandré acompañó a Molinari y a varios guardaespaldas a la estación de policía a reportar el incidente. Esa noche nos acostamos todos exhaustos. Temprano a la mañana siguiente salí del hotel a comprar los diarios y, para sorpresa mía, no encontré en ellos mención alguna del atentado. Nadie le había disparado a Madame en la recepción; ningún invitado presa del pánico había salido huyendo por los portones de los jardines, nadie se había escondido entre los arbustos ni detrás de los arcos de los establos. Le pusieron tapa al asunto.

Todavía no salía de mi asombro de que algo así pudiese suceder, cuando me tropecé con Molinari en la calle, cerca del hotel.

Salió de un callejón como un gato realengo y se plantó frente a mí. "¿Puedo hablar contigo un momento?" me preguntó vivaz, agarrándome por el brazo. Nada más verlo me hacía pensar en el Diablo. Su traje de lana negra olía a alcanfor y a naftalina, igual que la ropa de mi padrastro, y en cuanto estaba cerca se me tapaban las narices y no podía respirar. Entramos a una cafetería a dos pasos de allí, y Molinari pidió bocadillos de jamón y queso y un café con leche para cada uno. Yo le tenía pánico, pero no le iba a dar el gusto de que se diera cuenta.

"Quiero saber de qué le habló anoche ese papanatas a tu señora", me dijo. "No debería permitir que la vieran con él". "Le estaba hablando sobre los fenómenos atmosféricos", le contesté desafiante. Molinari me miró de soslayo y se sonrió. "Me caes bien, ¿sabes? Tienes cojones". Le devolví la sonrisa con sorna. Era un alivio saber que yo no era la presa que buscaba. "Hagamos un trato", me dijo. "Tú quieres librarte de Diamantino Márquez y yo también. De ahora en adelante seremos aliados". Me bebí el café de un golpe y me tragué el bocadillo sin masticarlo. "Perfecto", le dije, haciéndome la que estaba de acuerdo. "En cuanto me entere de algo interesante te lo hago saber". "Trato hecho", me contestó con un guiño. Y nos dimos un apretón de manos.

El atentado le dejó a Madame los nervios hechos triza, y tuvimos que llamar al doctor Malatrassi, el padre del dueño del hotel, para que viniera a verla. Le mandó a tomar bromuro y píldoras de valeriana. A las bailarinas nos recomendó que tomáramos manzanilla porque estábamos también muy alteradas y nos peleábamos por todo. Nóvikoff se negaba a llevar a Poppy a pasear y no quiso volver a salir a la calle; Custine empezó a darle a los bailarines sus ejercicios diarios en su cuarto de hotel, luego de mudar la cama al pasillo. Smallens practicaba sus partituras en el piano del bar. El Malatrassi zumbaba como una colmena, en actividad constante.

Mi cuarto estaba junto al de Madame, y esa noche la escuché discutiendo con Dandré sobre lo que debíamos hacer. El comisionado había pasado por el hotel esa mañana y dejado un mensaje de que necesitaba ver a Dandré. ¿Querría ayudarnos? ¿Sospecharía de nosotros y vendría a interrogarnos? A no ser por el rasguño en el brazo, a Madame se le hubiese hecho difícil probar que alguien había intentado matarla. Dandré y ella no lograban ponerse de acuerdo en cuanto a los culpables. Madame pensaba que eran los barones del azúcar, que la habían tachado de bolchevique desde el principio y habían contratado al franco tirador oculto en las azoteas; Dandré sospechaba de los independentistas radicales que la veían como la bailarina del Zar. Aquello parecía una comedia.

Mientras discutían a voces en el dormitorio, yo seguía tranquilamente con mis tareas. Dandré siempre me estaba mandando a hacer diligencias para quitarme de en medio y acaparar a Madame. Yo tenía que estar en todas partes a la vez: en el segundo piso, llenando la bañera de agua; en la pileta lavando ropa interior; en el pasillo sacando brillo a los zapatos; en el sótano planchando el traje que Madame se pondría esa mañana. Tenía que bajar a la cocina a llevarle el desayuno a la cama en bandeja. Estaba ansiosa por terminar para salir a la calle lo antes posible. Se barruntaba tormenta en la isla; el aire estaba cargado de amenazas, y yo quería saber cuál era la causa.

Ya me había enterado de por qué la esposa del Gobernador no había asistido a la recepción la noche antes. Uno de los mozos de La Fortaleza me contó que la señora Yager vivía como una reclusa en las habitaciones privadas del palacio, y que no bajaba a ninguna de las festividades porque padecía de un miedo neurasténico a las enfermedades del trópico. En la isla cundían la tuberculosis, el tifus, el dengue y la malaria, sobre todo en los barrios pobres. Cada vez que salía de su casa, la señora Yager llevaba puestos unos guantes largos de algodón blanco y se cubría la cara con un velo para protegerse de los gérmenes. Aquello no ayudaba al Gobernador, que era tímido y se reunía con poca gente.

14

Dos días después del atentado, Juan Anduce se unió a la tropa de Madame. La compañía necesitaba desesperadamente reponer sus zapatillas de baile, así que Dandré colocó un anuncio en el periódico para contratar a un zapatero para la compañía. Los interesados debían acudir al Hotel Malatrassi a entrevistarse. Al día siguiente se presentaron tres. Juan no hablaba ruso, pero sí hablaba inglés muy bien, y Dandré lo escogió a él.

Los dedos de Juan eran grandes y toscos, pero poseía un toque mágico con las zapatillas de punta. Madame misma le enseñó a confeccionarlas, sumergiéndolas en resina para fortalecerlas antes de darles forma en moldes cilíndricos con una prensa, y forrarlas luego con seda. Fue un aprendiz tan aprovechado que Madame solía repetir: "Gracias a Juan, nuestra compañía baila sobre las nubes". Ella necesitaba un par de zapatillas nuevas para cada ensayo, y durante cada función estrenaba por lo general tres pares.

Juan y yo enseguida nos hicimos amigos, y me invitó a visitar su zapatería, La Nueva Suela, que estaba cerca de la Plaza del Mercado. Era un cobertizo en el que había una estufa de carbón, un lavamanos y una ducha: todo apretujado dentro de una covacha. La zapatería quedaba a dos cuadras de La Casa de las Medias y los Botones, y la primera vez que visité a Juan le pregunté por qué esa tienda era tan popular. Acabábamos de pasar frente a ella hacía un momento, y aunque era muy temprano y aún no estaba abierta, ya había un tropel de gente aglomerada a la puerta.

Juan me miró con una expresión cogitabunda. "Eso sólo lo entenderías si vivieras en esta isla, mi pichón de gansa. Los sanjuaneros siempre están celebrando carnavales y bailes de disfraces en los que les encanta transformarse en otra cosa. Siempre están tratando de escapar".

"¿Escapar de qué?", pregunté inocentemente.

"¡De sí mismos!", me respondió Juan con un guiño.

Otro día, Juan me contó la historia de Diamantino Márquez. Como había tan poco que hacer en San Juan, empecé a visitarlo en la zapatería casi a diario; el chisme nos mantenía sabrosamente entretenidos. Una tarde lo estaba observando darle forma a un par de puntas antes de forrarlas con seda rosa, cuando me contó la historia de *El Delfín*.

"El padre de Diamantino", dijo Juan, "fue uno de los caciques más poderosos de la isla. Don Eduardo Márquez era primer ministro, y hubiese llegado a ser presidente si los americanos no hubiesen desembarcado por Guánica. A su hijo, el de la espléndida melena negra, lo consideraban el heredero legítimo al trono en el cual se sienta hoy el Gobernador. Por eso lo llamaban *El Delfín,* como al hijo de Napoleón.

"Un año después de desembarcar los americanos, el general Brooke exiló a Don Eduardo de San Juan. Había luchado sin tregua por lograr que España le diera la independencia a la isla. Estaba demasiado cansado para empezar de nuevo con los americanos. Se sentía ridículo frente a la opinión pública.

"Don Eduardo vendió su hacienda de tabaco y se fue a vivir a Nueva York con su familia. Diez años después, cuando se enfermó, le quedaba muy poco dinero. Se embarcó hacia Puerto Rico, y don Pedro Batistini, el hacendado millonario que era vicepresidente del Partido Liberal, le dio la bienvenida con los brazos abiertos. Le ofreció su mansión en Miramar, y don Eduardo se mudó allí con su mujer y su hijo. Fue un gesto magnánimo, aunque don Pedro podía hacer eso y mucho más por su viejo amigo. Era dueño de una de las haciendas más lucrativas del norte de la isla: la central Dos Ríos, cerca del pueblo de Arecibo.

"Tener a don Eduardo Márquez convaleciendo en su hogar era una gran distinción para don Pedro, además de ser una experiencia sumamente estimulante. Él y su esposa estaban ya mayores y se sentían solos. Habían sufrido una tragedia que se esforzaban por olvidar. Don Pedro y doña Basilisa tenían un hijo, Adalberto, que tenía veintidós años, dos más que los que tiene hoy Diamantino Márquez. Un día se desapareció de la casa y no se supo más de él.

"Nadie supo dónde fue a parar, pero los rumores cundían como la verdolaga. Algunos juraban que Adalberto quería ser pintor y que su padre se lo había prohibido. Por eso se había robado el reloj de oro de su padre, y con ese dinero se compró un pasaje y se embarcó para Nueva York. Otros aseguraban que se había suicidado, y que don Pedro, como era tan devoto, había mantenido su muerte en secreto para evitar un escándalo: según la iglesia católica, los suicidas iban derechito al infierno. Don Pedro estaba furioso y prohibió que el nombre de su hijo se mencionara en su presencia. 'Tienen que desterrarlo de sus mentes', les ordenó a doña Basilisa y a Ronda. 'Olvídense de que existió'. Aquello era, por supuesto, imposible. Doña Basilisa hubiese podido desterrar el sol de sus ojos antes que el nombre de su adorado Adalberto de su corazón. Pero como amaba a don Pedro, se esforzó por complacerlo. La historia de lo sucedido acabó envuelta en el misterio. La familia le aseguraba a los vecinos que el joven no había muerto, que sencillamente estaba de viaje y que muy de tanto en tanto recibían noticias suyas. Al cabo de algunos años, la gente se olvidó de él.

"La presencia de don Eduardo en casa de don Pedro resultó ser muy entretenida, además de un espectáculo inspirador. La tragedia de la familia pasó a segundo plano y sólo se comentaba la generosidad de los Batistini, quienes habían acogido en su seno al héroe moribundo. La casa se convirtió en una meca para los intelectuales —los artistas y escritores más reconocidos de la isla— que venían todo el tiempo a visitarlo. Cuando don Eduardo empeoró, los políticos de todos los partidos acudieron a velar junto a su lecho, manteniéndose allí durante horas con el sombrero entre las manos. El lecho del gran hombre se trasladó del cuarto de huéspedes en el primer piso al salón formal de la mansión, para que todos pudieran acompañarlo."

Sin embargo aquellos días difíciles no estuvieron desprovistos de momentos divertidos. Don Pedro le trajo un día a don Eduardo un crucifijo de plata que se suponía que tenía cualidades milagrosas. Se trataba en realidad de un relicario con un viril de cristal incrustado en su centro, traído muchos años antes de Jerusalén, donde se guardaban varias astillas de la Santa Cruz.

Don Pedro se le acercó a su amigo con el crucifijo en la mano, con la intención de colgarlo a la cabecera del lecho, cuando don Eduardo abrió los ojos y lo detuvo.

"'Deja que el sacerdote te imparta los santos óleos y te bendiga con el relicario de la Santa Cruz, Eduardo, amigo', lo conminó don Pedro solemnemente. '¡Puede que las astillas del Divino Madero todavía te sanen y libren de dolor!'.

"'¡Llévate lejos de aquí esa cagarruta de ratones, Pedro, amigo!', le contestó don Eduardo. '¡Prefiero enfrentarme a la muerte en español y cara a cara, que mascullando hechizos en latín que nadie entiende!'.

"A pesar de su gran tristeza por la enfermedad de don Eduardo, Diamantino disfrutaba de la compañía de los poetas y músicos que acudían a la casa a despedirse de su padre. Los escuchaba tocar el piano y leer en voz alta sus obras, y participaba de las enaltecedoras discusiones políticas que se establecían entre ellos. Diamantino también era poeta y devoraba toda clase de libros: de literatura, de historia, de sociología. Una y otra vez escuchó a su padre explicar, con la voz pausada y serena que convenía a su origen aristocrático, la necesidad de luchar por la independencia de la isla (autonomía, la llamaba él, para no asustar a los americanos, que le tenían odio a la palabrita) por medio de un proceso parlamentario que asegurara el sistema democrático, en lugar de por métodos violentos.

"'Nuestra gente es pacífica por naturaleza', declaraba con pasión don Eduardo. 'Buscar la autonomía a cañonazos iría en contra de nuestra idiosincrasia. Alcanzaremos la libertad por medios pacíficos y con la conciencia tranquila'. Diamantino lo escuchaba sentado junto al lecho, con la cabeza baja y los ojos entornados. Respetaba enormemente a su padre y siempre lo obedecía, pero un impaciencia secreta había empezado a corroerlo.

"La salud de don Eduardo empeoró, y su familia se dio cuenta de que se iba a morir. Don Pedro sostuvo la mano de su amigo, y no se movió de su lado hasta que expiró. Se hizo cargo de todos los gastos del funeral, que fue digno de un presidente de la república. La caravana de coches con el féretro de acero inoxidable a cuestas serpenteó durante muchas millas por las montañas, abrazando de punta a punta la isla. El féretro iba sin bandera, pero cubierto por docenas de coronas de flores. Diamantino y su madre viajaron con don Pedro y su familia en el Pierce-Arrow hasta Manantiales, el pueblo en el corazón de la cordillera donde había nacido don Eduardo y donde quería que lo enterraran. Su tumba fue una lápida de mármol sencilla, sin cruz ni escultura tallada, inscrita con su nombre y dos fechas. No había allí otro monumento que las caobas centenarias que lo circundaban.

"Después del entierro, la madre de Diamantino decidió irse a vivir a Nueva York. Dijo que no quería depender de la caridad de los amigos y rehusó las ofertas de ayuda de don Pedro. Prefería vivir en Manhattan, donde se le haría más fácil encontrar trabajo (había sido actriz antes de conocer a don Eduardo) y tenía parientes que le darían alojamiento. Diamantino estaba a punto de embarcarse con su madre para el norte cuando don Pedro lo abordó.

"'Quédate a vivir con nosotros, Tino. Ya casi eres de la familia. A Basilisa y a mí nos gustaría hacerte nuestro heredero'.

"Diamantino decidió confiar en las palabras de don Pedro y canceló sus planes para viajar a Nueva York. De ahí en adelante lo llamó padrino, y lo consideró como su protector.

"Sus estudios de periodismo le permitieron encontrar trabajo a tiempo parcial en *El Diario de la Mañana,* uno de los periódicos más prestigiosos de San Juan. También amaba la música y tocaba el violín. Cuando al año siguiente su madre murió inesperadamente en Nueva York de una pulmonía, don Pedro lo adoptó legalmente, y así Diamantino dejó de preocuparse por su supervivencia. Sabía que tendría que ganarse el pan en un momento dado, pero podía tomarse su tiempo. Decidió terminar el libro de poemas que estaba escribiendo 'Es bueno que estudies', le dijo doña Basilisa para darle ánimo. 'Pero no es necesario que te chamusques las cejas leyendo hasta el amanecer. Uno estudia para aprender a disfrutar más de la vida, no para enfermarse de los nervios'. Diamantino siguió trabajando como periodista independiente en varios de los diarios locales, y se pasaba las noches componiendo poemas y reuniéndose con sus amigos artistas en los cafés, donde a menudo tocaba el violín por algunos dólares.

"Don Pedro esperó un año, y jamás le reprochó a Diamantino sus juergas cuando se topaba con él en los restaurantes a la hora del almuerzo, el pelo revolcado y los ojos todavía rojos de sueño porque se acababa de levantar de la cama. Pero un día se cansó de las carabeladas de su hijo. 'La luna no está hecha de queso, hijo. Si yo fuera tú, me buscaría un trabajo serio. No te corras la ficha de la suerte de tal modo'. Y como Diamantino no le hizo caso, le mandó suspender la mesada. 'O se busca un trabajo o se muere de hambre', le dijo con severidad a doña Basilisa. Las lágrimas de la pobre señora no lo conmovieron. '¡Puede trabajar de palero cavando zanjas, o de picapedrero abriendo carreteras, igual me da! ¡Pero tendrá que aprender a vivir del sudor de su frente!'.

"Entonces, en abril, los americanos se unieron a la Gran Guerra en Europa, y a los puertorriqueños los presionaron para que se fueran de voluntarios. A don Pedro se le ocurrió que aquella era una oportunidad estupenda para que Diamantino se probara como hombre. El ejército lo transformaría en un militar hecho y derecho, le dijo, y de paso también podría viajar y conocer el mundo. Pero Diamantino se negó siquiera a considerarlo.

"'Esa guerra no es mía. No voy a pelear en ella ni aunque me maten', le dijo a don Pedro. '¡Prefiero ir a la cárcel antes de sacarle a nadie las castañas del fuego!'. Aquello fue el último trago que aguantó su padrino. Al escucharlo, don Pedro montó en cólera y le ordenó a Diamantino que se fuera de la casa.

"Diamantino se desapareció de San Juan, y por un tiempo, nadie supo dónde había ido a parar. Doña Basilisa estaba histérica, pero un buen día el joven reapareció campante y sonante por la YMCA. Le mandó un mensaje cuando menos la buena señora lo esperaba. Seguía sin trabajo fijo, y sobrevivía gracias a los artículos que de vez en cuando publicaba en *El Diario de la Mañana,* pero no era suficiente. Se hubiese muerto de hambre a no ser por doña Basilisa, que se aparecía todas las tardes por la YMCA con una fiambrera de varios pisos rebosante de comida caliente, al fondo de la cual escondía siempre varios billetes de a diez, plegados disimuladamente bajo unas galletas María, grandes y sosas. El muchacho era orgulloso, pero no le importaban las apariencias. Cuando iba al periódico a entregar uno de sus trabajos, o se sentaba a leer un libro en un café, llevaba puesto siempre el mismo traje de hilo estrujado y sucio, con el cuello de mica y los puños postizos bastante chafados, pero con los botones de diamante que había heredado de su padre bien abrochados y puestos en su lugar. La noche de la recepción para Madame se apareció en La Fortaleza y entró como Pedro por su casa. No lo habían invitado y no llevaba etiqueta puesta, pero todo el mundo sabía quién era Diamantino Márquez y nadie se atrevió a detenerlo a la puerta".

Esos fueron los sucesos que Juan me contó sobre Diamantino Márquez, mejor conocido en la isla como *El Delfín*. La historia me pareció fascinante, como todo lo que escuchaba sobre aquél extraño paraíso tropical al que habiamos ido a parar.

15

El señor Dandré zarpó para Nueva York al día siguiente y sentimos como si nos hubiésemos quitado un peso de encima. Dandré lo asfixiaba a uno, y Madame ya hacía tiempo que estaba tirando de la brida, ansiosa por salir galopando a campo abierto. Estaba tan contenta que se olvidó por completo del atentado en La Fortaleza. No tenía miedo de quedarse sola. Después de todo, tenía a Masha que la protegía y a sus bailarinas que la acompañaban a todas partes.

El Gobernador le envió un mensaje, invitándola a quedarse en su residencia durante la ausencia de su marido. Estaba preocupado de que algo pudiera sucederle en el Malatrassi luego del disparo la noche del recital, y en la mansión ejecutiva tendría protección policial todo el tiempo. Madame se lo agradeció: las habitaciones de La Fortaleza eran más espaciosas y frescas que las del hotel, y estaría mucho más cómoda: "Tendrás que acompañarme, Masha", dijo. "Ya sabes que sin ti me siento perdida". Mudé mis cosas ese mismo día, y el resto de la compañía se quedó en el Malatrassi. Dandré se marchó de mal humor, al ver que no le quedaba más remedio que dejar a Madame bajo mi ala.

Fuimos de compras a la ciudad, en la que había muchas boutiques y cafés al estilo europeo, y también visitamos los antiguos fuertes españoles. Madame recibía invitaciones para distintos agasajos cada noche, y el Gobernador a menudo la invitaba a tomar el té. ¿Qué más podía desear?

Algunos días después uno de los agentes de la policía secreta tocó a la puerta de las habitaciones de Madame y le anunció que tenía visita. Era un periodista que quería hacerle una entrevista. Madame misma le abrió la puerta. Tenía puesta su ropa de entrenamiento y yo acababa de peinarla y de acomodarle el pelo en un chingón que llevaba en la base de la nuca, atado con un pañuelo de seda amarilla. Madame invitó al joven a entrar a su cuarto y empezó la rutina de sus ejercicios, ejecutando *pliés* y *balancés,* y sosteniéndose del respaldar de una silla mientras hablaba.

El periodista iba vestido a la última moda, con chaleco y corbata al estilo mariposa. Llevaba puestas las gafas de sol, que no se quitó pese a las penumbras del cuarto, y se sentó muy alambicado en una silla. Sacó una libretita y una estilográfica de oro de su chaleco y se dispuso a tomar nota. "Soy Rogelio Téllez, encantado de conocerla", dijo.

"¿Está lo suficientemente oscuro para usted?", le preguntó Madame con picardía.

Rogelio asintió con la cabeza. "Los gatos ven mejor en la oscuridad, Madame. Y yo soy como ellos", respondió con presunción.

Rogelio era hijo de un hacendado adinerado, y escribía para

el *Puerto Rico Ilustrado* como pasatiempo. Como pago por su trabajo de periodista le publicaban sus poemas libre de costo. La revista era enormemente popular con la burguesía, que aparecía retratada en sus páginas todo el tiempo. Rogelio nos trajo una copia; allí vimos fotos de las cenas formales, picnics y *té dansants* frecuentados por la alta sociedad. Cuando vi aquello, sospeché inmediatamente que nuestro ballet iba a ser un éxito en San Juan. La gente adinerada de la isla tenía gustos similares a los de la nobleza rusa. Estaban viviendo en un mundo de sueños, con palacetes a la orilla del mar y chalets en las montañas, mientras el resto de la población se moría de hambre. Quizá deberíamos bailar *Le mirroir* para ellos, pensé, y a lo mejor se despertaban antes de que estallara en pedazos.

Desgraciadamente, el periodista no había hecho su investigación debidamente ni tenía idea de quién era Madame. Empezó volando alto: ¿Qué pensaba sobre la Revolución Rusa? ¿Acaso le parecía que estaba justificada? El ballet clásico, ¿no le resultaba un anacronismo en un mundo de huelgas, golpes de estado y masacres de campesinos? Para colmo, el joven tenía un tic nervioso, y parpadeaba todo el tiempo mientras hablaba, lo que sacaba de quicio a Madame.

Madame se hizo la tonta y habló sin parar, pero no contestó a las preguntas. Habló del calor, de la comida al estilo norteamericano que no sabía a nada, de los niños hermosos pero harapientos, de la suciedad en las calles. El periodista tuvo que bajar la mirilla y hacer preguntas más pedestres: ¿Dónde había aprendido a bailar? ¿Quiénes habían sido sus mecenas? ¿A quién imitaba cuando bailaba? Y la metida de pata más garrafal de todas: ¿Cuántos años tenía?

Madame se puso pálida y guardó silencio por unos momentos. Empezó a golpear impaciente el piso con el pie, como hacía siempre que se enfurecía por algo. "Madame ha sido siempre Madame", dijo en un tono helado. "Yo no aprendí a bailar con nadie. Cuando entré al Teatro Imperial del Maríinsky ya era una estrella de primera magnitud. Y mi edad es un secreto que nadie se ha atrevido a preguntar jamás".

El joven estaba tan entusiasmado con su rol de crítico que no se dio cuenta de que algo andaba muy mal. Estaba consultando las páginas de su libreta y haciendo notas para formular la próxima pregunta cuando Madame dijo: "Masha, házme el favor de informarle a nuestro joven de que la entrevista ha terminado".

Desgraciadamente, en ese momento preciso, el fotógrafo de Rogelio, que había estado esperando en el pasillo, se escurrió sin permiso dentro de la habitación y empezó a tomar 'flashlights' —como se le llamaban entonces a las fotos con fucilazo de magnesio— , que eran un invento nuevo. Madame no pudo más. '¿Cómo se atreve?', le dijo, arrancándole la cámara de las manos. Rápida como una centella, corrió a la ventana y la dejó caer al jardín, cuatro pisos más abajo. '¡No voy a permitir que un fotógrafo mequetrefe y provinciano como usted publique mi foto de gratis en su revista, cuando en París y Londres me pagan miles de dólares para que pose en ellas!'.

Yo empecé a dar voces y a arrastrar a Rogelio fuera de la puerta, tirándole del brazo. Afortunadamente le sacaba seis pulgadas de alto y quince libras de músculos, así que el joven no se atrevió a pegarme. Se agarró del marco de la puerta y le rogó a Madame de rodillas: "Por favor, fírmeme el puño almidonado de la camisa. Le juro que jamás la mandaré a la lavandería". En vez de enfurecerse, mi señora soltó la carcajada. Firmó el puño de la camisa de Rogelio antes de que el agente del servicio secreto se lo llevara preso.

16

Al día siguiente de la entrevista, Madame caminó desde La Fortaleza hasta el Malatrassi y reunió a todos los miembros de la compañía en el *lobby*. El primer ensayo sería en el Tapia, a las dos de la tarde, y ya era la una y media.

Nos dio a cada uno algo para cargar: un canasto lleno de disfraces, el maletín de cosméticos, pelucas para todos, botellas de resina, tiza. "Toma el maletín con mis joyas, Liubovna, y defiéndelo con tu vida. Custine, amorcito, tú lleva a Poppy de la correa, y camina con él hasta el teatro. Edgar, y los demás músicos, suban a buscar los instrumentos a sus habitaciones, tendrán que cargarlos hasta el Tapia. El señor Molinari se ocupará de la caja registradora". Madame tenía puesto su collar de cuentas de ámbar y jugaba con ellas nerviosamente mientras nos esperaba en la acera. Yo me sentía incómoda al ver la confianza que le demostraba al corso, y estuve a punto de informarle sobre la conversación que había tenido con él el día anterior en la cafetería, que me había asustado tanto, pero me contuve. Era mejor esperar a ver lo que pasaba.

Mientras caminamos por la calle Fortaleza en dirección al teatro el calor era insoportable; la brisa caliente que soplaba del mar nos hacía sentir dentro de una sopa de mariscos. Varias de las muchachas llevaban el traje de baño puesto, y encima se habían puesto faldas de algodón, pero aun así estaban sudando copiosamente. A Madame no le importaba; se le veía tan fresca como una lechuga. "¿No te encanta este calor, Masha?", me preguntó cuando íbamos cruzando la calle Tanca. "De esta manera nos ahorraremos mucho tiempo, porque no tendremos que hacer ejercicios de calentamiento antes de empezar a bailar". Todas las casas tenían balcones y estaban pintadas de colores vivos: amarillo canario, azul cobalto, rojo pimiento. Madame los celebraba porque decía que le alegraban el alma.

La señora hacía lo mismo todos los días de su vida: comenzaba las mañanas como un torbellino, y terminaba la tarde en plena tempestad, sin que sus energías hubiesen mermado un ápice. En cuanto llegó al Teatro Tapia, nos ordenó que abriéramos todas las puertas y ventanas para dejar entrar la luz y el aire. Había un olor fuerte a marisma, porque el edificio estaba cerca de los muelles. El teatro era pequeño, pero estaba decorado con buen gusto. Los palcos en la primera planta estaban tapizados de terciopelo rojo, con butacas y cortinas que hacían juego. Como no teníamos suficientes músicos, Smallens puso un anuncio en un periódico local, y varios músicos se presentaron para una audición. Eran muy buenos —la gente en la isla tenía una increíble facilidad musical— y Smallens contrató a tres. Como la platea de la orquesta era muy pequeña, tuvieron que apretujarse para caber. Los que no cupieron tocarían fuera, sentados entre los bastidores.

El Tapia había sido construido en el siglo dieciocho por un gobernador español, como espléndido regalo de cumpleaños para su esposa, a la que le encantaban los bailes. Los asientos podían quitarse y había una plataforma de tabloncillos a la que se le daba manigueta y se deslizaba curiosamente por debajo del escenario hasta emparejarse con el piso de la platea. Se creaba así un enorme salón en el cual la esposa del gobernador podía lucir sus trajes de gala.

Se daban óperas, zarzuelas y dramas, pero el ballet era totalmente desconocido en la isla. Por eso cuando llegamos, la prensa se refirió a nuestra compañía como "un grupo de atrevidas señoritas que ejecutan proezas atléticas en el escenario, vestidas con faldas semi-transparentes y que llevan el cuello, los brazos y las piernas provocativamente desnudos y al aire". Por ninguna parte aparecía la palabra *ballet* o *bailarina*. La excepción fue el artículo de Rogelio Téllez quien, contrito por su *faux pas,* ponía a la compañía de Madame por las nubes.

Aquel día examinamos minuciosamente el tablado del escenario, buscando huecos y tabloncillos sueltos. El nudo más pequeño en la madera o un solo clavo salido de lugar bastaba para torcernos un tobillo y hacernos caer al piso como muñecas rotas. Hicimos venir al carpintero que empezó a martillar y a reparar el tablado, y marcamos con tiza los lugares donde se suponía que nos encontraríamos al comienzo y al final de cada obra. Una vez reparado, barrimos el piso y lo espolvoreamos con resina en polvo.

Nos amarramos las cintas de las zapatillas a los tobillos para empezar los ejercicios del día. Para mí, ese era el momento más feliz, cuando sentía una enorme fuerza palpitar bajo los pies.

Nuestros cuerpos eran columnas de energía, nuestras piernas vigas de acero que giraban a la altura de la cadera; nuestros pies suaves como falos rosados que apuntaban al sol y a la luna, y señalaban cada una de las horas del día. En esos instantes me sentía completamente colmada. No tenía que envidiarle nada a los hombres; tenía todo lo que ellos tenían, porque en el ballet las mujeres suelen ser las protagonistas y bailan el papel principal.

Nos ejercitamos toda la mañana. El ensayo no podía comenzar hasta que cada una de nosotras estuviese tan caliente como una locomotora, silbando y a punto de salir disparada por el escenario. Una vez terminada la clase, nos reunimos lentamente alrededor de Madame. Como sonámbulas que entran en un sueño, comenzamos a ensayar el ballet que nos tocaba bailar esa noche: la *Baccanale,* de Alexandr Glazunov.

Entonces sucedió algo terrible.

Madame súbitamente le hizo una seña a Smallens, y la orquesta se detuvo en seco, a mitad de un compás. Yo estaba a la derecha de Madame en el escenario, y vi sus ojos relucir en la oscuridad. Alguien estaba de pie, al fondo del teatro. Sólo podíamos ver su silueta; iba vestido de hilo y llevaba una banda de luto en el brazo. El corazón me dio un vuelco y se me atravesó en la garganta: era Diamantino Márquez. Sonreía ampliamente, y en la mano cargaba el maletín de su violín.

"¿Hay espacio para un músico más en su orquesta, Madame? Estoy dispuesto a trabajar por poco dinero", preguntó en un tono afable.

"Claro que lo hay", contestó Madame en voz alta, para que el joven pudiera escucharla a través de las filas de sillas vacías. "Sube al escenario y únete al grupo".

Diamantino cruzó a trancos largos la penumbra de la platea y subió de un salto al escenario. Madame le ordenó a Smallens que le hiciera lugar en el foso de los músicos, entre el piano y la flauta, y Diamantino se acomodó entre ellos. La orquesta retomó la música donde la había dejado.

En cuanto Madame escuchó la melodía de Diamantino se transformó en otra persona. Yo nunca la había visto bailar así, su cuerpo un látigo que se rizaba y desenrizaba frenético, su mirada un ruego mudo que sólo podía descifrarse en relación a otra mirada. Se había olvidado por completo de nosotros y de nuestra misión sagrada. Bajo los ojos apasionados de Diamantino, aquella tarde se consumió en el escenario como una zarza ardiente.

17

Desde ese día en adelante Madame iba a todas partes del brazo de Diamantino. Todavía no había caído por completo bajo su hechizo, y como le preocupaba lo que la gente pudiera decir, insistía en que yo los acompañara. Diamantino la había convencido de que debía conocer la ciudad de primera mano, y Madame se tragó el anzuelo con todo y cebo. En las mañanas íbamos de paseo a la playa de Isla Verde o a las colinas de Miramar, en las tardes visitábamos los cafés del Viejo San Juan donde se reunían los poetas amigos de Diamantino, en las noches visitábamos el casino, y los domingos íbamos a misa de diez en la catedral. Aunque Madame hablaba francés además de inglés y ruso, cuando salían juntos Diamantino casi siempre le hablaba en español, como si Madame entendiese lo que decía. Al principio, a Madame aquello le pareció divertido, y le gustaba tratar de adivinar el sentido de sus palabras, pero más tarde se volvió un fastidio porque se le escapaban oraciones completas y la conversación se diluía. Por suerte el problema no era demasiado serio, porque yo le servía de intérprete.

Sospeché que una de las razones por la cual Madame se sentía atraída hacia Diamantino era por su sangre judía. Madame le tenía terror a las cacerías, y por esa razón le tenía lástima a los independentistas perseguidos por el gobierno. "Ustedes han perdido su patria, pero yo nunca he conocido la mía", le susurraba a Diamantino al oído. "No eres el único expatriado. Piensa en el pueblo judío".

"Esta isla ha estado esclavizada durante cuatrocientos años, primero bajo los españoles y luego bajo los americanos", se quejaba Diamantino cuando estaba con Madame. "Ser parte de los Estados Unidos es como vivir junto a un caldero dispuesto sobre el fogón. Cada vez que la leña arde, el caldero se derrama y nos escaldamos como gatos". Hablaban de la política durante horas, hasta que no me quedaba más remedio que meterme los dedos en los oídos porque aquellas discusiones me iban a volver loca.

Me inundó una pena muy grande, porque nuestra privacidad se había esfumado. Nuestras tardes juntas, cuando nos consentíamos los caprichos la una a la otra, habían tocado a su fin. Me di cuenta de que, por culpa de Diamantino, había perdido a Madame.

La noche de nuestra primera función tuve que hacer un gran esfuerzo para aparentar que todo marchaba a pedir de boca. El Teatro Tapia estaba de bote en bote, pero así y todo, pude divisar a Diana Yager y a Estrella Aljama, sentadas conspicuamente en primera fila, junto al Gobernador. Vestían trajes largos, y cada una llevaba un *corsage* de orquídeas prendido al pecho. La burguesía de San Juan había acudido en masa, con todas sus joyas puestas. Madame, vestida para aparecer en escena, se separó de Diamantino por unos momentos y pegó el ojo al hueco de los ligones, oculto entre los pliegues del telón. Al ver un público tan nutrido, se puso a batir palmas. Cuando el señor Dandré se marchó, se había llevado consigo gran parte del dinero que habíamos ganado en Cuba, supuestamente para depositarlo en la cuenta de banco de la compañía en Nueva York. Necesitábamos desesperadamente el ingreso de aquella función para sobrevivir hasta su regreso a la isla.

Durante la primera parte del programa bailaríamos la *Baccanale* que ya teníamos ensayado, un ballet que nunca me ha gustado porque lo encuentro demasiado caótico. En él se reafirma la supremacía de la pasión sobre el sabio consejo de la razón. Se trata de la leyenda de Dionisio y Ariadna, princesa de Creta, que es abandonada por Teseo en la isla de Naxos. Dionisio, el dios del vino, acude a rescatar a Ariadna, pero es devorado por las bacantes —sacerdotisas sagradas de los ritos de la fertilidad y de la danza— en el transcurso de una orgía monumental.

Esto, por supuesto, sucedía en el plano metafórico. Tanto el sacrificio del dios como la borrachera y los juegos sicalípticos de las bacantes eran coreografiados con mucho refinamiento sobre la escena. En el último momento, Smallens expresó ciertos escrúpulos sobre si deberíamos presentar o no aquel ballet en San Juan. En algunas ciudades la leyenda se veía como algo ofensivo, y por eso se oponían a que se representara. Pero en París y Nueva York, donde la gente es más sofisticada, estaban locos con la obra, quizá porque había en ella ecos de las costumbres decadentes de las grandes megalópolis. Molinari se unió a Smallens y empezó a hacer comentarios cáusticos. Pero Diamantino insistió en que no había por qué preocuparse; San Juan era una ciudad muy sofisticada. A más de esto, el canibalismo era común en las prácticas religiosas de occidente, y Cristo era devorado en la hostia todos los días, no sólo en la misa católica, sino también en el culto ortodoxo y en el anglicano. Todos nos echamos a reír cuando escuchamos aquello, pero un secreto terror se coló en mi corazón. Aquella isla nos estaba cambiando. Los desafueros de Madame, los atrevimientos de las chicas que también habían empezado a perderse en las noches por las playas del Condado con sus Romeos locales y estrafalarios, eran prueba de que la sensualidad del trópico nos estaba alterando la personalidad.

La primera noche en el Tapia al principio todo fue bien. La música fluía, y Smallens no tuvo que silbar para recordarle a los músicos cómo iba la melodía: cosa que le había sucedido varias veces, en ciudades donde los músicos eran ignorantes o muy provincianos. Madame entró a escena vestida con su traje de gasa anaranjada y semitransparente. Al acercarse a Nóvikoff-Dionisio, le arrojó una guirnalda de rosas y luego hizo ondear sobre el escenario su velo color flama; ambos saltaron y se zambulleron entre los pliegues, retorciéndose con un vigor animal. Nóvikoff hasta le dio un beso a Madame, luego de perseguirla dando tumbos y arremeter contra ella como un sátiro, para acabar confundidos en un abrazo. Aquello no estaba planeado así, porque los bailes de Madame y Nóvikoff nunca eran auténticamente sensuales, y lo juzgué otra prueba de nuestra vulnerabilidad ante los efluvios misteriosos que nos rodeaban.

Un rumor de protesta se levantó en el fondo del teatro, y creció como un marullo hasta llegar a la fila de enfrente. El disfraz de sátiro era muy revelador, y se adhería a su fisonomía masculina como una segunda piel. Las chicas y yo bailábamos el papel de las ménades, y cuando nos acercamos para llevar a cabo el sacrificio simbólico, algunos de los espectadores en la sala empezaron a gritar "¡Qué atrevimiento! ¡Es repugnante!". La gente empezó a ponerse de pie y a abandonar el teatro. En ese preciso instante, sin embargo, Nóvikoff se fue por la trampa que se abrió súbitamente a sus pies, y desapareció del escenario. El público aplaudió entusiasmado, al ver que el dios era castigado por su comportamiento libidinoso. Diana Yager y Estrella Aljama dieron un suspiro de alivio y se sonrieron.

La segunda parte del programa era más sosegada. En *La libélula* no había nada *risqué*. Madame iba vestida con un traje de *chiffon* strapless que parecía una nube, y llevaba ajustado a la cintura un delicado par de alas salpicadas de lentejuelas que temblaban a cada movimiento del cuerpo. Madame finalizaba la función con otra representación perfecta de *La muerte del cisne*. El ambiente lírico de Saint–Saëns se resquebrajó, sin embargo, cuando resonaron varios tiros en la oscuridad del teatro, Madame se congeló por unos segundos, pero luego de un esfuerzo heroico logró llevar a término la agonía del cisne. Los disparos venían de afuera y corrí a la puerta posterior del escenario para averiguar lo que estaba sucediendo. La abrí unos centímetros, pero las calles de adoquines se veían vacías y los muelles silenciosos envueltos en bruma. Desde que se había instaurado la ley seca muchos de los bares del Viejo San Juan habían cerrado, y los pocos que todavía estaban abiertos se habían convertido en galerías de tiro al blanco.

Nuestra compañía bailó tres noches consecutivas en el Tapia, cada vez a públicos más ralos. Madame no lograba entender lo que estaba pasando. El disfraz de Dionisio se había rediseñado juiciosamente, y Nóvikoff bailaba ahora con una túnica corta cubriendo las partes pudendas que el leotardo no lograba disimular. No había habido más protestas sobre exhibicionismo indecente, pero la gente seguía sin acudir. Madame llegó a la conclusión de que el ingreso de las ventas del ron constituían una parte importante del ingreso de los sanjuaneros, y lo habían perdido por culpa de la ley seca. Ahora no podían darse el lujo de gastar dinero en diversiones y espectáculos como el nuestro. Para las seis de la tarde las calles de San Juan estaban vacías y casi todos los bares y restaurantes estaban cerrados. La prohibición, suspendida sobre la ciudad durante meses, cayó por fin sobre ella como una mortaja.

Durante el día veíamos a la gente llegar corriendo hasta los malecones, a vaciar sus barricas de ron en el mar a escondidas de la policía. Una enorme vaharada de vapor dulzón flotaba sobre la ciudad. Otros iban y venían, completamente borrachos a causa de las emanaciones del mosto desparramado, lamentándose por los miles de dólares que habían tenido que tirar literalmente por el caño. La cuarta noche no se presentó nadie a vernos bailar. El Teatro Tapia permaneció lúgubremente vacío.

Reunidos a la puerta trasera del teatro, discutimos durante más de una hora lo que deberíamos hacer. Molinari había cobrado cerca de setecientos dólares en efectivo, los beneficios de la primera noche, pero una parte de ese dinero le pertenecía al Tapia, y el resto lo necesitábamos para sobrevivir hasta que Dandré regresara. Madame le exigió que se los entregara de todas maneras y, ante la amenaza del forzudo Nóvikoff, al corso no le quedó otro remedio que obedecer. Se los entregó en un sobre marrón atado por un cordel, y Madame lo guardó al punto bajo su falda. El agente estaba blanco de ira, y se pasaba amenazándonos con la venganza de Bracale, que se pondría furioso cuando se enterara de que se había quedado sin un centavo de sus ganancias.

Madame trató de tranquilizarlo. "Dandré nunca soñó que nos quedaríamos aquí varados, sin tener qué comer. Toda la vida hemos encontrado trabajo. Por favor, tenga paciencia".

"Es tan crédula como siempre", me dije, mirando al techo y riéndome para mis adentros al escuchar aquellas sandeces. Yo recordaba perfectamente varias situaciones similares, en las que Dandré había desaparecido con el dinero y nos había dejado en la prángana. Al día siguiente escuché a varios huéspedes del hotel, que se habían enterado de nuestras dificultades, cuchichear en el *lobby* que si no sería mejor que viajáramos a los pueblos del interior de la isla. La idea me dio mala espina y traté de convencerla de que nos quedáramos donde estábamos y esperáramos el fin de semana, cuando posiblemente viniera más gente al Tapia. Mejor era malo conocido que bueno por conocer, le dije, 'y en San Juan al menos podemos contar con la ayuda del Gobernador'. Entonces ese intruso, Diamantino Márquez, se metió de por medio y me interrumpió.

"No podemos perder ni un momento más en la capital", dijo, ajustándose las gafas sobre la nariz y rodeando la cintura de Madame con un brazo. "Debemos empacar nuestras valijas y salir inmediatamente para el interior de la isla. En las ciudades pequeñas como Arecibo, Aguadilla y Ponce no obligan a los ciudadanos a cumplir con la ley seca con tanto rigor y la gente tiene más dinero para gastar". A más de esto, tenía muchos amigos en el campo que estarían dispuestos a ayudarnos. Madame aceptó encantada el plan de Diamantino, desafiando las miradas suspicaces de sus bailarinas.

De regreso al hotel discutimos lo que habría que hacer. Ni Custine ni Violinine podían hablar siquiera una palabra de español, y tenían miedo de alejarse de la capital. Se quedaron callados con las cabezas bajas, porque era obvio que no se arriesgarían a aquella aventura. La mitad de la compañía se quedaría en San Juan. Custine cuidaría de Poppy, una de las bailarinas se ocuparía de los ruiseñores, y tres de los bailarines se quedarían a acompañar a Liubovna, a excepción de Nóvikoff. Liubovna había declarado que ella no iría: la artritis la hacía sufrir demasiado debido a la humedad de la isla y estaba muy adolorida. Lo más sabio era que se quedase en La Fortaleza, donde el Gobernador la había invitado a permanecer el tiempo que quisiese y mantendría a salvo las joyas de Madame.

Además de Smallens —el director de orquesta—, Nóvikoff, tres músicos y seis bailarinas, también iríamos en el viaje el zapatero y yo (por un momento me entró pánico y temí que me dejaran). Los demás se quedarían en el Malatrassi, viviendo de los trescientos dólares que les entregamos hasta que regresáramos a la capital. En el último momento, Molinari declaró que él también iría en el viaje; como subagente debía contratar las funciones de los teatros locales.

Llevaríamos sólo algunos disfraces en canastas; no transportaríamos ninguno de los decorados, porque viajaríamos por tren y resultaba imposible cargarlos. Diamantino, por supuesto, no necesitaba que lo invitaran. Nos serviría de guía y ayudaría a Molinari a contratar las funciones. El dinero que ganáramos nos permitiría vivir de día a día, y lo que sobrara se lo quedaría Molinari para entregárselo a Bracale.

Una vez el viaje tomó forma concreta en nuestras mentes, nos sentimos más tranquilos. "Será una aventura", dijo Diamantino, "y sobreviviremos gracias a nuestro ingenio". "Ahora por fin podremos divertirnos y pasarlo bien", añadió risueña Madame, "libres de las prohibiciones de Dandré". La ira me llenó los ojos de lágrimas.

18

Tenía que hacer las maletas, pues nos marchába-
mos a las seis de la mañana del día siguiente.
Pero, en lugar de ir a mi habitación en los bajos de La Fortaleza,
me dirigí hacia la zapatería de Juan, La Nueva Suela, que quedaba en la calle San Sebastián. Le pregunté si podía llevarle un
mensaje a Liubovna, porque tenía que reunirme con ella en privado. Le garabateé en un papel que necesitaba hablarle y que por
favor acudiera a verme.

Minutos después me asomé por la ventana y vi una figura alta
y enjuta salir por los portones de hierro de La Fortaleza y bajar
rengueando por la calle. Liubovna llevaba una pañoleta negra
con rosas estampadas cubriéndole la cabeza al estilo campesino
ruso, porque estaba lloviznando y no se quería mojar. Tenía más
de sesenta años pero no lo aparentaba; era fuerte y se mantenía
más derecha que un pino. Aquella cojera sería cosa pasajera,

resultado del clima que no le favorecía; en cuanto se alejara de la isla se le quitaría. Por fortuna Juan no estaba con ella. Acudió a la cita sola.

(Cuando Madame pasó a mejor vida hace algunas semanas, leí en los periódicos que Liubovna estaba viviendo en Rusia y que esperaba heredar todo el dinero de Ivy House, porque Dandré no había podido encontrar la licencia de su matrimonio con Madame. Me reí para mis adentros de aquella ironía. 'Si esa vieja bruja hereda, me lo deberá a mí', me dije, 'aunque nunca se enterará. Sabiendo lo que es el régimen comunista, dudo mucho que ese dinero llegue a sus manos').

Liubovna tocó a la puerta y la dejé entrar a la zapatería. "Sólo puedo estar un minuto, Masha. Niura me está volviendo loca con los preparativos de la gira; todavía tenemos mucho que hacer", me dijo malhumorada y con prisa. Pero me abrazó cariñosamente. En el pasado habíamos tenido nuestras dificultades —se sentía celosa de mi relación con Madame— pero por aquel entonces ya nos habíamos sobrepuesto a ellas. No obstante, yo no le tenía pena a Liubovna; su trabajo como dama de compañía de Madame era mucho más llevadero que restregar la ropa sucia de las familias ricas en las piletas de los lavaderos públicos de San Petersburgo, sobre todo en el invierno. Pero nunca le abrí mi corazón, porque era demasiado amiga de Dandré. Sabía qué, cuando las cosas se pusieran de color de hormiga brava, Liubovna se aliaría con él en lugar de con su hija, y mi deber era apoyar a Madame.

"¿Se ha dado cuenta del romance que ha florecido bajo nuestras propias narices?", le pregunté a boca de jarro en cuanto entró por la puerta. Yo nunca he sido de las que le dan vueltas a la noria y no tengo pelos en la lengua.

"¿Te refieres al joven violinista que ha estado acompañando a

Niura últimamente a todas partes? Dicen que es hijo de un famoso cacique político de la isla", afirmó Liubovna. Se había quedado tan preocupada con la partida de Dandré, que ni se había fijado en el errático comportamiento de su hija.

"Sí", le respondí. "Y es también un revolucionario a punto de darle jaque mate a Madame quien, a pesar de sus treinta y ocho años, sigue siendo igual de crédula que una criatura recién nacida".

Le hablé a Liubovna de las tácticas de Diamantino. Donde quiera que iba en la isla, la gente lo reconocía como el hijo de don Eduardo, y que lo vieran con Madame, la estrella mundialmente reconocida del Maríinsky, le daba mucho prestigio. Y si llegaba a convencerla de la causa revolucionaria, Niura lo ayudaría aún más. Un apoyo como aquel le ganaría reconocimiento en el extranjero y podría ofrecerle al joven un nombramiento político importante en la oposición. Aquel era el verdadero propósito de Diamantino, al insistir tanto en que saliéramos de San Juan y nos internáramos por los caminos del interior; quería que la gente los viera juntos. El encuentro en La Fortaleza la semana antes no había sido fortuito. Había enviado el Pierce-Arrow a recogerla en el muelle con un propósito específico en mente.

Liubovna se sentó en el taburete de trabajo de Juan. El piso alrededor nuestro estaba cubierto de retazos de cuero, montones de aserrín, siglos de mugre y suciedad. Olía a cola de pez y a aguarrás; al sudor de los que tienen que arreglar sus zapatos una y otra vez porque no tienen con qué comprarse un par nuevo.

"Eso no puede ser verdad", me contestó alarmada Liubovna. "¿Se habrá vuelto loca Niura?".

"Todavía no, pero es posible que se le aflojen los tornillos que le quedan si cae en brazos de ese sinvergüenza. Conozco su calaña".

"¡Pero si es casi veinte años más joven y ni siquiera habla ruso! Estoy segura de que Niura lo trata como si fuera su hijo. Eres una exagerada". La voz de Liubovna sonaba cascada, como le sucedía siempre que se ponía nerviosa y se le encampanaba en un registro más alto.

"Le juro que es verdad. Muchas 'madres' se han prendado de amantes que tenían la misma edad que sus hijos. Si no, piense en George Sand y en Isadora Duncan. Debe recordarle a Niura sus obligaciones como hija y como figura internacional que necesita mantener alto el nombre de su país. No sólo a ella le va la vida en esto, nos va la vida a todos".

"¡Pero es absurdo! Mi hija nunca haría algo así, te lo aseguro".

"Usted conoce a Niura cuando se le mete una idea entre ceja y ceja. Se ha convencido de que, con paciencia y devoción, podrá vencer todas las dificultades: el abismo de la edad, la religión católica, la cultura, el lenguaje, y todo lo demás que la separa de su Romeo provinciano y calenturiento."

Me di cuenta de que Liubovna estaba asustada. De pronto se había dado cuenta de que existía una verdadera posibilidad de que su hija cayera en las garras de Diamantino. "¿Y qué podemos hacer?", susurró, la cara blanca como un papel.

"Usted debe quedarse en San Juan y esperar a que regrese Dandré. En cuanto vuelva, hay que ponerle al corriente de lo sucedido. Yo acompañaré a Madame en su viaje, e intentaré defenderla de ese canalla". Liubovna me abrazó de prisa y salimos juntas a la calle, temerosas de que Juan nos sorprendiera.

En esta isla no hay más que un ferrocarril, al que llaman 'de circunvalación'. Pero es un mero decir, porque el ferrocarril ni le da la vuelta a la isla ni circunvala nada. Sale de San Juan, pasa por Arecibo y va marcando los cayos de la costa a campanazos hasta llegar a Ponce. En Ponce se detiene y regresa a la capital por donde mismo ha venido. La mitad de la isla —el sur y el este— no tiene otro acceso que el de los caballos repechando monte, y es mucho más pobre que la mitad oeste.

Abordamos el caballo de hierro por la tarde al día siguiente, en una pequeña estación en San Juan, con torre de reloj, techo de vidrio y leguminosas vigas de hierro como en las estaciones europeas, aunque mucho más modesta. El tren era rústico, pero tenía su encanto. Tenía una locomotora de carbón, dos vagones de pasajeros con amplias ventanas abiertas, un vagón para el correo y otro para la carga. Los vagones de pasajero eran de dos tipos: la primera clase —un dólar cincuenta— tenía asientos de pajilla resbalosos, que hacían a uno escurrirse como marionetas sin hilo junto a su vecino; la segunda clase —setenta y cinco centavos— tenía asientos de tabloncillo que le pinchaban a uno las nalgas. Cuando se acercaron a la cabina de entrada, Madame le pidió a Diamantino que comprara boletos de primera para ellos, y de segunda para el resto de la compañía, como solía hacer Dandré, pero Diamantinó rehusó hacerlo. Ahora Madame viajaba con él, dijo, y él era un caballero. Desabrochó el pasador de uno de los botones de diamante de su camisa y se lo entregó al oficinista. Compró con él quince boletos de primera y le dio uno a cada miembro de la compañía. (Molinari se pagó su propio boleto y viajó en segunda).

Esa mañana temprano, cuando todavía estábamos en el hotel y le llevé a Madame la bandeja del desayuno a la cama, me hizo una confesión. La noche antes, al salir del Teatro Tapia, Diamantino y ella se habían ido a caminar solos por la playa del Condado. "Hicimos el amor sobre la arena como una pareja de pulpos juguetones que se acarician todo el cuerpo para descubrir sus secretos", suspiró Madame mientras volvía recostarse, con la bandeja humeándole sobre la falda.

"Es una pena que no nos hubiésemos conocido antes, pero ahora que nos conocemos no nos separaremos nunca". Me incliné sobre ella para alisarle las sábanas y acomodarle los almohadones como si aquello no me sorprendiera, pero sus palabras me quemaron la piel.

Empecé a cepillar vigorosamente el traje que Madame iba a ponerse ese día y me quedé absorta, mirando por la ventana. Una pareja de palomas se arrebullaba en un nido, del otro lado de los postigos de persianas, como validando lo que Madame acababa de decir.

"Cuando Diamantino cumpla treinta años usted tendrá cuarenta y ocho; cuando él cumpla sesenta Madame estará descansando bajo la tierra", le dije, caminando hacia la puerta sin volverme hacia atrás.

19

Mientras el tren se adentraba por los cañaverales hirsutos, logré hablar con Madame en privado. Diamantino y Nóvikoff se habían marchado en busca de algo que merendar, y nos encontramos solas por primera vez desde que salimos de San Juan. "Está cometiendo un error", le dije en voz alta, para que pudiera oírme por encima del escándalo de la locomotora. "¿Cómo puede comportarse así? Todo el mundo en la compañía la está juzgando. Acabará pobre, sola, y sin nadie que la proteja".

Madame me miró fijamente, y el viento revolvió sus palabras a mi alrededor como avispas furibundas. "¿Cómo te atreves, Masha?", me dijo. "Tú no me mandas. Puedo hacer lo que me dé la gana con mi vida". Y me dio una cachetada tan fuerte, que me dejó en la mejilla un tulipán encarnado. En ese momento, Nóvikoff entró a nuestro compartimiento, con dos tazas de café hirviendo. El café se derramó sobre los asientos de pajilla y dimos un salto para no quemarnos. "¡Cristo! ¿Pero qué les pasa a ustedes?", nos gritó, agarrándonos a cada una por el brazo.

Madame empezó a quejarse: "Es un alivio estar lejos de Dandré", (Tenía la habilidad de transformarse de una arpía en una niña indefensa en un instante). "Hace once años que estamos juntos y todo el mundo tiene derecho a sentirse libre de vez en cuando. Pero no puedo ni mencionar el nombre de otro hombre sin que esta becerra descornada empiece a mocharme para que me aparte de él", me regañó. Nóvikoff entendía perfectamente. Se sonrió y le hizo un guiño a Madame, mientras yo guardaba un silencio circunspecto. Nóvikoff era un experto en la ciencia del amor. "Hazlo sufrir, querida", dijo. "Dandré no es más que un caimán viejo, diviértete todo lo que puedas".

Yo siempre cogía con pinzas las críticas que Madame le hacía a su marido, porque al fin y al cabo siempre lo perdonaba. Quizá fue por eso que en ese momento me convertí en abogada del diablo, y comencé a defender a Dandré.

"Dandré es un hombre bueno", le dije a Madame. "Está siempre pendiente de usted y la malcría más que la propia Liubovna; se pasa trayéndole vasos de leche a todas horas, y en la mesa insiste en que la carne que le sirven a la hora de la comida esté tan fresca, que casi respire sobre el plato para que le insufle energía. 'Recuerda que tus pies son tus alas, querida, debes cuidar de ellos' se pasa diciéndole mientras se los sumerge en una ponchera de agua caliente con sal de Eno. Dandré entiende la vida sólo desde una perspectiva. Es cierto que parece el parachoques de un carro y es capaz de pasarle el rolo por encima a cualquiera. En sus ojos lo negro es negro y lo blanco es blanco: nunca hay matices. Por eso tiene tanto éxito en los negocios y es tan buen administrador. Dandré piensa que usted es maravillosa, y es un buen compañero porque es de su misma edad". Y enfaticé las últimas palabras, para que abriera los ojos.

Nóvikoff estalló en carcajadas. "Tienes toda la razón, Masha. Dandré es tal como tú lo has descrito. Pero uno tiene que vivir el momento, querida". Y a Madame le dijo: "No te preocupes por el futuro. Por lo general se resuelve solo".

Esa misma tarde Madame y yo hicimos las paces. Nuestras discusiones eran como aguaceros dispersos: un minuto llovía a cántaros, y al próximo salía el sol. Todavía éramos el corazón de la compañía. Los demás miembros llegaban y se marchaban, estaban siempre buscando amoríos aunque, afortunadamente, gracias a las prédicas de Madame, casi siempre se imponía el sentido común. Pero Madame y yo nos fuimos fieles la una a la otra durante muchos años.

20

"Estoy agotada de tanto viaje, Masha", me dijo Madame, mientras se bamboleaba junto a mí como una muñeca a causa del movimiento del tren. "Después ya no quieres parar; prefieres seguir bailando hasta que se te gasten las zapatillas, y los pies se te queden en carne viva. Nuestro hogar dulce hogar se evapora; ya no está en ninguna parte. Sólo existe el escenario, donde uno se desnuda el alma todas las noches. Es un sentimiento aterrador: como si la música le agarrara a uno por el cuello y lo arrastrara sin compasión hacia la muerte".

Yo estaba de acuerdo con ella. Nuestro agotamiento nos hacía cruzar los límites de la realidad, y existíamos en un nivel de desprendimiento de la materia que era muy conveniente para Dandré y los que se beneficiaban de nuestras representaciones, pero que a menudo resultaba desastroso para nosotros. La ventaja era que vivíamos sin ataduras de ninguna clase: no teníamos ni patria, ni pueblo, ni casa, ni padres, ni hijos. Estábamos hechos de aire y de estrellas; pertenecíamos al universo, y eso nos daba una gran tranquilidad.

Nos tendimos en los asientos y cerramos los ojos, tratando de descansar. Diamantino no había regresado todavía; conocía a mucha gente en el tren y le gustaba saludar y conversar con todo el mundo.

"Yo sé que las chicas y tú se han sacrificado mucho por mí en este viaje", dijo Madame. "Bailar en una compañía como la nuestra es un sacrificio anónimo, que nadie agradece. El ballet es siempre efímero; las faldas de tul se evaporan en un instante y son pocos los testimonios que quedan de nuestro arte". Yo ya me estaba cansando de aquella rapsodia que Madame seguía entonando. Sabía que estaba buscando que aprobara su enamoramiento de Diamantino, pero no iba a dar mi brazo a torcer.

Le inquietaba que, cuando pasara el tiempo, las chicas y yo nos quedáramos desprovistas de protección y no pudiéramos sobrevivir. Muchas de nosotras ya habíamos rebasado los treinta, la edad límite en la carrera de toda bailarina clásica, y Madame no podía hacer nada para remediar nuestra situación. ¿Cómo podría ella, una artista empobrecida de un país que acababa de evaporarse de la faz de la tierra asegurar nuestra supervivencia? Era imposible que en una compañía de ballet como la nuestra existiese más de una estrella principal: hubiese costado un capital en promoción, disfraces y decorados. El baile era importante, pero no lo era todo. "Uno tiene que darse a luz a sí mismo, crearse una y otra vez desde el comienzo", decía Madame. Así era como Niura Federovskaya, la hija ilegítima del oficial de la reserva Mátvey Féderov, había logrado convertirse en *prima ballerina* del mundo.

"El sari que yo llevaba puesto en *La hija del Faraón,* por ejemplo, estaba confeccionado con lamé de oro de 24 quilates y costó mil dólares. Mi adorno de cabeza, un ibis con turquesas incrustadas en los ojos, costó otros mil. Los diseñé yo misma, porque sabía que de esa manera Dandré no podría negarse a pagarlos. ¿Te imaginas el gasto de vestir a todas las chicas así? Ese era el secreto de Sergei Diáguilev, Masha: tenía los bolsillos del príncipe Sergei Oblonski y del príncipe Savya Mámontov, pozos de petróleo sin fondo, a su disposición. Nuestra compañía es muy distinta. Nosotros bailamos tanto para los pobres como para los ricos. Con los medios limitados a nuestro alcance, nuestra *troupe* ha logrado maravillas".

Dandré también había sacrificado mucho por ella. Su pasión por Madame había sido la causa de su debacle en Rusia, y ella siempre lo tenía presente. Madame acababa de graduarse del Maríinsky y todavía era virgen cuando Dandré la vio bailar por primera vez. Estaba interpretando el papel del fantasma en *La Sylphide,* y desde ese momento no pudo quitársela de la cabeza. No tenía dinero para mantenerla como su querida, pero a pesar de todo le compró un piso estupendo en San Petersburgo y empezó a tramar negocios turbios que le permitieran financiar sus gastos. Esta situación duró alrededor de ocho años y Madame no sabía nada de ella; no se lo hubiera permitido. Cuando se enteró, ya era demasiado tarde. Lo cogieron con las manos en la masa y lo metieron de cabeza en la cárcel.

"Saqué de inmediato mis ahorros del banco", me contó Madame, "y pagué su fianza. Luego le envié el dinero para que viajara secretamente a Helsinki en un barco pesquero. Yo era muy joven y estaba en mi primera gira por el extranjero. Dandré se reunió conmigo en Dinamarca, y luego siguió con el resto de la compañía hasta Inglaterra. Lo ayudé a establecerse en Londres. No me quedaba más remedio: después de esa experiencia yo podía regresar a Rusia cuantas veces quisiera, pero a Dandré se le hacía imposible. Lo sacrificó todo por mí: su país, su capital, su familia. Sentirme agradecida era inevitable.

"Cuando yo era joven necesitaba desesperadamente un hombre como Dandré, que me ayudara a sobreponerme a las dificultades de la vida diaria. Era huérfana de padre y Dandré ocupó su lugar. Lo conocí cuando tenía dieciséis años y estaba a punto de graduarme. Dandré compartía un palco en el Teatro Imperial del Maríinsky con un amigo —el príncipe Kótshubei— un joven encantador y muy bien parecido. El Príncipe venía todas las noches a verme bailar, porque sostenía esperanzas de tener amoríos conmigo. Pero el chico era demasiado joven y no era económicamente independiente. Así que cuando conocí a Dandré, me aferré a él como una gaviota a una roca en medio del océano.

"Un día, en el intermedio, me invitaron a visitarlos al palco y yo me senté entre ellos a beber horchata de almendras como cualquier otra colegiala, pues a las bailarinas les tenían prohibido beber alcohol. Pero yo no era nada inocente. Desde joven tenía un gran talento erótico, una energía sexual extraordinaria. "Bailé desnuda para ellos, Masha", me confesó en un tono culpable, tapándose la cara con las manos. "Yo era delgada y de huesos ligeros, tenía la constitución física de una niña: casi no tenía vello púbico y mi sexo flotaba sobre mis piernas como un suave triángulo de carne; mis senos eran dos soles gemelos que comenzaban a amanecer sobre mi pecho. Todo aquello me parecía un juego, un deporte interesante. Durante aquellas tardes extravagantes y enloquecidas deslicé mis pies descalzos sobre sus cuerpos como blandas estrellas de seda. Hicimos el amor sin descanso en la cama del Príncipe, nuestros miembros entrelazados y sueltos sobre las sábanas de holanda. Yo me sentía absolutamente feliz flotando entre ambos amantes, rauda y ágil como una libélula.

"Mi madre nunca me perdonó aquellos encuentros secretos, cuando nos poseía el espíritu enloquecido de Eleusis. Nunca quiso volver a dirigirme la palabra, a pesar de que me persigue alrededor del mundo como una sombra silenciosa, y yo me esmero por cuidar de ella lo mejor que puedo. Con todos aquellos retozos y juegos pronto salí encinta y tuve que hacerme un aborto, lo que me dejó estéril para siempre. Por eso, cuando camino por la calle, no puedo ver un niño sin que me entren deseos de abrazarlo".

Cuando Madame me habló así traté de tranquilizarla, rogándole que cerrara los ojos y dejara de hablar por un rato para que descansara. Pero no me hizo caso. El asunto de Diamantino le había revuelto las entrañas y se le hacía imposible callarse. Su voz siguió elevándose por encima del escándalo del tren como el zumbido persistente de un insecto.

"Estas bacanales prematuras entre el príncipe Kótshubei, Dandré y yo fueron sin duda un pecado muy grande, Masha. Pero luego de mi aborto nos arrepentimos profundamente de lo que habíamos hecho, y de ahí en adelante aquellos episodios jamás se repitieron. Dandré y yo nos casamos en secreto unos meses más tarde en Ligovo, el pueblo de mi abuela, en la misma iglesita donde me bautizaron de niña. Pero yo no quería que nadie se enterara; en realidad, estuve de acuerdo con casarme sólo para darle gusto a Dandré. Por eso te di a guardar el certificado de matrimonio después de la boda, con indicaciones estrictas de que lo quemaras. ¿Cómo iba yo a pertenecerle a Dandré, si necesitaba entregarme a mi arte en cuerpo y alma? Mis deberes como bailarina eran sagrados. Tenía que permanecer libre, porque mi cuerpo era un instrumento de lo divino. No obstante, Dandré y yo hemos permanecido juntos durante más diez años, debido al terrible secreto que compartimos: la triste historia de una niña que no logró dar a luz a una niña.

"Después de mi desliz me dio por ir a todas partes con un recorte de periódico en la cartera, que sacaba de cuando en cuando y me ponía a leer en público. Era la historia de una pobre campesina de Tílsit que había dado a luz a catorce hijos. Llegó un día en que no pudo más, y se sentó en la esquina de la plaza de su pueblo con sus hijos alrededor, y empezó a regalarlos sin ton ni son, al primero que pasara. ¿No te parece una injusticia? ¡Y yo, que hubiese dado mi vida por uno!

"Durante los años que hemos vivido juntos he aceptado las atenciones de Dandré, pero la verdad es que nunca he estado enamorada de él. Es demasiado masculino. Todo lo que tiene es tan grande: sus manos son como patas de oso; sus hombros, anchos como los de un estibador; su pene, tan contundente como la maceta de un juez. Se me eriza la piel cada vez que se acuesta a mi lado. Podría fácilmente quebrarme los huesos si accidentalmente llegara reclinar sobre mí todo su peso. Cuando hacemos el amor no puedo dejarme ir; se me hace imposible experimentar placer. A pesar de todo, desde que lo conocí duermo profundamente en las noches, segura de que tanto Mamá como yo estamos económicamente a salvo; de que no hay que temerle al hambre. Ahora Dandré ya no me exige nada. Me resuelve todos los problemas y le basta con que esté cerca de él, haciéndole cariños en la bola marfileña de su calvicie o en la punta de la nariz. Pero no es un buen arreglo, porque a menudo me siento vacía. ¿Será pecado querer ambas cosas?

"Nuestras bailarinas vienen de familias de clase media decentes y son muchachas normales, oriundas de Rusia, Inglaterra y hasta de los Estados Unidos. Soy capaz de cualquier cosa por ellas. Sueñan con el Príncipe Azul todas las noches, aunque no me lo cuentan. Pero tú eres distinta, Masha; me preocupas más que las otras. Me entristece que te desagraden los hombres por culpa de lo que has tenido que soportar. Trato de consolarte lo más que puedo para que no te sientas así. Mi padre no me pegaba, como te sucedía a ti, pero nunca llegué a conocerlo. Fue un vacío en mi vida. Cuando conocí a Dandré nunca volví a echarlo en falta.

"Soy melancólica por naturaleza; por eso llevo puesto un anillo con un ópalo negro en el dedo índice. Me lo obsequió una vez un admirador australiano. El ópalo negro es como el alma rusa: a la vez oscuro y radiante, con rayos de luz que emanan misteriosamente de sus entrañas. En el pasado, cuando lo escrutaba, estaba convencida de que el amor no era para mí. Dios me había concedido talento, éxito profesional, belleza, buena salud. Quejarme hubiese sido ingrato. Hoy, cuando me asomo a sus profundidades, veo el rostro de Diamantino emerger de su negrura como un imán peligroso y fascinante.

"Diamantino es un hombre considerado, consciente de los sentimientos ajenos. No impone sus opiniones sobre los demás, como Dandré; le pregunta a uno lo que piensa. Tiene una dulzura en el rostro que enamora, muy distinta a la máscara tallada en piedra de Dandré".

La confesión de Madame me impresionó profundamente. Disentía de ella sólo en una cosa: a mí no me desagradaban los hombres. Madame, como siempre, me estaba dando por sentada, pero no tuve energías para contradecirla. Me limité a abrazarla, y la sostuve entre mis brazos hasta que se quedó callada.

21

~~~~~~~

Las muchachas saltaron fuera del vagón y empezaron a correr junto al tren, llamando a Madame para que se les uniera. Madame no se movió del asiento; ella ya no estaba para esos trotes. En la mañana no había tenido tiempo para dar la clase antes de salir, y se sentirían entumecidas.

No podía evitar sentirse orgullosa de lo hermosas y fuertes que eran sus chicas. Seis amazonas con las melenas rubias al viento, las coletas de las trenzas bailando de lado a lado como látigos, los músculos de las piernas ondulando bajo las cortas túnicas. Los vagones se movían con bastante lentitud porque atravesábamos una región muy poblada: había vacas cruzando las vías del tren, hombres que tiraban con bueyes de los carretones atisbados de caña, niños jugando descalzos en cada cruce polvoriento del camino. Los demás pasajeros sacaban la cabeza fuera de las ventanillas y miraban con la boca abierta a las rusas locas, que habían decidido ganarle al tren.

La gente de la isla a menudo se quedaba pasmada cuando nos veía. No estaban acostumbrados a las mujeres rusas como nosotras, tan forzudas y musculosas como los hombres, capaces de llevar a cabo cualquier proeza física. Acostumbradas a las estepas siberianas, donde la distancia se mide en miles de kilómetros, en la isla a nosotras todo nos parecía minúsculo. Esto nos hacía sentir poderosas, y nos convencía de que podíamos lograr cualquier cosa.

Cuando el tren se internó por los barrios más pobres, chiquillos en andrajos empezaron también a seguirlo, gritándoles a las muchachas para que les arrojaran monedas y a veces subiéndose de un salto al último vagón para darse una trilla. Un vendedor de cuchifritos se paseaba voceando por los pasillos, pregonando quesitos de hoja y empanadillas de chapín. Madame compró de ambas golosinas y las distribuyó entre nosotras.

Me quedé profundamente dormida con la cabeza apoyada sobre el hombro de Madame, y cuando volví a abrir los ojos me di cuenta de que habíamos dejado atrás la ciudad. El tren iba ahora más rápido, internándose a buen paso por la campiña; las chicas se subieron al tren de un salto y regresaron a sus asientos. Soplaba una brisa agradable, que nos secó el sudor de la cara y el cuello. Me quedé mirando las colinas azules que aparecieron en la distancia, mientras cogitaba para mis adentros cómo hacerle entender a Madame lo importante que era para nosotras. Yo había sacrificado mucho al irme de Rusia: había traicionado la Revolución. Como miembro de la clase obrera yo tenía un futuro prometedor, mientras que a Madame, a pesar de ser hija de una lavandera, se le había identificado con la nobleza. Su interpretación de 'La muerte del cisne' era una metáfora de la agonía de la aristocracia, aunque ella quizá no se había dado cuenta de ello.

Diamantino regresó a nuestro vagón y se sentó junto a nosotras en el compartimiento. Si lo que decía era verdad, todo lo que veíamos a nuestro alrededor les pertenecía a los barones del azúcar. A nuestra izquierda una hilera de mogotes desfilaba lentamente por el cañaveral como una caravana de ballenas verdes. Alguna vez había leído en una revista sobre esos montes extraños; en el Mar de la China Meridional también los había, y tenían millones de años. Las nubes flotaban sobre ellos como ovejas desflecadas, y alguna que otra se quedaba adherida a la cima. A nuestra derecha el mar teñía el borde inferior del cielo de un añil oscuro, como pintura derretida.

Cinco horas después el tren se aproximó al pueblo de Arecibo. Varios ingenios azucareros aparecieron en el horizonte, sus chimeneas humeando como cachimbos enormes. "Aquel es Dos Ríos", nos informó Diamantino, señalando hacia un edificio de ladrillos rojo. "Es la hacienda de mi padrino". Madame se puso de pie para verla mejor. Una casa grande, con techo a cuatro aguas, se levantaba en medio del llano. Tenía un balcón a la vuelta y redonda, y una escalera amplia en forma de abanico que subía hasta la puerta principal, en el primer piso. De pronto el tren dio un frenazo y perdimos pie, encimándonos unos sobre otros. Diamantino sostuvo a Madame por los brazos, para evitar que se cayera. "Te deseo más que nada en el mundo", le escuché susurrarle al oído. "En cuanto estemos solos nos vamos por nuestro lado, y nos internamos por los montes del centro de la isla".

La estación de Arecibo estaba en una lengüeta de tierra recubierta de matas de jacinto, en la ribera del Río de la Plata. El pueblo era largo y estrecho, y seguía el contorno de la costa. Las casas del lado del mar daban todas a la calle, y le volvían la espalda al agua. Era como si los arecibeños le tuvieran miedo al horizonte por el cual se acercaban navegando los forasteros con los que hacían negocios, pero que también los pirateaban: los ingleses, los holandeses y, por último, los americanos.

"¡Todo el mundo fuera!", ordenó Diamantino en cuanto atracamos en la plataforma del andén. Bártulos y valijas empezaron a salir volando por la ventana y nos apresuramos a descender por las escalerillas con dificultad, luego de tantas horas de entumecimiento. Unos minutos más tarde, el tren dio un silbido y arrancó camino al sur de la isla. Nos desplazamos en caravana hasta el centro del pueblo, las chicas corriendo y saltando al frente de Molinari, un gigante polvoriento vestido de negro que se abanicaba con la tapa de cartón de la caja de las pelucas. Todo el mundo se quejaba del calor. Gríoriev, el flautista, tenía la cara tan roja que parecía que le iba a dar un infarto. Juan Anduce y yo cargábamos sobre nuestras cabezas las pesadas canastas de los disfraces que Madame nos había entregado.

No me gustó ni un poquito ver que Diamantino se había convertido en el líder del grupo, impartiéndole órdenes a todo el mundo: hasta a Molinari y a Nóvikoff. Mandó contar las maletas para asegurarse de que no se hubiese quedado ninguna en el tren y dirigió el grupo hacia el Hotel las Baleares, en la plaza principal del pueblo. No dejaba sola a Madame ni por un momento, y ella parecía encantada. Yo estaba tan furiosa con Madame que le di una patada a una piedra que estaba a la orilla del camino y maldije en voz baja. ¿Cómo podía estar tan ciega? ¿No se daba cuenta de que la estaban usando?

Madame tenía treinta y ocho años; sus carnes habían comenzado a arrugarse sobre sus huesos como la leche cortada. Debía de estar pensando en retirarse y regresar a Ivy House en Londres, donde nos había prometido fundar una escuela para jóvenes bailarinas. En vez de eso, se había enamorado locamente de un petimetre adolescente. ¿Cómo se atrevía a sermonear a sus discípulas sobre la naturaleza sacrosanta del arte cuando estaba metiendo mano con ese sinvergüenza? ¿Cómo insistir en que la única meta de su vida era llevarle a los indigentes de este mundo la experiencia enaltecedora del arte? El cisne que representaba la muerte tan bellamente en escena para que los pobres aceptaran la suya con resignación había pasado a mejor vida. 'No es más que una libertina y una hipócrita', me dije para mis adentros, mientras me sentaba sobre el tronco de un árbol a la orilla del camino. Madame vio que me había quedado atrás, y regresó sobre sus pasos. Se sentó a mi lado, rodeándome los hombros con un brazo.

"¿Qué te pasa, Masha? ¿Pesa mucho ese canasto? Déjame que te ayude a cargarlo".

Y la odié aún más.

22

Levanté la cesta llena de disfraces y zapatillas, y seguí decididamente el camino en dirección del pueblo. Madame y Diamantino caminaban en silencio frente a mí sin hacerme caso. Me di cuenta de que querían estar solos, pero me hice la loca. ¿Porqué será que en la mujer madura la lujuria es siempre vista como una ofensa? Una mujer mayor que se enamora de un joven inteligente y bien parecido no merece perdón. Es algo contra natura, implica el triunfo de la muerte sobre la vida; su cuerpo no puede concebir después de cierta edad y la semilla diseminada en terreno estéril se pierde. La mujer se transforma en payaso: su rostro ajado, recubierto de polvos, parece la máscara de la muerte junto a la faz rozagante de su cortejo. "Y eso es precisamente lo que le sucederá a Madame", me dije en silencio.

El pueblo de Arecibo —que Diamantino insistía en llamar

una ciudad— tenía cincuenta mil habitantes por aquel entonces. Las calles eran de tierra; no estaban pavimentadas, y cuando llovía parecían chorros de fango. Y en lugar de los lujosos Studebaker, Peerless Eight, Franklin, Cadillac y Willis Overland que transitaban por las calles adoquinadas de San Juan, allí la gente bien iba a caballo o en carruajes anticuados de todo tipo. Los pobres, por supuesto, iban descalzos: *en el carro de don Fernando, un ratito a pie y otro andando.*

Cuando salimos de la estación de tren nos dirigimos hacia la plaza del pueblo: una explanada amplia y bien cuidada. Una banda militar tocaba cerca, y poco después vimos un grupo nutrido de soldados que se acercaba marchando por una de las calles laterales. En la Plaza Mayor tomaban lugar en el pasado los desfiles y maniobras militares de los soldados españoles, y ahora los americanos hacían lo propio. El Teatro Oliver, un hermoso edificio neoclásico, daba a la plaza por un costado, y un poco más allá se divisaba el azul liberador del mar. La iglesia, encalada de blanco, se encontraba al lado opuesto de la plaza. Tenía una fachada de tres pisos, cúpula de ladrillos, reloj sobre la puerta principal, y un campanario ancho y fuerte que armonizaba con el espacio circundante. Un elegante kiosko octagonal, construido al estilo mudéjar, se levantaba en medio de la explanada. Una docena de caobas sembradas a su alrededor habían cubierto el piso de pétalos color rosa pálido.

Dentro del kiosko se encontraba situada la orquesta, que tocaba en aquel momento a todo trapo. El mismo regimiento norteamericano que habíamos visto en San Juan ejecutaba maniobras al ritmo de la música; sólo que esta vez se trataba de los batallones "B" y "C". El ejército estaba reclutando soldados por toda la isla, y los reunía en las poblaciones más importantes, como Arecibo. Al día siguiente los subirían al tren y los llevarían a San Juan, donde abordarían el *Buford* rumbo a Panamá.

La gente se vaciaba en la plaza, ávida de espectáculo. Una marea de mujeres uniformadas de blanco, con cruces rojas pespunteadas a sus gorras almidonadas, entraron por otra calle, marchando a la par con los soldados. Algunas eran mujeres ya maduras y llevaban a sus hijos de la mano; las más jóvenes venían de la Arecibo Central High School, según leía la pancarta que sostenían en alto. Detrás de ellas se aglomeraba una muchedumbre de niños, también vestidos de blanco. Se pusieron en fila alrededor del kiosko, a la vez que cantaban *America the Beautiful* con mucho acento. Un segundo batallón, el del *Home Guard,* cerraba la retaguardia del desfile. Iban vestidos de civil, con pantalones y camisas de algodón negro, sombreros de pajilla y ala ancha, y machetes terciados a la cintura. Una vez entraron a la plaza, la muchedumbre se cerró a sus espaldas, bailando y meciéndose al ritmo de la música. Un hombre fornido, que tenía un mechón de pelo rojo que le caía sobre la frente, marchaba a la zaga del batallón. Cuando desfiló frente a Diamantino, le dijo adiós con la mano.

"Es Bienvenido Pérez, hijo de don Arnaldo Pérez, el capataz de Dos Ríos", dijo Diamantino. "Don Pedro es su padrino también. Ahora que las tropas se van del pueblo, él será el líder del *Home Guard*. Tienen la misión de defender Arecibo de ataques enemigos cuando se vaya el ejército".

"¿Armados con machetes?", preguntó Madame, levantando las cejas.

"Se sorprendería de lo que pueden hacer con ellos. Cortar caña es buen entrenamiento militar. Los puertorriqueños no podemos poseer armas de fuego. No nos está permitido".

"Bienvenido nació en Dos Ríos", añadió Diamantino. "Es mi mejor amigo. Cuando pasaba de niño los fines de semana en casa de los Batistini, él venía a menudo a jugar conmigo. Acaba de llegar de Río Piedras, donde está estudiando ingeniería gracias a la generosidad de don Pedro".

La orquesta dejó de tocar y un hombre alto y delgado, vestido con traje de hilo, subió a la tarima y empezó a pronunciar un discurso. Era el alcalde de Arecibo, y estaba explicando que el propósito de los Bonos de la Libertad era comprar comida para los soldados destacados en el extranjero. Como los puertorriqueños estaban siendo reclutados en el ejército, era natural que compraran bonos. Y si no podían comprarlos, debían cultivar plátanos, maíz, azúcar y café en los patios de sus casas, y llevar sus productos a las oficinas de la Cruz Roja. Un barco de carga, el *Liberty Bell,* atracaría cerca del pueblo dentro de algunos meses para llevarle los alimentos a los soldados.

"¡Ganaremos la guerra con municiones de comida en lugar de con balas!", voceó el alcalde con entusiasmo, como si arengara a su equipo de pelota preferido. El alcalde empezó a regalar azadones, picos y palas, y la gente se arremolinó a su alrededor junto a la tarima; sobre todo los niños. Pronto les enseñarían a usarlos en los campos agrícolas que se establecerían a las afueras del pueblo en tierras confiscadas por el gobierno, les dijo. Las mujeres podrían también contribuir. Podían vender limonada, galletitas, y toda clase de dulces hechos de coco y de melao en sus casas, para recoger dinero para el ejército. Cuando el alcalde terminó su discurso nadie aplaudió. Se hizo un silencio profundo entre la muchedumbre.

De pronto uno de los miembros del *Home Guard* rompió filas

y corrió hasta la tarima, dio un salto y trepó por el balaustre. Una vez junto al alcalde le arrebató el magáfono y empezó a gritar: "La Cruz Roja, los *Boy Scouts,* los Bonos de la Libertad, todo es parte de la misma campaña indignante. ¿Quiénes somos? ¿Cuál es nuestra verdadera patria? ¡Los puertorriqueños no somos ciudadanos de ninguna parte. Los Estados Unidos se niega a darnos la independencia, pero tampoco quieren que seamos un estado porque están prejuiciados!". En ese momento la policía logró callar al hombre, luego de caerle encima a macanazos. El *Home Guard* comenzó a dar señas de violentarse, y un destacamento militar vestido de uniformes azules y armados con rifles los rodearon. Pronto les hicieron darse vuelta, y marcharon todos camino a la estación del tren. "¡Qué idiota!", le escuché mascullar a Diamantino. "¡Ahora todos tendremos que pagar por esa barbaridad!". Varios soldados se le quedaron mirando y nosotros nos quedamos petrificados de miedo.

Molinari se nos acercó y nos aseguró que al hombre no le pasaría nada más. "Los americanos son mucho más cuidadosos que los españoles", dijo con una risita irónica. "A los españoles nunca les preocupó que los rebeldes se convirtieran en mártires. Pero los americanos no creen en aplicar la pena de muerte por este tipo de afrenta. Meterán al malhechor en la cárcel por algunos días y pronto estará libre".

Nos mostró una plazoleta que quedaba detrás de la catedral, la Plaza del Corregidor, donde tenían lugar las ejecuciones públicas. "Aquí murió mucha gente que conspiró contra España", sentenció. Había un número de árboles equidistantes unos de otros, con un asiento de madera alrededor de la base de cada tronco. "A los condenados los amarraban a sus asientos, luego de cubrirles los rostros con una capucha negra. Entonces bajaban una soga sobre sus cabezas, daban vuelta rápidamente al torniqueta a sus espaldas, y en cuestión de segundos los cuellos se quebraban. Por eso se llama la Plaza del Corregidor".

Nos horrorizó aquella descripción, que Molinari claramente disfrutaba. "Entiendo perfectamente por qué la oveja es el símbolo nacional de esta isla. Yo me alegro de no ser puertorriqueño. Yo nací en Córcega". Y sonrió ampliamente, descubriendo unos dientes plagados de caries. Diamantino lo agarró por las solapas. "Como vuelva a hablar así lo aplastaré como una alimaña. ¿Cómo se atreve a decir eso de quienes le han dado casa y comida?".

Diamantino nos llevó a una hermosa casa colonial de dos plantas cerca de la iglesia y llamó al timbre de la puerta. Alguien estaba tocando al piano el concierto *Emperador* de Beethoven con tanto ahínco, que casi ahogaba la pizpireta marcha que ejecutaba la banda militar en el kiosko. Diamantino garabateó un mensaje en un papel, y se lo entregó a la empleada que abrió la puerta. "Por favor, déle esto a doña Victoria", dijo. "Nos gustaría mucho saludarla". Doña Victoria acudió a la puerta en persona, y la abrió de par en par. "¡Qúe sorpresa tan agradable! ¡No sabía que estuvieras por Arecibo, Tino!", dijo, dándole un abrazo. Y nos hizo entrar a todos al zaguán.

Era una mujer bajita, de pelo blanco y muy rizo que le orlaba la cara como un nimbo. El patio interior de la casa tenía un hermoso limonero al centro y matas de amapolas rojas por todas partes. Diamantino nos presentó y nos sentamos en sillones a la sombra de la galería de arcos, abanicándonos con panderetas de cartón que anunciaban Leche Klim, o con lo primero que encontramos a mano. La empleada entró con una bandeja de plata llena de vasos y una jarra de refresco de limonada. Diamantino empezó a ejecutar unos movimientos rápidos con las manos, como si estuviera tocando un instrumento invisible y pronto me di cuenta de que estaba hablando con nuestra anfitriona por medio de señas. Doña Victoria era sorda como una tapia. Se levantó del sillón, dejándonos con la boca abierta, y se encaminó hacia el piano que estaba en la habitación contigua. Se sentó en la banqueta y empezó a golpear enérgicamente el teclado. El *Emperador* de Beethoven volvió a ahogar la puntillosa marcha de Sousa que repicaba a la distancia. La anciana siguió tocando el piano hasta que la banda dejó de tocar. Cuando los últimos acordes de los instrumentos de bronce reverberaron en las paredes, doña Victoria levantó las manos del piano y se volvió hacia nosotros con una sonrisa de satisfacción. Un silencio absoluto reinaba en la sala.

"Siempre toca lo mismo cuando hay desfiles militares en la plaza", comentó la empleada con un guiño. "Lo hace a propósito, para callarles la boca a los americanos". Nos reímos cortésmente, pero no entendimos ni un divino de lo que estaba pasando. Empecé a sospechar que en Arecibo había mucho resentimiento contra el ejército. Pero como no era nuestro país, no quise tomar partido. No vi la necesidad de entrometerme en una guerra ajena.

La empleada siguió recogiendo los vasos vacíos y colocándolos en la bandeja mientras Diamantino hablaba con doña Victoria, gesticulando rápidamente y olvidándose por completo de nosotros. Madame caminó hasta la ventana y miró hacia la plaza. Me pareció que ya se estaba arrepintiendo de su aventura, de aquella gira loca por la isla, y que echaba de menos el Maríinsky y el Neva, su hermosa casa de Golders Green en Londres. De pie a sus espaldas, coloqué mis manos sobre sus hombros e intenté tranquilizarla, pero fue inútil. Suspiré profundamente, y deseé con todas mis fuerzas que estuviéramos de vuelta en San Petersburgo.

23

Estábamos buscando dónde quedaba el hotel cuando Madame sacó de su bolso unas monedas y las dejó caer en la caja de recolección de la Cruz Roja. Escuchó un bocinazo a sus espaldas. Se dio la vuelta y no podía creer lo que veía: el Pierce-Arrow amarillo y negro que había ido a recogerla en el muelle el día de su llegada venía en dirección a ellos y tocaba la bocina insistentemente. Llevaba la capota baja y un caballero de pelo blanco estaba sentado al volante. Diamantino se quedó mirándolo con ojos incrédulos. Era don Pedro, y ya era demasiado tarde para escabullirse. Le estaba haciendo señas y saludándolo con la mano, y a Diamantino no le quedó otro remedio que devolverle el saludo.

"Tendremos que acercarnos para hablar con él", dijo Diamantino frunciendo el ceño. Y tomando a Madame por el brazo, la dirigió a través de la multitud en dirección al vehículo. Don

Pedro había acudido a recoger a doña Basilisa, que estaba participando en el desfile. Doña Basilisa escuchó la bocina y se acercó rápidamente al coche. Vio a Diamantino antes de que la pareja los alcanzara, y se arrojó en brazos del joven.

"¡Tino, *m'ijo* querido, dónde has estado metido; hace seis semanas que no sabemos de ti y estábamos aterrados de que te hubiese pasado algo malo!".

Diamantino le dio un beso en la mejilla e intentó calmarla; se volvió hacia Madame para presentársela. "Maite, quiero que conozcas a una amiga mía. Está de visita en la isla con un grupo de artistas que van a dar una presentación en el Teatro Oliver".

"¿Una presentación? ¿De qué tipo?", preguntó curiosa doña Basilisa.

"Madame es una bailarina de fama mundial, Maite. Y yo me he unido a su compañía como violinista. Es un empleo que me gusta mucho".

Doña Basilisa no lo podía creer. Diamantino nunca había trabajado fijo en nada, y tocar el violín en una orquesta de mala muerte no era exactamente el tipo de ocupación que un joven de buena familia se afanaría en desempeñar, a pesar de lo que dijera don Pedro. Madame y sus bailarinas, a más de esto, presentábamos en aquel momento un espectáculo bastante patético, cubiertas de polvo y con el cansancio reflejado en los rostros.

Basilisa estaba tan contenta de ver a Tino que se le olvidó por completo la reyerta entre padre e hijo, y lo besó en ambos cachetes. Entonces se inclinó hacia Madame y la besó también cariñosamente. "Qué suerte, tener a alguien tan elegante como usted como amiga", dijo mientras caminaban cogidas de brazo en dirección al auto. Don Pedro abrió la puerta del coche e insistió que Madame y Diamantino visitaran la casona de Don Ríos, que se encontraba a las afueras del pueblo. La bailarina se subió al asiento de atrás con doña Basilisa, y Diamantino se sentó junto a su padrastro. Madame abrió su sombrilla sobre la cabeza y don Pedro encendió el motor. Estaban ya en camino cuando les hice señas desde un poco más adelante de que me recogieran. Había plantado mi canasta en medio de la calle, de manera que no les quedaba más remedio que detenerse o pisarme. Diamantino abrió la puerta con un gesto desabrido y me subí muy oronda al asiento de cuero, apretujándome entre Madame y doña Basilisa. Diamantino tuvo que descender del coche y levantar la canasta del piso; la metió refunfuñando en el baúl de atrás. Al poco tiempo nos desplazábamos todos juntos por la carretera.

24

Es un verdadero placer conocerla, Madame. Vi su retrato en primera plana del *Puerto Rico Ilustrado* hace algunas semanas. Ese joven periodista amigo de Tino que la entrevistó, Rogelio Télez, es un impertinente. ¡Cómo se atreve a preguntarle la edad! Usted tenía toda la razón cuando rehusó contestarle. Esos jóvenes intelectuales se creen unos genios y no son más que unos mocosos en calzoncillos. ¿No le parece?". Don Pedro le hizo un guiño a Diamantino. "Madame es una gran artista, m'ija", dijo volviendo la cabeza hacia su mujer. "De hecho, es la bailarina más famosa del mundo. Tenemos suerte de conocerla". Evidentemente quería arreglar las cosas y contentarse con el muchacho.

Diamantino empezó a explicarle a don Pedro cuáles eran sus planes: se alojarían en el Hotel las Baleares, que estaba frente a la plaza y buscarían firmar un contrato con el administrador del

Teatro Oliver cuanto antes. Don Pedro lo interrumpió. "¿Quedarse en el Hotel las Baleares? Ni hablar. Se quedarán con nosotros en la casa. Y no te preocupes por lo del teatro. El dueño, don Andrés Oliver, es un viejo amigo mío".

"Madame no está sola. La acompañan sus bailarinas, y quieren quedarse todas juntas en el mismo sitio", Diamantino explicó.

"No se preocupe, Madame", dijo don Pedro. "Podrá bailar todo lo que se le antoje. Y el hotel no les cobrará nada a sus bailarinas por el alojamiento porque serán mis invitadas. Si llego a enterarme de que Tino se había unido a su compañía no me hubiese preocupado tanto estas últimas semanas".

A don Pedro le encantaba invitar a gente famosa a hospedarse en su casa, y no iba a dejar que Madame se le escapara. "Ya verá lo bien que lo pasan", dijo, "no permitiremos que se aburran". Y empezó a tocar la bocina imperiosamente, apretando la perilla negra de la corneta para que la gente que iba a pie por la carretera diera un brinco y se echara a un lado. Madame se dio por perdida y se hundió en el asiento, luego de atarse un pañuelo rojo alrededor de la cabeza. Estaba demasiado cansada para llevarle la contraria al condenado viejo.

Doña Basilisa rompió su silencio. "No puedo creer que esto sea una casualidad. Ayer mismo le rogué a Pedro que me trajera a Arecibo porque la campaña de la Cruz Roja acababa de empezar, y yo quería unirme a mis amigas voluntarias. Aunque vivimos en San Juan desde hace años, siempre trato de mantener contacto con mis amigas. Nos tomamos una foto vestidas de enfermeras y sentadas frente a una mesa cubierta de tijeras y rollos de vendajes, como si estuviésemos en el frente de batalla. Fue divertido porque, por supuesto, en Arecibo no hay un sólo herido y la guerra está muy lejos. Pero de todas formas es importante que participemos en estos actos oficiales, porque ahora somos ciudadanos americanos".

Doña Basilisa empezó a contarle a Madame sobre sus abuelos, que eran catalanes y franceses. Tenían un negocio de importación de tela de algodón, con la cual las costureras de su fábrica confeccionaban sábanas, manteles, y todo tipo de ropa interior. Antes de que ellos establecieran su negocio en Ponce, estos artículos eran muy caros, porque tenían que ser importados. La gente del pueblo vestía con ropa ordinaria, hecha con el algodón de los sacos en los que se importaba la harina de trigo a la isla. Por eso la Cruz Roja se había puesto en contacto con su familia; para pedirles que donaran varios cientos de varas de tela para hacer los vendajes que se enviarían a ultramar.

Doña Basilisa tenía la cara redonda y blanca, y una papada como flan de coco que le temblaba sobre el pecho cuando se reía. Igual que la mayoría de las mujeres de posición acomodada en la isla, había estudiado únicamente hasta octavo grado, gracias a los esfuerzos de un tutor privado. Hasta la llegada de los americanos la educación pública era sólo para los varones, y no había un colegio para señoritas. Como su hija estaba estudiando en los Estados Unidos —le contaba a Madame— a menudo se aburría y tenía muy poco que hacer. Por eso, cuando Diamantino se había mudado a vivir con ellos a casa de don Pedro, se había sentido tan contenta de tenerlo cerca. Lo quería como a su propio hijo.

"¿Así que usted es de San Petersburgo?", le preguntó doña Basilisa a Madame con asombro. "¡La ciudad del Zar! Cuénteme sobre la familia imperial. Una vez la vi retratada en la prensa. ¿Son tan ricos como dicen? ¿Es verdad que se regalan huevos de Fabergé todos los años el día de Pascua de Resurrección?".

"Los huevos son símbolos de vida, y también objetos mágicos de curación", la interrumpió Madame. "Por eso el Zar y la Zarina se regalaban huevos los Domingos de Pascua. ¡Una gente tan elegante, y pensar que están ahora todos en la cárcel como si fueran criminales comunes!". Doña Basilisa parecía sorprendidísima.

"¿No me diga que están en la cárcel? ¡Que extraordinario!".

"Maite no lee los periódicos, Madame", la excusó don Pedro. "Yo los leo y luego le cuento. Se me olvidó contarle lo que acaba de pasarle a los Romanov".

Doña Basilisa soltó una risita tímida, como si estuviera avergonzada. "A esta le falta un tornillo", me dije, mientras trataba de no apretujarme contra ella, a causa de los bamboleos del auto. "No le tengo confianza".

"¿Se acuerda de Rogelio, el joven que le hizo la entrevista en San Juan? Es amigo de Tino", dijo doña Basilisa. "Está pasándose unos días en el pueblo, en casa de doña Victoria Téllez, su tía. Quiere escribir un artículo de fondo sobre usted, y de seguro se lo encontrará hasta en la sopa; va a estar persiguiéndola por todas partes. Tino quiere ser escritor como él, pero el padre de Rogelio tiene mucho dinero y puede darse el lujo de saldar las deudas de la revista literaria de su hijo, que por supuesto es muy mal negocio".

"Recuerdo a ese periodista claramente. Tenía puestas unas gafas de sol dentro de mi cuarto hotel, que estaba completamente en penumbras. No entiendo cómo pudo tomar notas en la oscuridad. Me pareció *très gaté*".

"¿*Tres* qué, Madame?", preguntó don Pedro alzando las cejas. Hasta ese momento habían hablado en inglés, pero don Pedro no entendía francés.

"Muy malcriado", abundó Madame.

Don Pedro soltó una carcajada. "Aquí le decimos a eso otra cosa: ser un alfeñique. ¿Tú conoces la palabra, verdad, Tino?" preguntó, guiñándole un ojo a Madame en el espejo retrovisor. Diamantino se hizo el que no había escuchado, y se quedó mirando fijamente la carretera.

"¿Y cuándo tendremos el gusto de volver a ver a su amigo periodista?", preguntó Madame.

"Llega mañana. Se alojará en casa de doña Victoria, la maestra de piano del pueblo. Doña Victoria le da clases de piano de gratis a todo el que tenga aptitud musical".

"¿Doña Victoria es maestra de piano? ¡Pero si es más sorda que una tapia!". Madame no lograba salir de su asombro.

"¿Ya la conocieron?", preguntó Basilisa. "Su padre era alcalde de Arecibo, y vivían en la casa más grande de la plaza. Pero el general Williams se la expropió para convertirla en alcaldía. Doña Victoria no puede perdonárselo".

Entendí entonces el porqué de los porrazos que daba aquella señora en el piano. Los ricos eran todos iguales, ya fuese en Rusia o en Puerto Rico. Rogelio con sus gafas oscuras, su chaleco de pana y su corbata de pajarita; doña Victoria machacando el piano al compás de Beethoven para ahogar el desfile de los americanos; Madame vigilando su maletín de joyas con el rabillo del ojo mientras bailaba 'para el pueblo': por eso yo los despreciaba a todos. Ninguno de ellos sabía de veras lo que era ser bolchevique. Ser bolchevique quería decir ser un bastardo, un bárbaro. El bolchevique no tenía un centavo, se rascaba la crica en público, se tiraba pedos que llegaban al Asia y que apestaban a mil demonios. Ser bolchevique quería decir ser alguien como yo.

Madame le estaba contando a doña Basilisa que doña Victoria había tenido la cortesía de recibirnos en su casa y ofrecernos un refresco cuando acabábamos de bajar del tren. "Tendremos que invitarla a cenar a la casa, para corresponderle", dijo doña Basilisa dándole a Madame una palmadita cariñosa en la mano.

"¿Y qué le ha traído por estos lares, Madame?", preguntó Don Pedro, torciendo el cuello para volver a mirarla. "Entiendo que haya querido conocer San Juan, que es una ciudad hermosa y rica. ¡Pero Arecibo! Aquí no hay nada, a parte de los dos o tres ingenios destartalados y venidos a menos, que tienen que alimentar a cientos de campesinos hambrientos".

"El baile es mi vocación, *monsieur*", le contestó Madame. "El propósito de mi arte es hacer feliz a la gente con la contemplación de la belleza, y así ayudar a crear un mundo mejor".

"¿De veras?", dijo Don Pedro con un retintín de sorna en la voz. "Pues a Maite también le gusta hacer cosas por el pueblo, ¿verdad Maite? ¿Cuánto dinero recogiste durante el desfile de la Cruz Roja?".

"Alrededor de sesenta dólares. Estamos muy orgullosos de que Puerto Rico contribuya a resolver el conflicto europeo. Ahora somos parte del mundo moderno, y donaremos nuestra sangre en las trincheras de Europa en defensa de los principios sagrados de la democracia y la libertad".

"Por lo menos, algunos de ellos la donarán", dijo Don Pedro, como si le hablara al aire.

"Los puertorriqueños no iremos a pelear junto a los americanos en las trincheras por buen rato, si es a eso a lo que usted se refiere", respondió Diamantino, clavándole la mirada a don Pedro. "No confían en nosotros".

Don Pedro volvió a reír, esta vez con menos entusiasmo. "¿Qué quieres decir que no confían? ¡Pero si somos ciudadanos americanos!".

"Somos ciudadanos americanos, pero no de la misma categoría que ellos. Somos ciudadanos de segunda, y ellos saben que nosotros sabemos que lo saben. Por eso, cuando necesiten que les cubran las espaldas, llamarán a un *hillibilly* de Kansas para que los defienda, y no a un jíbaro de Cayey. En cuanto a los alimentos que nos están obligando a sembrar para enviárselos a los soldados en ultramar, deberíamos dárselos a nuestra gente, que se está muriendo de hambre".

"¡El muchacho está loco! Por favor no le haga caso, Madame. La juventud protesta por todo ¿no es así?". Don Pedro volvió a mirar a Madame por el espejo retrovisor, sonriendo condescendiente. "Creen que pueden tirar la piedra y esconder la mano, y permanecer sanos y salvos, ¿no es cierto?".

"Lo siento, pero no estoy de acuerdo con usted. Yo no creo en la guerra", respondió Madame en un tono solemne. "Estoy opuesta a todo tipo de violencia. Si alguien se niega a ingresar al ejército americano y participar en el conflicto bélico, yo hubiese hecho exactamente lo mismo".

"Por favor no hablen así, se lo ruego", susurró doña Basilisa mientras se abanicaba con el sombrero de paja que había tenido que quitarse, para que no se lo arrebatara el viento. "Es sumamente peligroso decir cosas así en público. La policía tiene oídos en todas partes y uno puede acabar en la cárcel. Gracias a Dios que en este carro la ventolera se lo lleva todo, y lo que han dicho se quedará entre nosotros".

Siguió un silencio durante el cual medité sobre el significado tan distinto que cada persona le daba a la frase "por el bien del pueblo". Para Madame quería decir la inspiración espiritual; para doña Basilisa y don Pedro ser prósperos ciudadanos americanos y ayudar al ejército y a la Cruz Roja; y para Diamantino lograr la independencia política para la isla. Pero ninguno de ellos pertenecía "al pueblo". Yo era la única que sabía lo que de veras necesitaba el pueblo y eso era salarios decentes. Estaba a punto de abrir la boca para decirlo cuando llegamos a la casa y me obligaron sin miramientos a bajar del auto.

Dos hermosos airedales, uno de pelambre dorada y el otro lanudo y gris, vinieron a recibirnos, ladrando y ondeando las colas como estandartes. "Se llaman Oro y Plata. Fueron un regalo del Gobernador cuando fue nuestro huésped en Dos Ríos hace algún tiempo", dijo con orgullo don Pedro. Y siguió adelante mostrándonos la casa y el camino de nuestras habitaciones. La de Madame era un cuarto agradable que se abría a una veranda. Junto a la puerta de persianas estaba colgada una hamaca de magüey que tenía los colores del arco iris. En el cuarto había una cama de pilares, sobre la cual se suspendía un mosquitero semejante a un gran colador, atado en un gran nudo. "Yo puedo dormir en la hamaca si usted desea Madame", dije. "Así puedo estar cerca de usted en las noches, por si necesita algo" Y tomando la canasta con mis cosas, la saqué a la veranda y la puse en el suelo. Madame dio un suspiro de resignación, entró a su cuarto y cerró la puerta.

A la mañana siguiente don Pedro, Diamantino y yo fuimos al pueblo en auto. Teníamos que recoger lo que quedaba del equipaje de Madame en el Hotel las Baleares. "Supongo que no piensas cogerte esta aventurilla en serio, ¿verdad?", le preguntó don Pedro a su ahijado levantando las cejas (no sospechaba que yo hablase español.) "Podría ser tu madre, y además es una *vedette,* una bataclana de vodevil. Me parece muy bien que la tengas de amiga, pero no hay por qué proclamarlo ante el mundo".

"Pensé que usted la admiraba, Padrino", respondió con ironía el joven.

"Es cierto. Y Maite también la admira. Pero una cosa es que a uno le guste la guanábana, y otra comérsela con las manos y embarrarse la ropa".

"Tengo veinte años y no tengo que preguntarle a usted con quién debo andar, Padrino".

Don Pedro hizo girar la manigueta de la puerta y bajó la ventanilla del auto. Habíamos salido con prisa y no dio tiempo de bajar la capota, lo que me entristeció, porque me encantaba pasear en aquel coche tan hermoso, disfrutando del paisaje. El calor era brutal, y todos teníamos la ropa pegada al cuerpo por culpa del sudor. "No sé por qué Maite y yo nos preocupamos tanto durante estas últimas semanas. Debíamos ser tan desconsiderados como tú, y no dejar que nos importara. Maite, sobre todo, estaba destruida. ¿Dónde diablos andabas metido? Alguien dijo que te había visto cerca de la Cordillera Central hace algún tiempo".

"Lo siento. No quería herir a Maite. Pero no puedo decirle dónde estuve. Me quedé en casa de unos amigos".

"Ten cuidado en lo que te estás metiendo, Tino. La guerra está a la puerta y los americanos no comen cuentos. A los agitadores políticos y a los terroristas los condenan a cadena perpetua en las prisiones federales del continente". Diamantino se quedó callado y don Pedro cambió de tema.

"¿Encontraste trabajo en San Juan? Digo, un trabajo de verdad. No esta pantomima de tocar el violín en una *troupe* de artistas estrafalarios, que es lo que has estado haciendo últimamente".

"Sí señor. Encontré un trabajo serio", le contestó el joven calladamente. Y rehusó pronunciar otra palabra.

25

"Mi padrino es insoportable, pero aquí estarás más cómoda porque las Baleares no es exactamente un hotel de lujo, te lo aseguro", le dijo solícito Diamantino a Madame cuando regresó del pueblo con las maletas. Yo estaba sentada en la hamaca cogiendo fresco, y podía escuchar sus voces claramente a través de las persianas de la puerta. "Sólo pasaremos aquí unos días, en lo que organizamos las funciones en el teatro. Lo que hay que hacer es ignorar a mi padrino, y disfrutar de las comodidades".

Esa noche, después de comer, salieron de la casa a dar un paseo. Tomaron un sendero estrecho que se adentraba por los cañaverales hasta llegar a la playa, que quedaba a milla y media de distancia. Los seguí agachada, escondiéndome tras los arbustos de uvas playas lo más silenciosamente que pude. Hacía fresco esa

26

A la hora del almuerzo al día siguiente don Pedro empezó a hablar de los *tiznados,* una banda de jinetes desalmados que asolaban el campo como aves de rapiña, pegándoles fuego a varios pueblos de la zona. Se untaban los rostros con hollín de caña para que no los reconocieran y llevaban máuseres terciados a las espaldas, con los que le disparaban a cuanto se movía por los senderos empinados de la montaña. En Arecibo habían incendiado el edificio recién inaugurado del correo y la sucursal del First National City Bank. No había ingenio azucarero en el valle que se encontrase a salvo, y en las noches a menudo podían verse pequeñas lenguas de fuego saltando entre los montones de bagazo cerca de los edificios que albergaban las masas y los molinos, pero los centinelas los apagaban. Al amanecer, uno que otro sembrado siempre estallaba en llamas, rociado con gasolina.

Don Pedro casi no se atrevía a dormir, atisbando los alrededores de la hacienda desde el balcón de su casa. "Deberían torcerles el pescuezo como a las gallinas: el garrote vil con todos para economizar balas", dijo, pálido de ira. "La gente está hablando de que los *Marines* van a venir a ayudarnos, pero no llegan nunca. Tendremos que ocuparnos nosotros del asunto, como siempre". Y se palpó la pistola que llevaba oculta debajo del chaquetón de hilo.

Molinari estaba invitado a almorzar, y llegó temprano del pueblo. Estaba completamente de acuerdo con don Pedro. Aunque estaba arruinado, los Batistini apreciaban a Molinari porque aunque venido a menos, era un hacendado cafetalero, y de vez en cuando lo invitaban a comer con ellos. El día anterior Molinari había viajado a San Juan y regresó con una carta de Dandré, que le entregó a Madame antes de la cena. Tenía sello del Hotel Gotham, y Madame la leyó inmediatamente, preguntándose si Dandré se habría robado el elegante papel timbrado o si de veras se estaba quedando allí. Dandré estaba bien y le mandaba cariños. Gracias al embajador cubano, el señor Hinojosa (que era mucho más poderoso que el comisionado Residente de Puerto Rico en Washington), el gobierno norteamericano había por fin accedido a ayudarlo a conseguir pasaportes británicos. Estaría de vuelta en la isla en dos semanas a más tardar. A Madame le tembló imperceptiblemente la mano cuando dobló la carta, y la metió dentro del sobre. Para aquel entonces, se dijo esperanzada, ya Dandré no lograría encontrarla.

Cuando entramos al comedor a la hora del almuerzo, Molinari se sentó frente a Madame y no le quitaba los ojos de encima. "¿Buenas noticias, Madame?", le preguntó, inclinándose hacia ella en su traje de zopilote negro mientras ella guardaba la carta de Dandré en su bolso. Tenía el sol a la espalda, y su sombra se deslizó por los brazos desnudos de Madame, lo que le provocó un escalofrío. "Por supuesto. El señor Dandré estará de regreso pronto, y lograremos por fin embarcarnos hacia Panamá".

"El señor Dandré es un administrador muy hábil. Tiene suerte de que trabaje para usted", comentó Molinari.

"Lo sé. Tenemos un buen equipo", le respondió Madame sin levantar los ojos del plato. Estaba segura de que si lo miraba a los ojos, Molinari le leería el pensamiento.

"La situación está muy volátil, Madame", refunfuñó lúgubremente el corso. "Usted y sus bailarinas están completamente fuera de lugar aquí. Yo usted no me demoraba en la isla por mucho tiempo".

Juan vino de Arecibo a visitarme en la hacienda aquella tarde, y en cuanto doña Basilisa lo vio le ordenó que se fuera a la cocina a servirle de pinche a Adelina, la criada de la casa. Lo pusieron a pelar papas y a desplumar guineas sobre un balde de agua caliente. Juan era un hombre educado y nunca hacía esos trabajos meniales, pero cuando doña Basilisa vio que era negro, lo mandó derechito a la cocina. Por suerte se quedó callado, y gracias a eso doña Basilisa lo dejó pasar la noche en Dos Ríos para que ayudara también a servir la mesa.

Me encantó el arroz con guinea; aquellas aves tenían el mismo perfume acre y un poco ahumado que la carne de cacería en San Petersburgo, y me recordaron al hermoso comedor de Madame en la calle Kolomenskaya, que estaba decorado con cortinas de terciopelo azul y muebles dorados. En él a menudo comíamos perdices porque los admiradores de Madame solían traérselas como obsequios. Las perdices son afrodisíacas porque saben a sobaco, y por eso eran uno de los platos preferidos de los caballeros que visitaban a Madame.

Yo también estaba ayudando a servir la mesa cuando sentí que alguien se me acercaba por la espalda. Juan sostenía en alto el platón de arroz con guinea, que era muy pesado por ser de plata sólida, esperando a circularlo por segunda vez entre los invitados, cuando dio un paso hacia delante y se me pegó por detrás. Sus caderas y su abdomen me irradiaron un calor delicioso a través del traje, y me recorrió un escalofrío de placer. El perfume de las perdices se unió al del sudor que nos bajaba por la piel. Tenía que controlarme y dejar de pensar en las ganas de caer en la hamaca abrazada al cuerpo de Juan.

Cada vez que Juan se acercaba con una nueva bandeja repetía la operación de ofrecimiento, hasta que un bulto sospechoso empezó a hinchársele debajo de los pantalones. Me asusté y miré avergonzada hacia otro lado, y en ese preciso momento agarré a Molinari observándome con ojos libidinosos. Aquello era el colmo, y tuve que echarme a reír. En San Petersburgo los hombres no se fijaban en Masha, y sin embargo en esta isla acudían a ella como moscas.

Juan tenía puestos un par de zapatos muy elegantes que él mismo había confeccionado antes de salir de San Juan, pero todos los sirvientes servían la comida descalzos. No hacían el menor ruido mientras se desplazaban alrededor de la mesa, sirviendo el vino de garrafas de cristal y otros manjares deliciosos de las bandejas. Su presencia me deprimió; parecían zombis vestidos en harapos.

Luego de la cena Madame se desapareció de la casa. Pasaba más y más tiempo sola y no quería que nadie la acompañara. Supuse que la culpa era de Diamantino, quien a cada rato la invitaba a darse un "paseíto por la playa". Juan y yo salimos al balcón a mecernos en la hamaca, después que terminamos de servir la mesa. Juan se sentía muy romántico pero yo estaba demasiado angustiada por Madame para hacerle caso. Mi flirteo era un juego inocente; yo nunca me hubiese atrevido a arrojar las bragas al viento como había hecho Madame.

El vaivén de la hamaca junto a la enredadera de jazmín que crecía adosada al muro hizo que su perfume se intensificara, y al aspirarlo dejé que mi cabeza rodara hacia atrás sobre el tejido de magüey. El ángulo de mi vista cambió y noté algo extraño. La puerta del cuarto de Madame estaba ligeramente abierta y una raya de luz irradiaba por debajo de la puerta. De pronto vi una sombra parpadear tras ella. Me levanté rápida como un relámpago, salté fuera de la hamaca y abrí de golpe la puerta del cuarto. Allí estaba Molinari buscando algo dentro de la maleta de Madame. Estaba de espaldas, y al sentirnos dio un brinco, ágil como un gato. "Los mato a los dos si se me acercan", nos dijo, sacando de su bolsillo una navaja y blandiéndola abierta ante nosotros. El miedo me petrificó y no pude moverme, pero Juan se arrojó dentro de la habitación. Ya era demasiado tarde, sin embargo. Molinari saltó por la ventana que daba al jardín, y se deslizó hasta el suelo por el árbol de mangó.

27

Al día siguiente no le contamos a nadie lo sucedido. Juan estaba convencido de que Molinari era un agente encubierto al servicio de la policía. El comisionado pensaba que Madame era una espía bolchevique, y por eso Molinari la estaba siguiendo. Ese día por la mañana doña Basilisa me mostró su invernadero de orquídeas donde cultivaba las más exóticas. Tenía catleyas hermosísimas: blancas, moradas y rosadas, unas falianopsis enormes que temblaban como mariposas sobre las ramas, y otras que tenían forma de araña y crecían adheridas a los troncos de palmeras enanas. Mientras se paseaba entre ellas doña Basilisa emitía un susurro constante, y cuando agucé el oído me di cuenta de que estaba rezando.

Después de un rato me cansé de su mumbo-jumbo —la sarta de Pater Nosters y Ave Marías que seguía susurrando entre las flores— y le pregunté si me dejaba cortar algunas para llevárselas a Madame. Doña Basilisa me miró escandalizada. "Las orquídeas son sagradas y deben morir en la rama. Jamás deben cercenarse del tallo", dijo.

La admiración que doña Basilisa sentía por Madame tenía sus raíces en la reverencia que profesaba por todo lo que tuviera que ver con el mundo europeo. No veía nada malo en que Diamantino tuviera relaciones amorosas con la famosa bailarina. Era sencillamente un amorío pasajero, que les dejaría a ambos un hermoso recuerdo cuando Madame finalizara la *tournée* y el cisne remontara el vuelo.

Después de otro opíparo almuerzo, todo el mundo se acostó a dormir la siesta. Yo logré echarme un sueñito en la hamaca luego de ayudar a Madame a meterse en la cama y pillar su mosquitero debajo del colchón. Cuando nos levantamos, a eso de las cuatro, doña Victoria acababa de llegar del pueblo acompañada por Rogelio Téllez, que había viajado desde San Juan en su Willis Overland. Estaban sentados en la veranda tomando té helado y echándose fresco con panderetas de hojas de palma trenzada. Diamantino le estaba explicando a doña Victoria de lo que se trataba la *Baccanale,* haciendo señas con las manos. Ocurría en una isla mediterránea donde Teseo abandonaba a la princesa Ariadna antes de seguir su viaje. A doña Basilisa no le impresionó y movió la cabeza negativamente. "¿Madame y tú bailarán la historia de Dionisio y Ariadna de Naxos? Nadie se va a enterar de lo que se trata, querido. ¿Crees que la gente de Arecibo conoce la mitología griega? Para ellos todo eso es chino, te lo aseguro" interpretó Diamantino en alta voz. Me preocupó escuchar aquello porque sabía lo importante que era para nosotros ganar algún dinero, pero como no podía hablar con los dedos me quedé callada.

Rogelio empezó a hacerle preguntas a don Pedro sobre los

tiznados; si habían cometido algún acto terrorista recientemente. Doña Victoria se irguió en el sillón y dejó de abanicarse. Empezó a mover las manos rápidamente mientras se dirigía a Madame: "No son terroristas. Son defensores de la libertad. Y eso es lo que usted debería coreografiar, Madame. Debería interpretar el *Pájaro de fuego* de Stravinski vestida de *overol* como los obreros de la central, en lugar de esa mustia *Muerte del cisne* de Saint–Saëns, en un mameluco de plumas carcomidas por el tiempo. El arte tiene que ser comprometido y denunciar la injusticia si va a servir para algo".

Yo no salía de mi asombro. En Rusia Madame había renunciado a sus creencias bolcheviques porque era una gran artista y quiso serle fiel a los valores estéticos. Permaneció leal al Zar y a su corte aún sabiendo que Nicolás era un tirano y sus generales unos carniceros. Y ahora permitía que esta vieja medio loca, con la melena desmañada como la de una leona, la acusara de la misma pesadilla de la que estábamos huyendo. "¡Váyase al diablo!" le grité a la vieja jodona, que ahora se inclinaba hacia delante, apuntándonos amenazadora con el dedo. Madame se levantó de la silla y se echó a reír. En lugar de regresar a su cuarto bajó por las escaleras en dirección al jardín, y tomó el sendero que iba hasta el edificio de los molinos.

Seguí de cerca a Madame, caminando detrás de ella lo más rápidamente posible y reprochándole que no le hubiese contestado a doña Victoria, mientras sostenía su sombrilla abierta sobre su cabeza. Tenía el cutis muy delicado y no soportaba el sol, por eso yo siempre trataba de acompañarla cuando salía. De pronto escuchamos los pasos de alguien sobre la gravilla del camino. Era Molinari.

Seguí adelante rápidamente, pero Madame se detuvo junto a un arbusto de amapolas. El corazón me latía como un pájaro cautivo. No le había contado lo de la visita siniestra del corso a su habitación la noche anterior porque no quería que supiera que me estaba reuniendo secretamente con Juan.

"No le haga caso a Victoria", dijo Molinari acercándosenos. "Pretende defender a los tiznados, que son unos matarifes y hay una recompensa por su captura, pero es sólo de la boca para afuera. En el fondo es muy conservadora. ¿Quiere que le dé una vuelta por el edificio del molino? Las maquinarias fueron todas hechas en Escocia, y es fascinante ver cómo funcionan".

Molinari me miró de reojo, como juzgando mi capacidad para oponerme a él. Su invitación, después de lo sucedido la noche antes, me dio escalofríos. Adivinó que yo no le había dicho nada a Madame sobre su visita nocturna y el robo frustrado.

Madame lo rechazó de plano. Tenía dolor de cabeza, dijo, y necesitaba estar sola. Cuando Molinari insistió, dio la vuelta y caminó rápidamente hacia la casa. Yo cerré la sombrilla y me la coloqué bajo el brazo como un arma. Debí alejarme de allí pero no lo hice. Quizá me atrajo el peligro, o quizá algo más siniestro: necesitaba saber qué era lo que se proponía Molinari, experimentar el mal de primera mano, tal y como lo había hecho en la niñez. No quería que Molinari pensara que le tenía miedo.

Cuando me viré para marcharme, el corso me agarró por un brazo. "¿Y cómo está mi lecherita rusa?" me preguntó, arrastrando sus ojos amarillos por encima de mí como si fuera un buitre. "En San Juan me prometiste cooperar. ¿Te acuerdas? Tú también querías que Diamantino se desapareciera, y así librar a Madame de él".

Le dije que no tenía la menor idea de lo que me estaba hablando, y traté de sacudírmelo de encima. Pero tenía unas manazas de hierro y todo fue en vano. Me empujó en dirección al edificio del molino, y pasamos junto a las calderas, los tachos al vacío, y varias ruedas de Catalina de enorme tamaño. No me importaba un divino si estaban hechas en Escocia o en Finlandia. Molinari me aterraba. El ruido era infernal y por todas partes había un actividad febril. Luego de algunos minutos noté que una fina capa de polvo de bagazo se me pegaba al rostro y que se me hacía difícil respirar. Los obreros que se afanaban a mi alrededor se ajustaban los pantalones a los tobillos con bejucos de hoja de plátano, supuestamente —según Molinari— para evitar que los alacranes se les subieran por las piernas y les picaran los testículos. Cuando les pasamos cerca, miraron para otro lado como si no nos vieran.

De pronto Molinari me empujó hacia un cobertizo en la parte de atrás, donde se almacenaban las masas de exprimir caña que habían sido descartadas, por tener las estrías carcomidas por el moho. Me obligó a entrar y cerró la puerta a sus espaldas. Yo era tan alta y fuerte como él, pero el olor a alcanfor y a naftalina que emanaba de su traje negro me apabulló. De pronto me vi de nuevo en Minsk, encerrada en un armario de la casa de mi padre. Cerré los ojos y me apoyé contra la pared antes de perder el conocimiento. No volví en mí hasta mucho después, cuando ya estaba oscuro.

28

Esa noche, después de la cena, me senté junto a Madame debajo del mosquitero mientras le masajeaba los pies. Todavía estaba alteradísima, pero logré controlar mis nervios y me obligué a no pensar en lo que me había sucedido con Molinari. Esa tarde, luego de salir del cobertizo, me arrastré hasta la playa, donde me desvestí y me sumergí en el mar por más de una hora para curar mis heridas. Por lo menos me quedaba el consuelo de que Molinari no llegó a violarme. Seguramente pensó que tenía mis contactos, y que no le convenía tirárselos de enemigos.

Madame se recostó sobre las almohadas y me miró con reproche.

"¿Dónde estabas, Masha? Te anduve buscando por todas partes".

"Fui a dar un paseo por la playa, Madame. Pero ahora estoy

aquí con usted y ya no tiene nada que temer". Tenía sus sospechas de que algo había sucedido, pero yo podía engañarla fácilmente. Conocía bien sus debilidades.

Me tomó un rato tranquilizarla. Se quejó de que le dolía la cabeza y le froté las sienes con aceite de eucalipto con las yemas de los dedos. "¿Dónde está Diamantino? ¿Lo has visto?", me preguntó.

"Fue al pueblo con Nóvikoff, Madame, tenía que hacer unos encargos", le contesté tranquilamente, sin añadir nada más. Yo sabía que estaba nerviosa y que quería hablar de él, pero me negué a complacerla.

Necesitaba sacarla de su depresión y empecé a cotorrear tonterías para distraerla. "¿Sabía que las señoras de Arecibo nunca se visten de rojo porque dicen que es el color preferido de las putas? ¿No le parece divino ser tan provinciano? ¡Juran que provoca a los toros que pastan a las afueras del pueblo cuando salen a dar un paseo!".

Madame no encontró mi broma nada divertida. Se sentó en la cama y me fulminó con la mirada. "Esta vez no permaneceré aliada con los abusadores, como hice en Rusia. He de ayudar a Diamantino y a sus amigos a traer la justicia a este mundo". Fue como si una cortina de hielo hubiese caído entre nosotras.

A la mañana siguiente se celebraría el primer ensayo en el Teatro Oliver. Madame, Diamantino y yo fuimos al pueblo en el Pierce-Arrow de don Pedro. Nóvikoff y las muchachas se veían ojerosas, como si no hubiesen dormido en toda la noche. Se quejaban de las camas en el hotel, y de que las habitaciones estaban separadas unas de otras por medio de tabiques de madera, lo que hacía imposible la privacidad. Por lo menos la playa estaba muy cerca del Baleares, y las muchachas podían ir a nadar en las mañanas. Cuando vieron a Madame la saludaron fríamente, y me pregunté cómo se habrían enterado tan pronto de lo que estaba sucediendo en Dos Ríos. Habrían regresado a San Juan de buena gana, de haber sido posible.

Ensayamos en el teatro colonial, que era sorprendentemente amplio y elegante para un pueblo pequeño. Los españoles no tenían sentido de proporción; cuando construían un edificio, lo hacían para la eternidad, aunque estuviese en el fin del mundo. En la parte posterior del teatro había un piano vertical, y Smallens abrió el teclado y se sentó frente a él. Madame se transformó en otra persona.

"¡Ordene y será obedecida!", le dijo a Madame con un saludo. "El *Orfeo* de Monteverdi", le respondió Madame con una sonrisa, "porque hoy Eurídice ha resucitado de entre los muertos". Bailó aquel día como nunca la había visto bailar. Los arpegios subían y bajaban bajo sus pies como escalas de plata que surgían de las entrañas de la tierra.

Cuando el ensayo terminó regresamos a Dos Ríos a descansar. "¿A usted la parece sabio vestir la túnica roja durante la *Baccanale,* la noche de la inauguración?", le pregunté tan diplomáticamente como pude. "La gente puede pensar que la lleva puesta por razones políticas". Pero Madame no me hizo caso, y el disfraz de chiffon rojo que me encantaba porque le hacía parecer una Venus comunista, se quedó tal como estaba. Sólo me pidió que le remendara el ruedo. Esa noche me arrodillé frente al icono de la Virgen de Vladímir y le rogué que los días pasaran y que Dandré, de dos males el menor, regresara lo antes posible. Madame se arrodilló a mi lado y, no me cabe la menor duda, le rogó a la Virgen que Dandré nunca regresara.

29

La hija de doña Basilisa regresó al día siguiente de la escuela en los Estados Unidos. Venía a pasarse las vacaciones de verano en la isla. Ronda Batistini llegó temprano; su barco atracó en el muelle de Arecibo a las ocho de la mañana del domingo. Don Pedro era loco con su hija y la fue a recibir en persona en su Pierce-Arrow.

"Esta es Ronda", le dijo doña Basilisa orgullosamente a Madame cuando la llevó a conocerla. Estaban todos sentados en la veranda, cogiendo fresco en sillones de mimbre y bebiendo guarapo frío en vasos muy altos. La chica era agradable y espontánea; me estrechó la mano campechanamente y luego apretó la de Madame, desafiando la costumbre puertorriqueña según la cual las damas nunca se dan la mano. "Una vez vi un afiche anunciando una función suya en el Metropolitan Opera House de Nueva York, pero no pude conseguir boletos. ¡Y ahora va a bailar en mi propio pueblo! No puedo creer mi buena suerte", dijo la chica, ruborizándose de entusiasmo.

Adelina, la criada de doña Basilisa, me contó la historia de Ronda esa mañana mientras preparábamos el almuerzo. "La muchacha es la querendona de sus padres", me dijo mientras me entregaba una escudilla llena de vainas de gandures frescos para que las desgranara, expurgando los secos. El perfume a gandures me hizo pensar en Rusia, cuando yo vivía en el campo, y aspiré profundamente aquel olor para que me sanara los pulmones.

Ronda era una muchacha seria. Desde que Adalberto, su hermano, se había desaparecido de la casa y nadie podía mencionar su nombre por culpa de los escrúpulos religiosos de don Pedro, Ronda se había convertido en la única heredera de Dos Ríos. Esto le hacía sentir que tenía una gran responsabilidad sobre sus hombros.

La desaparición de su hermano causó un efecto profundo en Ronda, quién se crió como una niña ensimismada y pensativa. Quizá tratando de olvidar lo sucedido desarrolló un gran interés por conocer los poderes curativos de las plantas. Amaba los animales, y en la finca todo el mundo le traía sus mascotas: los bajos de la casa se convirtieron en un verdadero hospitalillo de perros, gatos y caballos que ella misma bañaba, curaba y alimentaba. La gente viajaba por millas a llevarle sus animales enfermos, sobre todo si tenían una enfermedad incurable. "Si mi perro tiene que morir, me gustaría que muriera con usted", le decían. "Después de acompañarme por quince años es lo menos que puedo hacer por él". Y Ronda se acostumbró a mirar a la muerte cara a cara.

Cuando Ronda cumplió los dieciséis años don Pedro insistió en enviarla a estudiar a los Estados Unidos. Quería separarla del batiburrillo de la finca, del tumulto de perros, gatos y terneras que empezaban a llamarla cada vez que asomaba la cabeza por la puerta de la casa. Al principio doña Basilisa rehusó separarse de su hija, pero cuando se enteró de que Diana Yager, la hija del Gobernador, estaba interna en Lady Lane Finishing School en Massachusetts, consintió en enviar allí a Ronda para que aprendiera a comportarse como una señorita.

En Lady Lane Ronda descubrió lo diferente que era de las demás niñas. La *house mother* le daba un halón de orejas cada vez que la veía cortar la carne con el cuchillo en la mano derecha y el tenedor en la izquierda, como hacían los obreros puertorriqueños, en lugar de poner el tenedor sobre el plato y volver a cogerlo con la derecha como hacían las niñas americanas educadas; o cuando alargaba la mano frente a las narices de todo el mundo para alcanzar algún pedazo de pan, en lugar de pedir que le pasaran la panera. Sus compañeras de cuarto se reían de ella porque rociaba las sábanas con alcoholado en noches para despojar las pesadillas, y bebía una infusión de hojas de guanábana que su madre le enviaba desde la finca cada vez que tenía dolor de ijada. Pero Ronda soportaba con paciencia todo lo que le decían y no se quejaba, porque pronto regresaría a su casa y a sus mascotas.

Cuando regresó a Arecibo para pasarse sus primeras vacaciones del verano escandalizó a todo el mundo con su manera de vestir a la marimacho y sus costumbres norteamericanas. Usaba mahones en público, fumaba Chesterfield sin filtro, y llevaba a sus mascotas al pueblo en el Pierce-Arrow de su padre con la capota baja. En las noches se perdía por la playa con sus amigos, a tostar *marshmallows* (y otras cosas) al final de una varita sostenida sobre una fogata, y nunca iba a misa los domingos. Las malas lenguas hablaban, pero Ronda era testaruda y seguía haciendo lo que le daba la gana. Era muy linda, con sus rizos color castaño claro que le enmarcaban el rostro, como en las miniaturas pintadas sobre porcelana. Don Pedro y doña Basilisa no sabían dónde ponerla. La querían tanto que le perdonaban todas sus rebeldías.

Cuando Ronda se graduó de Lady Lane dijo que quería dos cosas: que la enviaran a estudiar a una facultad veterinaria y que le regalaran un caballo de paso fino. Debería ser todo blanco, con la cola y la crin color guarapo de caña derramándose hasta el suelo como un manto de plata. Le pondría por nombre Rayo, y lo querría más que a nada en el mundo. Pero don Pedro, a pesar de su debilidad por su hija, rehusó complacerla. La carrera de veterinaria era sólo para los hombres por aquel entonces, y montar un pura sangre a campo abierto podría causarle un accidente serio. Ya habían perdido trágicamente a su hermano, y no podían arriesgarse a perderla también a ella. Don Pedro le había escrito a Ronda a la escuela una carta formal, informándole de todo esto —Adelina, la criada, lo había escuchado leérsela en voz alta a doña Basilisa antes de enviarla por correo—, pero como todavía no habían discutido la cuestión en persona, Adelina estaba segura de que cuando Ronda regresara a la hacienda para sus vacaciones, don Pedro daría su brazo a torcer. "Lo que Ronda quiere, Ronda obtiene", me dijo con un guiño, mientras sacudía un mazo de lechuga fresca por la ventana de la cocina a la hora de hacer la ensalada para el almuerzo.

Ronda se llevaba mejor con su madre que con su padre. La familia de don Pedro era española. Era de Mallorca, del pueblo de Sóller, donde había construido una casa espléndida hecha de piedra con los beneficios que le enviaba todos los años a su apoderado desde Dos Ríos. Don Pedro era muy estricto con Ronda, y esperaba que se casara con un hombre bueno en cuanto se graduara de la escuela superior. Doña Basilisa, por el contrario, veía la carrera de veterinario como una posibilidad real para su hija. Don Pedro debería permitírsela, porque así Ronda podría ayudar mucho en la finca. Podría ocuparse de curar el ganado, las terneras, y sobre todo los valiosos bueyes, con sus cuernos envueltos en trapos, que tiraban de los carretones atestados de caña.

Doña Basilisa no era tan devota como don Pedro. Su familia era mitad española, mitad francesa: admiradores de los enciclopedistas como Montaigne, Voltaire y Montesquieu. Eran gente escéptica y racionalista, y doña Basilisa también lo era, aunque fuese por tradición de familia, porque desde luego no se los había leído. Pero nunca se atrevía a dar su opinión en voz alta o a llevarle la contraria a su marido en público. Cuando a la hora de la cena Ronda discutía con don Pedro sobre política o religión y salía corriendo del comedor para encerrarse llorando en su cuarto, doña Basilisa la seguía y se sentaba sobre la cama al lado de su hija, acariciándole la cabeza sin decir nada. La presencia de doña Basilisa, la blandura de sus brazos que siempre olían a polvo y la frescura de sus manos ayudaban a Ronda a recobrar al cabo del rato el control sobre sí misma.

Doña Basilisa no podía ni empezar a imaginarse lo que haría don Pedro si llegaba a enterarse de que Ronda y Bienvenido Pérez se gustaban. Cuando Ronda regresó de la escuela aquel primer verano, ya con aspecto de mujercita y tan llena de vida, doña Basilisa sintió todavía más miedo. Sabía que don Pedro era capaz de cualquier cosa; se pondría furioso con Bienvenido si se enteraba. Había enviado a su ahijado a estudiar a la capital en parte para quitarle de en medio las tentaciones, que el demonio no necesita pista para que baile. Pero Bienvenido, en lugar de quedarse en San Juan después de la graduación —donde tenía muchas más oportunidades para ejercer con éxito su profesión de ingeniero— había regresado inesperadamente a Arecibo.

A Madame le encantó Ronda. Se llevaba bien con las jóvenes que tenían claro lo que querían hacer con sus vidas. Cuando se enteró de que quería estudiar para ser veterinaria, le pareció estupendo. Le contó sobre los ruiseñores exóticos que le habían regalado en Cuba, que tenían bigotes en el pico, y sobre Poppy, su terrier americano, que era la misma cara de su marido. "Me entiendo mejor con mis mascotas que con mis amigos", le confesó a Ronda. "La mayoría de los animales son más dignos de confianza que las personas". Ronda, por su parte, se llevó bien con Madame desde que la conoció: ambas eran igual de apasionadas.

Al principio Ronda me caía como plomo. La encontraba poseída, por ser hija única la habían malcriado hasta más no poder y se creía la hostia en palitos. No entendía qué era lo que Madame veía en ella, por qué la encontraba tan encantadora y hacía esfuerzos por ganársela. Era cierto que Madame hacía lo mismo con todas las jovencitas agraciadas e inteligentes que conocía, porque necesitaba desesperadamente la admiración de las jóvenes. Al principio creyó que podía hacer lo mismo con Ronda, pero Ronda estaba enamorada de Bienvenido cuando la conoció, y nunca logró ejercer sobre ella ningún control.

Madame iba ahora a todas partes con Diamantino, y a menudo se les veía nadando en la playa juntos en las mañanas o amartelados en las noches en casa de doña Victoria, durante las veladas musicales provincianas que se celebraban allí. Se sentaban en la sala de doña Victoria, y no les importaba que la sociedad de Arecibo los examinara de cerca mientras los jóvenes se ponían de pie y recitaban poemas de Amado Nervo, las damas del coro cantaban el *Ave María* de Hummel, y doña Victoria tocaba danzas de Morel Campos en el piano.

Cuando se hizo obvio que había florecido entre Madame y su joven acompañante aquel amorío extraño, se abrió un abismo helado entre ella y sus bailarinas. Rehuían acudir a la casa a visitarla, y pasaban la mayor parte del tiempo por su cuenta en el pueblo. Madame, por otra parte, prefería estar con Ronda cuando no estaba con Diamantino (ya casi nunca estaba conmigo). Charlar con Ronda la distraía y le hacía olvidar la cizaña que había brotado entre ella y la compañía. Para empeorar las cosas, cuando Ronda se enteró de los rumores que estaban circulando sobre Madame —que a los cuarenta años se había enamorado de un cupido de mejillas rosadas— había montado en cólera y había exclamado fuera de sí: "¡No importa lo vieja que sea! Al que Dios se lo dio, que San Pedro se lo bendiga".

Una tarde Madame decidió caminar con nosotras hasta el pueblo, en lugar de esperar a que Diamantino regresara para que nos llevara en auto. Diamantino no había regresado desde que salió esa mañana a recorrer una de las fincas con Bienvenido donde habían aparecido varias reses muertas. Caminábamos por el medio de la carretera, disfrutando del sol y de la suave brisa que peinaba las cañas, cuando Oro y Plata se nos unieron, agitando alegremente las colas. "En Filadelfia vi una vez a Isadora Duncan bailar descalza", dijo Ronda. "Me gusta mucho su estilo". "¿Por qué no baila como ella, Madame, en lugar de con los pies en zapatillas de punta como una momia china?". Y cuando Madame se echó a reír y le dijo que estaba equivocada, que el ballet clásico hacía posible la liberación del espíritu precisamente gracias a la disciplina del cuerpo, la joven le contestó sin empacho: "Isadora es mucho más libre que usted, Madame; aunque usted no lo crea".

"Puede ser que sea cierto, querida", contesté en defensa de Madame. "Pero imagínate lo que sucedería si Madame empezara a bailar semidesnuda a estas alturas, en la compañía de jóvenes como Essenin, el poeta de rizos de oro y ojos de porcelana color cielo que acompaña a Isadora a todas partes, y a disfrutar del caviar y del vodka".

Ese cañonazo fue digno de las trincheras de Verdún, y me sentí orgullosa de la ocurrencia. La similitud entre Essenin y Diamantino, ambos veinte años más jóvenes que sus respectivas bailarinas, era inescapable. Madame se volvió hacia mí y me fulminó con la mirada. "¿Cómo se siente la olla cuando le dice negra a la cacerola?", me disparó. Y en ese momento me di cuenta de que me había cogido haciendo el amor con Juan, que era diez años menor que yo, en la hamaca de la veranda.

Doña Basilisa decidió dar un pasadías en la playa para celebrar la llegada de Ronda. Nos pidió que le diéramos una mano, y cargamos todo lo que necesitábamos hasta la orilla del mar: una mesa portátil de caballete a la que podían sentarse una veintena de personas, toallas, sillas de lona, sombrillas, manteles, servilletas, platos y vasos de cartón. Adelina trajo de la casa unos calderos llenos de comida deliciosa que doña Basilisa había preparado: arroz con guinea, lechón asado, pasteles, hayacas, fricasé de conejo, y todos caminamos alegremente hasta el palmar más cercano, buscando un poco de sombra. Diamantino llevaba puesto un traje de baño negro que le quedaba como un guante. Era la primera vez que lo veía semidesnudo, y tengo que reconocer que me acribillaron los celos. Tenía una piel blanca como la seda y, a pesar de que no era dado a la actividad física, un cuerpo bien proporcionado. Bajo aquellas circunstancias la locura de Madame se me hizo menos imperdonable.

Don Pedro había escogido un vino especial de su cava en los sótanos de la casa: un amontillado pálido que pusimos a refrescar en el agua dentro de una trampa de atrapar langostas. La mañana estaba tan transparente como el cristal, como suele suceder a menudo en esta isla. Yo me estaba sintiendo más alegre que de costumbre, disfrutando por adelantado de los refrigerios a la intemperie cuando descubrí a Madame y a Diamantino besándose desvergonzadamente tras un recodo de la playa.

La comida era la única balsa a la cual podía aferrarme para no hundirme en el océano de tristeza que me inundaba. El apetito voraz siempre ha sido mi némesis y aquel día sucumbí a sus estragos. (Hoy la gordura ya no me preocupa. Cuando era joven me decía: "Un minuto sobre la lengua y una vida sobre las caderas, Masha", para resistir la tentación. Pero ahora pienso que la vida es demasiado corta.) Doña Basilisa era una tentadora experta, y me comí todo lo que me puso delante. Fue una estrategia efectiva, y logré derrotar mi depresión.

Hacía algún tiempo que me había dado cuenta de que doña Basilisa estaba buscando novio para su hija. Diamantino era un buen candidato: tenía la edad apropiada y era de buena familia. Con el tiempo podría heredar parte de la fortuna de don Pedro, y quizá entrar a la política, como quería su padrino. "Las cosas tienen que caer por su propio peso", me dijo doña Basilisa aquella tarde haciéndome un guiño, cuando le pidió a Ronda que desplegara el mantel a cuadros sobre la mesa de caballete con la ayuda de Diamantino. "No se pueden apurar". Pero el joven no le daba tregua a Ronda, y la trataba sólo como si fuera una amiga.

Tuve que rogar y llorar, pero por fin convencí a nuestras chicas de que vinieran a la gira. Llegaron después de las diez, acompañadas por Molinari. Juan también estaba en la playa, y me ayudó a cargar los calderos de comida a un lugar sombreado, bajo unos arbustos de uvas playas. Molinari trajo consigo dos botellas de ron y me saludó como si entre nosotros no hubiese sucedido nada. Juan y yo hicimos lo mismo. ¿Dónde se estaría quedando el corso? No estaba alojado en el hotel, y desde luego tampoco en Dos Ríos. Hacía tres o cuatro días que se había desaparecido y ninguno de nosotros se atrevió a mencionar nada sobre su visita nocturna.

Doña Basilisa había invitado a varias amigas suyas del *War Relief Association* a asistir a la gira: veinte señoras tan gruesas como ella, todas vestidas con el uniforme de la Cruz Roja y con gorras almidonadas. Se sentaron a la mesa, acompañando a don Pedro y a doña Basilisa y abrieron unas grandes sombrillas negras para protegerse del sol. Los sirvientes vertieron el vino y pasaron el arroz con guinea y todos empezaron a beber y a comer.

Nuestras chicas no quisieron acercarse a la mesa. Se sentaron por su cuenta en un grupito algo alejado, quejándose del calor, el sol, los mosquitos y todo lo que se les pudiera ocurrir para mortificar a Madame. Me acerqué y las escuché discutiendo sobre cuánto dinero necesitarían de la venta de los boletos para regresar a San Juan; tenían la esperanza de obtenerlo luego de la primera función. Madame se hizo la que no se daba cuenta del conato de insurrección y siguió hablando con Diamantino, vestida con su salida de baño y bebiendo su vino blanco.

Después del almuerzo doña Basilisa llamó a un botero, y le pidió que la llevara a Piñales con sus amigas. Vadearían Caño Tiburones en un lanchón que estaba atracado cerca de allí. La balsa transitaba de un lado a otro del caño, empujada por el botero con una pértiga. Querían visitar Piñales, dijeron, un poblado que quedaba un poco más lejos, donde harían discursos para promover la campaña de la Cruz Roja e impartirían lecciones, tanto a niños como a adultos, de cómo sembrar yuca, ñame, gandules y maíz más eficientemente en las talas de sus casas, frutos que resistían las travesías marítimas. Regresarían dentro de algunos meses, a recoger el producto en camiones, para enviárselos por barco a los soldados americanos en las bases de ultramar. El botero estuvo de acuerdo.

Las chicas se estaban bañando cerca de allí en un remanso del caño, nadando y chapoteando con el agua hasta el pecho, cuando las vi reunirse en corro y empezar a discutir y a reírse entre sí. Hablaban aparentemente de algo divertido, y empecé a sentirme intranquila por el brillo malicioso en los ojos de Nadya. Era la más talentosa de las bailarinas, y desde que Madame y yo nos estábamos quedando en Dos Ríos se había convertido en la líder de la manada. Doña Basilisa y sus amigas se habían subido todas a la balsa desde el pequeño muelle, y el botero las estaba empujando plácidamente hacia el otro lado, cuando vi que las chicas empezaron a nadar decididamente en esa misma dirección.

Madame, Diamantino y yo nos pusimos de pie alarmados, preguntando lo que estaba sucediendo.

Nadya, Katia, Marina, Egórova, y ahora también Ronda, que se les había unido, se subieron de un salto a la balsa y se sentaron sobre ella. La balsa empezó a hundirse lentamente y el botero, desesperado, empezó a gritar que se bajaran o se tiraran al agua, porque el peso era demasiado; él vendría a buscarlas más tarde para llevarlas a la otra orilla. Pero las chicas no se movieron, y doña Basilisa y sus amigas se hundieron poco a poco al fondo del caño. Afortunadamente el agua no llegaba allí más arriba de la cintura. Pero las damas de la Cruz Roja, sus uniformes blancos cubiertos de fango, tuvieron que renunciar a la excursión a Piñales, y no lograron enseñarles a los vecinos cómo sembrar más eficientemente las matas de yuca, maíz y plátano para alimentar a los soldados.

Me pregunté si las chicas habían bebido demasiado vino a causa del calor, o si estaban siguiendo las órdenes de alguien.

Recordé haber visto a los sirvientes pasando bandejas con vasitos del ron que había traído consigo Molinari, acompañados por jarras de limonada helada. El corazón se me llenó de temor. El Diablo nos estaba castigando por nuestros pecados, y estaba revolviendo la olla con el rabo.

30

Doña Basilisa no tomó a mal lo sucedido; creyó que no había malicia de parte de las chicas. "Querían enseñarnos a nadar, ¿no es cierto queridas?", les preguntó a Ronda y a las bailarinas cuando salió del agua, riendo inocentemente y chorreando de pies a cabeza. Sus amigas, las damas de la Cruz Roja, sin embargo, no se rieron. Abandonaron la playa furiosas, y se dirigieron hacia la casa para secarse y cambiarse de ropa antes regresar al pueblo.

Sentí compasión por doña Basilisa. Era toda dulzura pero no tenía centro, una niña gorda de rizos plateados que nadie tomaba en serio. Para probar que no estaba resentida con Ronda ni con las bailarinas los invitó a todos a cenar en su casa aquella noche. Pero Nadya, Katia y Marina empezaron a discutir entre sí sobre quién iba a bailar el papel principal en el coro la noche de la apertura, y acabaron tirándose de las greñas. Madame tuvo que intervenir y les ordenó que se regresaran al pueblo con Smallens y Nóvikoff. Molinari se fue con ellas. Madame dijo que se quedaría en Dos Ríos conmigo.

Esa noche Bienvenido, el ahijado de don Pedro, estaba invitado a cenar, y como llegó temprano salí a recibirlo a la veranda, en lo que todo el mundo terminaba de prepararse. Doña Basilisa estaba en la cocina dándole los últimos toques a su cochinillo lechal estofado en vino. Madame se estaba dando un baño prolongado. Yo necesitaba un descanso y nos sentamos un rato a charlar en la veranda.

Había oído hablar bastante de Bienvenido y su familia; gracias a Adelina, la criada de doña Basilisa, me había enterado de su vida y milagros mientras hacíamos las camas y trapeábamos los baños. Arnaldo Pérez, el padre de Bienvenido, era un mulato muy competente que se quedaba a la cabeza de Dos Ríos cuando los Batistini estaban en la capital. Tanto él como su hijo venían a menudo a comer a la casa: Don Pedro se las echaba de democrático porque sentaba a su mayoral, que era un hombre de tez oscura, a su lado en la mesa. Aralia Pérez, la madre de Bienvenido, había muerto varios años antes, pero su padre había sido muy eficaz educando a su hijo.

Adelina sabía cuántos amantes e hijos ilegítimos había tenido en el pueblo don Pedro, a pesar de su fervor religioso. El hacendado era generoso con todos ellos pero Bienvenido era su preferido. Por eso accedió a ser su padrino, aunque mantuvo su paternidad en secreto. Muy poca gente sabía por qué, el día de su bautizo, Aralia había insistido en que se nombrara al niño Bienvenido B. Pérez, aunque las malas lenguas decían que la "B" era por los Batistini. Aralia solía venir a la casa a subirle los ruedos a los trajes de Doña Basilisa y a virar al revés los cuellos de las camisas de don Pedro cuando se le desgastaban.

A pesar de su origen humilde —Aralia provenía de una familia de campesinos de las montañas cercanas— era muy bonita, con una piel muy blanca y ojos color menta. Un día, cuando doña Basilisa andaba por Ponce visitando a su familia, don Pedro violó a Aralia. Adelina vio lo que pasó, y se ocupó de curar a la joven y de conseguirle transporte de regreso a la finca de sus padres. Cuando Aralia dio a luz a un niño y lo trajo un tiempo después a la casa para que doña Basilisa lo conociera, ésta inmediatamente se dio cuenta que era hijo de don Pedro, porque tenía el pelo rojo como el achiote, exactamente igual al de su marido. Por eso don Pedro se preocupaba tanto por el niño, y lo había enviado a estudiar ingeniería a la universidad.

Bienvenido y Diamantino eran prácticamente como hermanos. Cuando don Pedro y su familia se pasaban en Dos Ríos los meses de verano, don Eduardo enviaba a Diamantino con su padrino, para que saliera de la ciudad y se criara saludable. A Bienvenido, como era hijo del mayoral, todo el mundo lo trataba con mucho respeto. No era algo premeditado; la gente sencillamente no podía olvidar —ni siquiera por un momento— que el muchacho participaba de ambos mundos: el de los amos y el de los peones. Desde que era adolescente Bienvenido trató de apoyar a los obreros cuando exigían un tratamiento justo. Cuando veía a uno de ellos maltratado —si le quitaban parte de su sueldo al ausentarse por enfermedad, por ejemplo— se metía sin miedo en la oficina del capataz, el pelo rojo ondeándole iracundo sobre la cabeza, y le exigía a su padre, Arnaldo Pérez, que corrigiera la injusticia. Diamantino era muy consciente de esto y admiraba mucho a Bienvenido, aunque se consideraba su superior.

En la hacienda la comida era siempre más fresca y abundante, y no había tantas epidemias como las que diezmaban periódicamente la población de la capital. Cuando Madame visitó Dos Ríos, sin embargo, las relaciones entre Diamantino y Bienvenido no eran lo cordiales que habían sido en el pasado. El verano anterior, cuando Ronda acababa de cumplir quince años, Adelina salió al patio trasero de la casa a brillar las ollas y descubrió a Bienvenido y a la chica besándose detrás del invernadero de las orquídeas.

"¡Si no pelas el ojo, Ronda desaparecerá de tu casa más rápido de lo que salen volando las cucharas de plata de la mesa cuando vienen a comer los invitados!", le dijo a doña Basilisa.

"¿Qué locura estás diciendo ahora, Adelina? Te le pasas chismeando y tejiendo telarañas, como si no tuviéses más nada que hacer. ¡Eso me pasa por dejar que te quedes con nosotros cuando ya estás tan vieja que no puedes trabajar en nada!". Pero Adelina tiró a doña Basilisa por el brazo y la llevó a la ventana, desde donde podían ver a la pareja abrazada detrás del invernadero. Doña Basilisa dejó caer al piso el cojín que estaba bordando y dio un grito de terror.

"¡Dios mío! No puede ser. Debo de estar viendo visiones."

"Se lo dije", cacareó Adelina. "Ahí tiene la sangre de don Pedro multiplicada por dos; si no los separa a tiempo cometerán un pecado imperdonable".

Basilisa no sabía qué hacer. Estaba segura de que el hijo de Aralia era hijo de don Pedro, y por eso le había hecho muchos favores a la costurera y a Bienvenido. Pero Aralia nunca le había revelado la verdad al joven, a pesar de que a los ojos de Basilisa eso hubiese sido lo más prudente. Ella no hubiese podido hacerlo; tenía que mantener el secreto para evitar que Ronda despreciara a su padre. Lo más que pudo hacer fue prevenir a Ronda de que no debía andar dándole confianza a los muchachos como Bienvenido, porque aunque el chico era buena persona, no tenía unos modales lo suficientemente refinados, y aunque en la vida uno hacía muchas cosas tontas, lo más estúpido que podía hacer era casarse con alguien que no provenía de su misma clase social. Basilisa nunca se atrevió a decirle más nada a Ronda porque sabía que era cabecidura, y que si su madre era demasiado estricta con ella y le prohibía invitar a Bienvenido a la casa, Ronda se empeñaría en invitarlo más a menudo y sería aún peor. Los adolescentes cogían siempre el rábano por las hojas, y lo que más les gustaba en el mundo era llevarles la contraria a sus padres. Así que doña Basilisa no le había dado demasiada importancia al tema de Bienvenido, y lo había invitado ella misma muchas veces a venir a la casa, como si no le preocupara su presencia en absoluto. Cuando al final del verano el joven pelirrojo se subió al tren y se marchó a la universidad en Río Piedras, sin embargo, se había sentido más tranquila.

Doña Basilisa también había intentado lidiar con el problema al prevenir a Bienvenido, pero de este lado la maniobra resultaba más compleja. Cuando Aralia murió su hijo tenía doce años, y ya no quedaba nadie que le informara sobre su parentesco con Ronda. Doña Basilisa lo pensó bien, y un día decidió pedirle a Diamantino que le advirtiera a Bienvenido, con el mayor tacto posible, que no se metiese con Ronda. Los muchachos eran muy jóvenes, y doña Basilisa tenía esperanzas de que con el tiempo el amorío se esfumara.

Bienvenido era mayor que Diamantino, pero Bienvenido lo admiraba enormemente. No era sólo que Diamantino había nacido en la capital y Bienvenido era un muchacho de pueblo; Diamantino había estudiado filosofía, política y literatura y era un caballero, mientras que Bienvenido era hijo de un campesino. Eso era algo que no cambiaría nunca, pese a su prestigiosa carrera de ingeniería.

Diamantino había leído a Rousseau, Locke y Leibniz, y se encontraba convencido de que ningún país podía pertenecer a otro, aunque se sometiera voluntariamente a él (como opinaban algunos de los políticos locales) sin violar el derecho más básico del ser humano: el derecho a la libertad. Bienvenido no sabía nada de filosofía o de ciencias políticas, pero cuando escuchaba a Diamantino hablar así, se sentía como si se le encendiera una lámpara por dentro. Empezó a creer que todo era posible y su humor, que a menudo era pesimista y lúgubre, inmediatamente se alivianaba. Estaba convencido de que, una vez echaran a los americanos de la isla, Diamantino, el hijo carismático de don Eduardo Márquez, saldría electo primer Presidente de la República.

Un día de verano lleno de sol Diamantino se acercó a Bienvenido para darle el mensaje de doña Basilisa. Diamantino había venido a Dos Ríos desde Nueva York, donde su familia estaba viviendo por aquel entonces. Don Eduardo no quería que perdiera contacto con sus raíces, y siempre lo enviaba a pasar las vacaciones con los Batistini. Habían salido a recorrer a caballo el campo sembrado de caña que quedaba detrás de la casa, que se extendía como una alfombra hasta el mar. Al final de un camino se toparon con un arroyo sombreado por una hilera de bambúas que susurraban como nubes verdes a su alrededor. Habían detenido sus caballos al borde del agua para que bebieran uno junto al otro. Diamantino pensó en cómo llevar a cabo la encomienda de doña Basilisa, pero se le hacía difícil ser hipócrita.

"Esto te va a sonar raro", le dijo Diamantino al joven, "pero Maite me ha pedido que te diga que 'dejes tranquila a Ronda'. No tengo la menor idea de lo que quiso decir con eso, pero tú eres mi mejor amigo. Ya es hora que sepas lo que todo el mundo comenta en Dos Ríos: que Ronda y tú son hermanos".

Bienvenido soltó una carcajada y se sacudió el agua que su caballo acababa de salpicar encima de su pantalón. Miró el sol, que seguía brillando en el mismo lugar, miró las bambúas, que se mecían al borde del agua. El mundo no había cambiado y todo seguía igual: Diamantino tenía que estar equivocado. Arnaldo Pérez, el mayoral, era un hombre honrado y él lo admiraba profundamente. Don Pedro era gordo, calvo y vago; se levantaba de la cama a las nueve de la mañana y vivía la mitad del año en Dos Ríos con doña Basilisa, gastándose el capital que él y sus peones sudaban sangre para ganar para él y su familia. La mansión de Miramar; el magnífico Pierce-Arrow; las veladas artísticas que los Batistini disfrutaban tanto: ahora que Bienvenido estudiaba en la universidad sabía lo que todo eso costaba. Ya no era un zafio patán de pueblo.

Don Pedro no podía ser su padre porque él *no quería* ser su hijo. Ya en ocasiones ambos jóvenes habían hablado de las injusticias sociales que existían en la isla, pero nunca habían tocado el tema en relación a la familia Bastistini. Y ahora Bienvenido estaba abordándolo directamente. Diamantino lo miró de hito en hito. "No serás un malagradecido, ¿verdad? Acuérdate de todo lo que Don Pedro ha hecho por ti", le dijo.

La reacción de Bienvenido no se hizo esperar. "No te creo. Si fuera hijo de don Pedro, no me respetaría a mí mismo. Y además, si eso fuese cierto, ¿dónde dejas a mi madre? ¿¡No le estarás diciendo puta, verdad!?"

"Tu padre también está enterado de lo sucedido, y ha tenido que acoplarse a esa desgracia hace ya mucho tiempo. Haz tú lo mismo y no empeores las cosas".

Bienvenido miró a Diamantino, con su pelo recién peinado con agua de colonia y montado sobre su magnífico alazán, y sintió náuseas. Se le subió la sangre a la cabeza y le plantó un puñetazo en el rostro que hizo volar sus lentes por el aire y casi lo tumba del caballo. "Tú con tus hipocresías de siempre. Te pasas hablando de la democracia y de la igualdad hasta que el zapato te aprieta los callos. ¿A santo de qué tengo que estarle agradecido a Don Pedro? Los obreros de Don Ríos son sus víctimas. ¡Y yo que pensaba que un día podías llegar a ser el campeón de este país! ¡Qué equivocado estaba!".

Diamantino no le dijo nada a doña Basilisa de lo que había pasado, y le explicó que se había caído del caballo y por eso tenía un ojo negro. Pero Bienvenido dejó de venir de visita a Dos Ríos, y Ronda Batistini no volvió a verlo aquel verano. Se sentía muy triste, pero tenía demasiadas cosas que hacer para preocuparse por su joven amigo. Se embarcaba pronto para los Estados Unidos, donde comenzaría su primer año en Lady Lane School.

Bienvenido decidió cerrar oídos a los rumores infames que circulaban por el pueblo y prefirió no mencionarle el asunto a Arnaldo Pérez. Si lo que Diamantino le había dicho era verdad, le causaría un enorme sufrimiento tener que reconocerlo frente a su hijo. Y si no era verdad, enterarse de lo que la gente estaba diciendo de su madre le dolería igual de mucho. Así que Bienvenido decidió no darse por enterado. Siguió haciendo sus preparativos para el viaje a la capital, metiendo su ropa y sus libros en la valija, y unos días después partió en tren para Río Piedras.

A pesar de eso, después de su conversación con Diamantino, Bienvenido nunca volvió a ser el mismo. Perdió su alegría y su actitud gentil, y se hizo adusto y huraño. Por más que lo intentaba no podía borrar la imagen de Ronda de su memoria: la tenía siempre ante los ojos. Cuando los Batistini invitaron a Bienvenido y a su padre a venir a almorzar a la casa, notaron que los muchachos permanecieron mudos en la mesa, sin dirigirse la palabra ni una sola vez. Don Pedro sospechó que habían tenido alguna disputa, pero no hubo tiempo para que se reconciliaran.

Diamantino regresó a San Juan con los Batistini, y de allí viajó a Nueva York a reunirse con su familia. Al año siguiente don Eduardo regresó enfermo a la isla y un tiempo después murió en casa de don Pedro. Diamantino se quedó a vivir con los Batistini, pero durante esos años no regresó a Dos Ríos ni siquiera para una visita corta.

Ahora Bienvenido había regresado a Arecibo para quedarse, pues había terminado sus estudios. Se enteró de que Diamantino estaba de visita en el pueblo. Le sorprendió enterarse de que no había llegado a Dos Ríos con don Pedro y su familia, sino que andaba tocando el violín en una compañía de bailarines extranjeros como un músico común y corriente. Se decía que la bailarina principal era de San Petersburgo y que había bailado en la corte del Zar: la más decadente de Europa. Bienvenido no podía creer lo que escuchaba. No tenía ningunas ganas de reunirse con Diamantino de nuevo, pero tenía que reconocer que le encantaría verlo sólo por un minuto, lo suficiente para pegarle otro tortazo en la cara.

31

Diamantino estaba todavía en su cuarto preparándose para la cena. Desde que conoció a
Madame cuidaba mucho de su aspecto: ya no andaba con la ropa
estrujada y el rostro envuelto en sombras porque no se había
afeitado la barba en varios días, como cuando Madame lo conoció en La Fortaleza. Lo primero que hizo al llegar a Dos Ríos fue
pedir que le trajeran ropa limpia, y se tomaba su tiempo para
vestirse, rasurarse y peinarse. Cuando por fin apareció en la veranda,
saludó a Bienvenido cordialmente y le dio la mano. Yo me quedé
allí parada conversando un poco de todo, haciéndome la que no
sabía lo sucedido entre ellos. Vi la mirada negra que se empozó
en los ojos de Bienvenido al Diamantino acercarse, y sentí un
escalofrío. Pedí que me excusaran y me desaparecí de allí.

"Me alegro de volver a verte después de tanto tiempo", le
dijo el joven con una sonrisa campechana. Pero Bienvenido no

se sonrió; escasamente le devolvió el saludo. Vestía con sencillez espartana, llevaba un traje de algodón a rayas y botas de montar de cuero marrón. Diamantino llevaba puesto el traje de hilo blanco de siempre, esta vez recién lavado y planchado, y el chaleco abotonado nítidamente, disimulando bajo el gabán los botones de diamante que le quedaban.

Se hizo un silencio álgido y se sentaron uno frente al otro en los sillones del balcón sin que sucediera nada. Me pregunté si Adelina no se habría inventado lo que me había contado esa mañana: de cómo Bienvenido era en realidad hijo de don Pedro, y que los jóvenes se habían peleado a muerte cuando Diamantino se había enterado, para tenerme sobre ascuas.

En ese momento don Pedro subió al balcón acezando y sudando, porque venía cargado con una caja de media docena de botellas de champán. La cava estaba en el sótano, debajo de la gran escalera de entrada. Era el único cuarto de cemento en toda la casa, que estaba construida en madera. Era allí que don Pedro guardaba sus botellas de vino y su caja fuerte. En caso de fuego todo en la casa podría hacerse humo menos su bebida y su dinero. "Bueno muchachos, me alegro de que hayan hecho las paces", dijo. "No se lo que pasó entre ustedes, pero no hay mal que dure cien años ni cuerpo que lo resista. Ahora ya saben por qué Basilisa y yo decidimos celebrar esta pequeña cena. Queríamos ver a nuestra familia reunida otra vez, después de tanto tiempo. Después de todo, tu padre ha sido mi mano derecha durante los últimos treinta años y eres casi un hijo mío", le dijo a Bienvenido, "y Diamantino también es como si fuera mi hijo".

Bienvenido dejó que don Pedro lo abrazara. No esperaba tanta efusividad, y hubiese preferido estrecharle la mano; no podía evitar sentirse tenso. Pero se comportó como un caballero.

"Mi padre se encuentra acatarrado y no pudo venir", le dijo a don Pedro. "Me pidió que lo excusara, y le envía saludos".

Doña Victoria llegó poco después, vestida de gasa color malva y acompañada por Rogelio Téllez. Por lo visto Rogelio y Bienvenido eran viejos amigos, y enseguida empezaron a conversar. Rogelio empezó a embromar a Bienvenido, porque había hecho un papelón en el pueblo el día antes, al dejar que el pelafustán del *Home Guard* se subiera de un salto a la tarima de la plaza y le dirigiera a la muchedumbre aquella perorata nacionalista. "¿Qué te pasó? ¿Te quedaste dormido con el discurso del alcalde? Debiste parar al tipo en seco. ¿Quieres que acabemos como una república bananera, igual que Santo Domingo o Nicaragua? Ni bien empezamos a salir de debajo de la bota de los españoles, que ya tú te pones a insultar a los americanos". Me quedé de una pieza al escucharlo. Rogelio Téllez no simpatizaba únicamente con los bolcheviques, también simpatizaba con los americanos. Aquello parecía un concurso de popularidad.

"Desiderio es un héroe", respondió Bienvenido gravemente. "Ahora mismo la policía lo está interrogando: quizá torturando. No permitiré que lo critiquen". Habló despacito, enunciando cada palabra, para que todos lo oyeran. Bienvenido era tímido, pero su intensidad daba miedo; me hacía pensar en un comisario de la revolución rusa. Sostenía una copa de jerez en la mano, y la puso con mucho cuidado encima de una mesita francesa decorada con remates de *ormolu,* como si temiera romperla.

Rogelio cambió el tema, buscando aliviar la tensión. Contó la historia de un campesino ruso que había irrumpido en las habitaciones de la Zarina en el Palacio de Invierno durante el golpe bolchevique. Un periodista le había tomado un retrato mientras sostenía en alto el asiento del inodoro de la Zarina, que estaba tapizado en terciopelo azul. El campesino se estaba riendo a carcajadas, agarrándose las costillas: tan insólito le parecía que alguien cagara en almohadones de terciopelo azul. "Los bolcheviques lo ejecutaron al otro día de entrar al palacio", dijo Rogelio. "Esperemos que Desiderio no sufra la misma suerte". Bienvenido se enfureció con Rogelio y estaba a punto de agredirlo cuando Madame intervino.

"Nosotros vivimos la revolución en carne y hueso", dijo. "Usted no entiende de lo que se trata".

"Pero sí entiendo cuando a los amigos hay que defenderlos", ripostó Bienvenido. "Usted no se meta en esto".

Doña Victoria estaba tan sorda que un tren hubiese podido estrellarse a su lado sin que se enterara, pero adivinó enseguida de lo que estaban hablando. El padre de Rogelio era el ayudante de prensa del gobernador Yager, así como el editor del *Puerto Rico Ilustrado,* y estaba a favor de la estadidad. Pero doña Victoria nunca discutía esos asuntos con su hermano, el padre de Rogelio. Como tantas familias en la isla, la familia Téllez estaba dividida políticamente, pero eso no quitaba que fuesen muy cariñosos y afables los unos con los otros.

A Bienvenido la cara se le había puesto color berenjena y parecía a punto de explotar. Doña Victoria agarró a su sobrino por el brazo y lo sentó en el sofá de medallón de la sala, entre don Pedro y ella, para que no se fuera a meter en problemas. Afortunadamente Rogelio era tan esmirriado como una varilla de bicicleta y se acomodó obedientemente entre ellos. Don Pedro empezó a conversar animadamente con Madame.

Escuché que Adelina me llamaba y fui a la cocina a buscar la bandeja de los entremeses: jamón serrano y quesitos de hoja de Arecibo fritos en aceite de oliva. Regresé a la sala lo más rápido que pude porque no quería perderme nada. Bienvenido había salido a coger fresco al balcón, y se tropezó allí con Ronda, que estaba fumándose un cigarrillo.

"Mientras más cambian las cosas, más todo sigue igual", dijo sacudiendo la cabeza. "La gente como Rogelio es la que más daño le hace al país, porque tiran la piedra y esconden la mano", le dijo a Ronda. "Su revista está llena de poemas y canciones patrióticas, pero cuando los pesos se ponen a peseta —o los perdigones a bala— se escurre como un cangrejo y aquí no ha pasado nada".

Ronda lo miró y se sonrió. "Tú también eres de los que se escurren como el cangrejo, ¿no es cierto? Hace bastante tiempo desde la última vez que nos vimos".

No se habían vuelto a ver desde el día del beso en el jardín tres veranos antes, y esa noche Bienvenido todavía no le había dirigido la palabra. Era como si no hubiese notado su presencia.

El joven se dio por perdido. "¿Cómo estás, Ronda? Estás hecha toda una mujer; todavía más hermosa de lo que recordaba", le dijo. Ronda se inclinó hacia delante, con los brazos apoyados sobre la barandilla del balcón, y dejó que sus rizos color castaño le cayeran sobre los hombros como un manto rebelde.

"¿De veras? No se me había ocurrido. Sobre todo después de cómo me trataste", le dio una última fumada a su cigarrillo y lo apagó en un tiesto.

Bienvenido se quejó de que estaba siendo injusta con él. El día que se fue estaba sumamente ocupado, preparándose para su viaje, y durante los tres años en Río Piedras había tenido que estudiar como loco. "Por supuesto que te recordaba. De hecho, pensaba en ti a menudo."

"Tres años. ¿De veras ha pasado tanto tiempo? Parece que fue ayer," dijo Ronda. Se miraron fijamente a la luz de la luna, como si se observaran desde las riberas opuestas de un río y no a medio metro de distancia sobre la veranda de Don Pedro.

"¿Por qué te fuiste huyendo, Bienvenido?" le preguntó Ronda. "¡Ya sé! *Ningún país puede pertenecer a otro sin violar los derechos más básicos de la naturaleza humana: el derecho a la libertad.* Tu famoso lema," dijo, y levantó los brazos como si fuera a dar un discurso. "¿Es por eso que no puedes querer a nadie?" Lo había dicho de chiste, pero la voz se le quebró y sonó como un ruego.

Fue como si le acercaran una mecha a un fósforo encendido. Bienvenido de pronto la abrazó y la besó apasionadamente en la boca. "¡Eres como una maldición; no puedo librarme de tí!" susurró con voz ronca. Y la volvió a besar.

Entré rápidamente a la sala, a preguntarle a las personas si querían beber algo. Adelina se me acercó con una bandeja de fritítas de bacalao y me apresuré a pasarla entre los invitados para que a nadie se le ocurriera salir al balcón.

Don Pedro se acercó a Madame que se encontraba bebiendo una copita de jerez. Estaba admirando los muebles de caoba y los cuadros que adornaban las paredes: unos paisajes hermosos ejecutados en tonos de azul y verde en los que aparecía siempre el mar. Tenían algo extraño, como si el mar estuviese vivo y lo hubiesen atrapado dentro del marco, palpitando de rebeldía. Deambuló hacia el comedor, donde doña Basilisa había puesto la mesa con su acostumbrado buen gusto: mantel de encaje, copas de cristal de Baccarat, platos de porcelana de Limoges, y un centro de mesa espléndido, decorado con orquídeas blancas.

Un retrato colgaba sobre el seibó del comedor y mostraba a una joven hermosa, vestida de tul blanco. Tenía el pelo negro como la noche y sus ojos brillaban como el ámbar. Había algo en aquella joven que le llamó la atención a Madame. Dio un paso hacia delante, para examinar el retrato más de cerca, y se fijó en la diadema de brillantes que adornaba su cabeza. Estaba segura de que la había visto antes, pero no precisaba dónde.

"¡Qué retrato tan hermoso!", dijo Madame. "¿Quién lo pintó?".

"Es Angelina Bertoli, la famosa diva española, hija de padres italianos. ¿La reconoce? Sin duda ha oído nombrarla".

Madame se sobresaltó. No se había dado cuenta de que don Pedro se le había acercado de puntillas y estaba de pie a sus espaldas. "Adelina y su padre visitaron la isla hace algunos años, y se quedaron de visita en una hacienda cercana a la nuestra".

De pronto Madame cerró los ojos y se vio transportada al Teatro Imperial del Maríinsky, donde todo estaba decorado en azul y dorado, y le estaba haciendo una reverencia al zar Nicolás II. No era más que una niña entonces, y se sintió desilusionada al ver que Zar era tan poca cosa. Estaba de pie y era hombre bajito y debilucho, mucho menos impresionante que la Zarina. Parecía un ratón tímido con grandes bigotes rubios, mientras que Alejandra parecía una emperatriz, a pesar de estar sentada. El Zar le había preguntado sobre el anillo mágico que llevaba oculto dentro de su adorno de cabeza, metido dentro de una cajita. Fue en aquel momento que Madame se había fijado en la diadema de la Zarina.

"Angelina vino a cantar en el teatro de Arecibo durante su primera gira por el Caribe", dijo don Pedro. "Tenía sólo quince años, pero había viajado por Europa como una niña prodigio, dando conciertos en las cortes de la realeza europea. Dicen que hasta cantó en San Petersburgo, y cautivó al Zar de tal modo que le ordenó a su joyero que hiciera una réplica pequeña de la diadema de brillantes de la Zarina, y se la regaló después del concierto". Madame se quedó mirando el cuadro y le contó a don

Pedro su historia. "El mundo es del tamaño de un pañuelo", afirmó asombrada.

"Usted es un prodigio tan grande como la Bertoli, Madame. Y bailará también en el Teatro Oliver, donde nos honrará con su presencia", exclamó grandilocuente don Pedro. "Felix Lafortune, el famoso pianista y compositor de Nueva Orleans, acompañó a Angelina en su gira. Él también era un espectáculo. Tenía veinte años, y era delgado y ágil, de bigotes abundantes y sedosos, y tenía los brazos largos como las patas de una araña. Cuando tocaba el piano daba la sensación de tener cuatro manos en lugar de dos".

Bienvenido y Ronda entraron al comedor, y escucharon también la descripción de don Pedro. Bienvenido se veía incómodo. Era obvio que no sabía quién era la Bertoli y que la ópera le importaba un comino. Los demás huéspedes también fueron entrando a la habitación. Rogelio se acercó al retrato y lo examinó con atención.

"No es la primera vez que oigo hablar sobre el pianista prodigio y la muñeca-diva; aparentemente dieron un concierto memorable en el Teatro Oliver. Yo era demasiado joven para asistir, pero la gente culta de Arecibo todavía está hablando de eso".

"La experiencia de Adelina es un ejemplo perfecto de los peligros de Puerto Rico. Este islote tiene dulce", dijo don Pedro, sonriéndole maliciosamente a Madame. "La gente viene aquí por unos días y se queda toda la vida. Cuídese, no vaya a pasarle lo mismo".

"¿Le desagradaría quedarse a vivir en la isla, Madame?", preguntó Diamantino, mirándola con ojos lánguidos. Yo me puse furiosa. "¡Por supuesto que le encantaría quedarse!", riposté con sorna. "Excepto que Madame no es un ruiseñor de quince, sino una mujer madura, de treinta y ocho años". Todo el mundo se echó a reír menos Madame. Las mejillas le ardían de vergüenza, pero no me importaba.

Doña Basilisa anunció que la mesa estaba servida y los demás invitados entraron al comedor. Le ofrecí una silla a Madame en uno de los extremos, lo más lejos posible de Diamantino, mientras don Pedro se sentó a la cabecera. Bienvenido esperó a ver dónde se sentaba Ronda para buscar la silla más cercana a ella. Era obvio que a doña Basilisa no le entusiasmaba el tema de la Bertoli, porque estaba relacionado con la idea de que Madame se quedara en la isla por más tiempo, e intentó hablar de otra cosa, pero don Pedro no cejaba y seguía jorobando la paciencia con el asunto.

"Si no llega a ser por Salvatore", prosiguió mientras se servía una porción generosa de arroz con pollo en el plato, "que celaba a su hija como un águila, a lo mejor la Bertoli se hubiera quedado en la isla. Durante su visita a Arecibo conoció a Adalberto Ríos, el hijo de uno de nuestros vecinos. Era un vividor tarambana; no le gustaba trabajar y se pasaba la vida pintando. Una noche el joven fue a escuchar a Adelina cantar en una de sus veladas, y se enamoró perdidamente de ella. Cuando los Bertoli prosiguieron su gira, Adalberto los siguió hasta San Juan. Unas horas antes de que el barco zarpara, le pidió a Salvatore la mano de su hija. Quería casarse con ella, dijo, y la chica también estaba enamorada de él. El viejo era sagaz. No dijo que no; sencillamente les rogó que esperaran un tiempo. Angelina tenía compromisos en Nueva York que no podía romper, contratos ya firmados para cantar en varios conciertos benéficos. A la joven le dio una rabieta tremenda y su padre tuvo que arrancarla de brazos de su amante, pero Salvatore logró montarla en el barco y zarparon juntos hacía Nueva York".

La voz de don Pedro era uniforme y templada, como si estuviese absolutamente seguro de lo que estaba contando, pero había algo en aquella historia que sonaba irreal. Lo miré por encima de las copas de vino y noté que el párpado de su ojo derecho había empezado a temblarle descontrolado. Don Pedro retomó obsesivo el hilo. "Adalberto Ríos nunca se recuperó del asunto. Después de que Angelina y su padre se marcharon se encerró en su habitación con sus telas, óleos y pinceles, y nadie volvió a verlo durante meses. Una noche, cuando todos dormían, subió al ático de la casa y se colgó de una de la vigas".

El silencio en el comedor se hubiese podido cortar con cuchillo; la tensión era tan grande que casi no se podía respirar. Me pregunté por qué Adelina, la criada, no me había contado aquella historia cuando se sabía de memoria la vida y milagros de todos los vecinos de Dos Ríos. ¿Sería cierto lo que decía? Don Pedro era dado a inventarse cosas, o a exagerarlas hasta el punto en que eran irreconocibles. Pero nadie se atrevió a contradecirlo.

Todo el mundo dejó de comer, y dejaron los cubiertos encima de la mesa. Doña Basilisa lloraba calladamente en su silla, hundiendo la cara en su pañuelo de hilo. Sus hombros gruesos y rosados temblaban de dolor, y sacudía la cabeza cubierta de rizos canosos como una muñeca vieja. Ronda se levantó de su silla y se le acercó. Le rodeó los hombros con un brazo y trató de consolarla.

"El joven no se llamaba Adalberto Ríos", le dijo Ronda a Madame en un tono melancólico. "Se llamaba Adalberto Batistini y era mi hermano. El fue quién pintó el retrato de Angelina y los paisajes que usted vio en el comedor. Por eso todos son del mar, por donde se alejó su amada. Los encontramos en su estudio el día que se mató. Como papá es muy católico y para él el suicidio es un pecado mortal, no enterraron a Adalberto en el cementerio, que es tierra consagrada. Lo enterramos en el invernadero, y papá nos prohibió que volviéramos a nombrarlo".

"¡Ojalá se achicharre en el infierno!", maldijo don Pedro, que se levantó furioso de la mesa y salió del comedor.

¡Así que era por eso que doña Basilisa estaba siempre tan nerviosa, y hablaba sin parar; por eso rezaba en susurros cuando se paseaba por el invernadero, y no dejaba que nadie separara una sola flor de su tallo!

32

El viernes en la tarde todo estaba listo para la primera función en el Teatro Oliver. Madame había examinado cuidadosamente el tablado del escenario y todos los defectos habían sido subsanados. Los bailarines habían ensayado sus números: el programa incluía *La Sylphide,* y luego una escena de *Giselle,* con Madame como estrella principal en ambos. Entonces vendría la *Baccanale,* que Madame bailaría con Nóvikoff, y Diamantino cerraba la función, con el último movimiento del concierto de violín de Chaikovski. En la mañana, sin embargo, cuando acabábamos de llegar de Dos Ríos, recibimos una mala noticia. Nadya Búlova bajó de su cuarto al *lobby* de las Baleares y nos informó de que Nóvikoff había amanecido con fiebre y que casi no podía respirar. "El doctor vino muy temprano y le diagnosticó pulmonía", dijo. "Le prohibió bailar".

Madame se volvió angustiada hacia Diamantino. "No te preocupes", le dijo el joven. "Yo puedo reemplazar a Nóvikoff en la *Baccanale*. Lo he visto bailarlo muchas veces y no es una coreografía difícil. Haré los movimientos en pantomima; no es necesario bailarlos al pie de la letra. El papel de Dionisio consiste mayormente en sostenerte a ti por la cintura, para que lleves a cabo tus piruetas y arabescos".

La muerte del cisne no estaba incluido en el programa, lo que me llamó la atención. "Estoy cansada de bailarlo Masha", me confesó Madame, bajando la cabeza con un gesto contrito. "De ahora en adelante quiero bailar sobre la vida, no sobre la muerte".

Ronda se pasó todo el día sentada en la última fila del teatro, observando los ensayos y fumando un cigarrillo tras otro. Le había rogado a Bienvenido que viniera a darle una mano a la compañía, pero al principio el joven había rehusado complacerla. Estaba demasiado ocupado, dijo en un tono huraño sin levantar los ojos, pero no pudo mantenerse lejos por mucho tiempo. En cuanto los músicos empezaron a tocar se apareció por el teatro, y se puso a ayudar a Juan a mover las bambalinas y a ajustar las luces del escenario. Ronda estaba segura de que Bienvenido la quería, a pesar de sus tontas convicciones políticas y del juramento terrible que había hecho de que no se casaría hasta que se lograra la independencia de la isla. Algún día vivirían juntos y serían felices para siempre.

Arecibo está en la costa noroeste de la isla y en el verano, a la hora del ocaso, las iglesias, las casas, los caminos, hasta el aire que uno respira se ilumina de una manera especial. La noche de la función se puso de color salmón y luego se fue apagando y se tiñó de un azul profundo que se confundía con el mar. La burguesía de Arecibo empezó a llegar al Teatro Oliver ataviada con sus mejores sedas y encajes. Hacía mucho calor, y dejamos las puertas y ventanas abiertas para que el aire circulara. Bajo los arcos de mampostería que quedaban al fondo del teatro don Pedro mandó a colocar una mesa grande, cubierta por un mantel de encaje. Allí se pondría la comida y la bebida, porque don Pedro quería dar un fiestón para celebrar el éxito de la representación de Madame. El aire estaba cargado del perfume de la enredadera de jazmines adosada al muro, que colgaba en nubes salpicadas de flores que parecían estrellas. El ambiente era muy agradable para nosotros, acostumbrados como estábamos a las noches blancas de San Petersburgo, durante las cuales caminábamos envueltos en la neblina durante todo el verano.

Esa misma tarde había visto a Madame metiendo algunas piezas de ropa en uno de sus bolsos de viaje y sospeché que estaba planeando algo pero no dije nada, y seguí haciendo mis ejercicios como siempre. "Eres una campesina de Minsk", me reproché severamente. "Has pasado por cosas peores y has logrado sobrevivir".

Las muchachas también se dieron cuenta de que sucedía algo extaño, y su animosidad iba en aumento. Al principio no querían discutirlo frente a mí, pero entonces escuché a Nadya Búlova comentarle amargamente a Maya Ulánova que Madame estaba planeando dejarnos plantadas y desaparecerse con su amante. Tenían miedo de no poder regresar a San Juan y, lo que era más difícil, a Nueva York o Paris. Cuando la ansiedad llegó a su límite, me pidieron que las ayudara. Querían que hablara con Madame pero me negué: ya era demasiado tarde para eso. El destino de la señora estaba en manos de Dios.

Katia Boródina, Maya Ulánova y Egórova Sedova eran chicas sentimentales y se sentían más heridas que mortificadas. Pero Nadya estaba furiosa. Había rechazado a varios pretendientes para seguir la carrera del ballet y llegar a ser una profesional, lo que ahora le sería imposible. Sin Madame la compañía no existiría; se esfumaría como un sueño. "Es una vieja bruja. Ojalá le rompa el corazón", le dijo a una de sus amigas.

A las ocho en punto Smallens, el director de orquesta, subió al estrado. Dio varios golpecitos en el atril con su batuta para llamar la atención de los músicos, y esperó a que se extinguieran las luces para que la orquesta empezara a tocar. Los primeros acordes de *La Sylphide* sonaron a la vez que subía el telón. Doña Basilisa y don Pedro estaban sentados en primera fila, sus brazos y piernas embutidos dentro de las sillas como si fuesen de goma. Ronda estaba pálida y se pasaba abanicándose nerviosamente con el programa.

La música de Adam inundó el escenario como una neblina fantasmagórica, y las chicas y yo salimos a formar el coro de *Giselle*. Al principio todo nos fue a las mil maravillas; los músicos locales eran mucho mejores de lo que esperábamos, gracias, sin duda, a la escuela de música de doña Victoria. Unos momentos después, Madame se apareció en escena vestida de campesina. Bailó la pieza en la que se enamora del príncipe Albrecht y luego la del suicidio, cuando el Príncipe la abandona. En el segundo acto yo bailé la reina de las Willis, comandante en jefe del escuadrón de las vírgenes castas. Con una vara de fresno en la mano, la Reina le ordena a Giselle que abandone a su amante y se una a las Willis. La escena constituía un adiós a nuestra querida Madame que me pareció adecuado. Madame estaba a punto de hacer todo lo contrario que Giselle: nos iba a abandonar para desaparecer con el truhán de Diamantino sin el menor remordimiento. Pero nos esperaba una sorpresa.

La representación iba a pedir de boca y todo parecía bajo

control. Yo había empezado a tranquilizarme pensando en la fiesta que vendría después: nos emborracharíamos con champán y comeríamos toda clase de golosinas preparadas por la cocinera de doña Basilisa sin tener que preocuparnos por lo que íbamos a engordar, porque aquello era el final de *Norma,* el Waterloo apoteósico de nuestra compañía, y nunca bailaríamos juntas otra vez. De pronto los acordes de la *Baccanale* de Glazunov empezaron a latir incontrolablemente bajo nuestros pies. La atmósfera del teatro cambió y se llenó de una energía misteriosa.

Juro que no tenía la menor idea de lo que iba a suceder. La música nos obligó a bailar con una agitación tan grande y a tal velocidad, que después de unos minutos no sabíamos lo que estábamos haciendo. Smallens le había dado órdenes a los músicos de viento y de percusión de que subieran el volumen, hasta que temí que los tímpanos se me iban a explotar. El *scherzo* giraba alrededor de Madame y Diamantino como un torbellino y éstos, vestidos de Ariadna y Dionisio, ejecutaban una secuencia de movimientos lascivos, cuando me di cuenta de que las muchachas habían caído como en un trance. Katia, Marina, Egórova y Nadya, avanzaron poco a poco hacia la pareja y empezaron a circular a su alrededor. La coreografía no indicaba aquellos pasos, y Madame las miró sorprendida. Antes de que pudiera evitarlo, se arrojaron sobre Diamantino y empezaron a arañarlo. Le rasgaron el disfraz y le enterraron las uñas en la piel. Volaban a su alrededor como brujas, impelidas por las faldas de tul de sus trajes, dirigiendo hacia él sus *grand jettées* y sus *battements tendus.* Le arrancaron mechones de pelo y le gritaron obscenidades, y hubiesen continuado martirizándolo de no ser porque una compuerta se abrió inesperadamente bajo sus pies y a ambos se los tragó la oscuridad debajo del escenario.

Pegué un grito de angustia y todos corrimos hacia el fondo del teatro, en busca de la escalera que iba a los sótanos. Las muchachas iban llorando y rogando que las perdonaran: aquello no había sido culpa suya, insistían, todo había sido tan rápido. El frenesí de la música se había apoderado de ellas. Yo no podía culparlas. ¡Se habían sacrificado tanto!

Por suerte, nadie en el público se dio cuenta de que algo andaba mal. Todo el mundo pensó que el ataque a Dionisio era parte de la coreografía y así se evitó un escándalo. En cuanto el telón bajó empecé a buscar a Madame y a Diamantino por todas partes, pero se habían desaparecido. La policía invadió el teatro y los agentes peinaron los corredores. Buscaron en todos los camerinos, detrás de las bambalinas, hasta debajo de los asientos de la orquesta cuando se vació la sala y todo el mundo se marchó a su casa. Era como si se los hubiera tragado la tierra.

Molinari estaba encantado con toda aquella conmoción. Circulaba por todas partes, pellizcándose las comisuras de los labios como para atrapar la sonrisa que pugnaba por salir. Yo estaba segura de que estaba inmiscuido en el asunto, pero no había pruebas.

"La felicito. Por fin logró lo que quería; ahora Madame y su amante están sanos y salvos, fuera de nuestro alcance", dijo, tratando de echarme la culpa de la desaparición. Me puse frenética. No tenía la menor idea de adónde habían ido a parar Madame y Diamantino; podían haber sido secuestrados o asesinados, o a lo mejor hasta se habían marchado por voluntad propia, si lo que había dicho la señora era cierto y había decidido unirse a él para siempre.

Caminé hasta al fondo del teatro completamente aturdida. Las muchachas tuvieron que desvestirme y me quitaron las zapatillas.

Trataron de consolarme lo mejor que pudieron pero de nada sirvió. Habíamos perdido a Madame. Ya no regresaría a Inglaterra con nosotros, nunca fundaría la Escuela del Ballet Imperial en la mítica Ivy House de Turner junto al lago lleno de cisnes, ya no le enseñaría a las bailarinas jóvenes a cómo alcanzar la inmortalidad por medio del baile.

Doña Victoria y Rogelio fueron a felicitar a Madame y se enfrentaron a los gemidos de las bailarinas que lloraban por aquí y por allá. Rogelio estaba escribiendo en sus notas sus impresiones de aquel pandemonium cuando Molinari se le acercó y le arrancó el cuaderno de las manos. Don Pedro y doña Basilisa no podían creer que Diamantino se hubiera desaparecido, y empezaron a dispararles preguntas a los oficiales de la policía.

Molinari era el único que se mantenía en sus cabales, y le ordenó a todo el mundo que se callara; luego se fue a buscar a la policia. Don Pedro se unió a la búsqueda y peinaron otra vez el teatro y sus alrededoers, pero todo fue en vano.

Ronda se me acercó. "Bienvenido también se ha desaparecido", me susurró con voz ronca. "No lo encuentro por ninguna parte". La tomé entre mis brazos e intenté calmarla. Yo entendía por qué se había enamorado de Bienvenido pues, a diferencia de Diamantino, él me parecía un hombre de principios, que creía en lo que predicaba. Era una verdadera tragedia que fueran medios hermanos.

Los Batistini me llevaron de vuelta a Dos Ríos y don Pedro se ofreció a pagar los gastos de la *troupe* en el Hotel las Baleares. Se lo agradecí. No me hacía ninguna gracia pasarme quién sabe cuánto tiempo trabajando como empleada del hotel para pagar lo que debíamos. Al día siguiente el diario de Arecibo, *La Última Noticia,* publicó una reseña infame, criticando a nuestra compañía por un espectáculo mediocre. Al final, el autor comentaba maliciosamente que el papel de Ariadna le había resultado mucho más conveniente a Madame que el de Giselle, porque era más pragmático. Al menos Ariadna había logrado escaparse de Naxos con su amante Dionisio, el dios del vino y del vacilón, mientras que la tonta de Giselle se hundía en la tumba con su lloroso príncipe. Como el artículo estaba escrito en la jeringonza del ballet la policía no lo censuró, pero evidentemente su autor sabía algo sobre lo sucedido. ¿Cómo habría descubierto la verdad? Estaba firmado con el seudónimo improbable de Publio Ovidio Nasón, una manera de indicarle al lector que allí había gato encerrado. La referencia me hizo sospechar de Rogelio Téllez, que tenía una nariz impresionante. Era lo suficientemente pedante para chismear sobre nuestra compañía en aquellos términos.

Fue necesario cancelar las otras dos funciones que Diamantino había programado para nosotros en el Teatro Oliver. Doña Basilisa no paraba de llorar, y Ronda hacía lo posible por consolarla. No le mencionó a nadie que Bienvenido también andaba desaparecido, pues sus padres ni se habían dado cuenta. Bienvenido era como la lluvia, caía hoy por Arecibo y mañana por San Juan, y ella quería sentirse libre de actuar como mejor conviniera durante las próximas semanas. Esperamos en la casa durante tres días, pero como no hubo noticias de ninguna clase, don Pedro nos dio el dinero para el tren y regresamos todos juntos a San Juan.

Presentábamos un espectáculo triste al subirnos al vagón de segunda clase. Molinari venía a la retaguardia, espantando a las chicas como si fuera un gallinazo, y recogiendo los disfraces y las zapatillas que dejaron olvidadas en los cuartos. Ninguna de ellas quiso sentarse con él en el compartimento del tren, y no me quedó más remedio que acompañarlo. Olía a alcanfor y a ropa sudada y me miró como amenazándome, pero yo no le tenía miedo. Sólo pensar en los *muhzik* de mi pueblo, y hasta en Rasputín, el amante de la Zarina, me sentí relativamente segura. Yo también era un *muhzik,* y podía hacer pactos con el diablo.

Molinari nos acompañó hasta San Juan, y una vez allí se hizo humo.

33

~⚬⚬⚬⚬~

Cuando recuerdo esos días todavía me asombra la intensidad de los sentimientos de Madame, la entrega absoluta de la que fue capaz. Sólo una mujer a punto de cumplir los cuarenta años podía hacer cosas así: sacrificar su vida por un mocoso que acababa de conocer. Luego de luchar sin descanso para transformarse —de hija de una lavandera en Kolomenskaya— en *prima ballerina* del Maríinsky, ¿cómo podía arrojarlo todo por la ventana de aquella manera? Quizá estaba cansada de su fama, aburrida de representar, en *La muerte del cisne,* la agonía de una sociedad que pedía a voces que la eliminaran de la faz de la tierra. Pero si uno lo piensa a fondo, sospecho que fue el deseo lo que finalmente la hizo hundirse. Como leí una vez en un libro de una poetisa llamada Safo que tenía una de las alumnas inglesas, el deseo es contagioso: dobla las rodillas y afloja los miembros del guerrero cuando recibe una lanzada en medio de la batalla. Así fue el golpe que yo recibí de Madame y que nunca pude devolverle, de manera que no tuve más remedio que ser testigo de cómo se dejaba seducir por un tigre de salón.

Luego de hacernos jurar que viviríamos sin lujuria, vírgenes vestales dedicadas a las glorias espirituales del ballet, Madame había caído en una trampa. Toda aquella historia de cómo el cuerpo era el arpa del espíritu, el instrumento por medio del cual alcanzábamos la unión con la naturaleza, no era más que una pamplina, una treta para mantenernos a raya y lograr que bailáramos prácticamente de gratis, sin crearle problemas a la compañía. El cuerpo era el cuerpo y el placer era el placer, y Giselle vertiendo lágrimas sobre la tumba de su amante no era más que una mentira blanca más. Pero si Madame podía enamorarse, nosotras también podíamos. No nos íbamos a tragar el cuento de las señoritas puras durmiendo siempre solas en sábanas de holanda por más tiempo.

Luego de nuestro regreso a San Juan, mi amigo Juan Anduce y yo seguimos reuniéndonos en La Nueva Suela. Juan no hablaba ruso, pero hablaba inglés muy bien. "El que tú seas rusa y yo sea puertorriqueño no importa para nada, mi *gansa* —aunque tu eres una mandulona grande y rubia, y yo soy bajito y negro— lo importante es que los dos luchemos por el bien común", me decía arrugando la nariz como un enano. Yo nunca había luchado por nada, pero me gustaba oírle hablar así. Me decía su *gansa* porque yo siempre andaba corriendo detrás de Madame, que era el cisne. Nadie había notado antes que yo tenía el corazón tierno, y que a menudo me sacrificaba por los demás. Juan me caía simpático.

Juan contestaba todas las preguntas que yo le hacía sobre la isla, las montañas, los ríos, los pueblos que salpicaban sus valles. Más que nada, le encantaba hablar sobre San Juan. "Es una ciudad muy antigua", me dijo una vez. "En siglos pasados los holandeses y los ingleses se ponían verdes de envidia cuando la admiraban desde la cubierta de sus barcos; codiciaban sus murallones resplandecientes, sus casas, sus iglesias. Tenía un valor mercantil incalculable; les servía de abrigo a centenares de barcos que transitaban entre América y Europa. Al fondo de la bahía había un fortín con cuatro sólidas torres almenadas —Santa Catalina— donde se guardaba el oro que venía de México, y que luego se embarcaba para España. En las noches, su pálido resplandor podía verse a millas de distancia".

También le gustaba hablar sobre la bahía de San Juan y sus hermosas lagunas, eslabonadas unas a otras en un laberinto de mangles. "Había garzas, pelícanos, falcones, manatíes, y muchas tortugas que la habitaban", me decía Juan. Tenía manantiales de agua fresca, calas profundas, y por tierra era de fácil acceso desde varios puntos. Además, era posible defenderla de los barcos enemigos gracias al islote de San Juan, que le servía de barrera natural. Era más valiosa que toda la isla puesta junta, y valía la pena batirse por ella.

"A la entrada la bahía empieza a ampliarse y se abre como las caderas de una mujer hermosa. Sus lagunas y canales, el Caño de Martín Peña, los Corozos, Piñones, la Laguna de San José, son un mundo que no ha sido conquistado jamás. Son territorios libres: tierra de nadie. Los canales están siempre cambiando de lugar, se mueven de acuerdo a las mareas. Allí se ocultaban los esclavos como mi bisabuela Zambia, huyéndole al silbido de los látigos y a los ladridos de los perros que los perseguían.

"Zambia pasó por una experiencia terrible. Por muchos años, bajo los españoles, no se permitió la entrada de ningún barco extranjero a nuestra bahía. Todo el comercio tenía que hacerse con España. Como las colonias españolas estaban en guerra, los buques que traían la mercancía nunca hacían escala en Puerto Rico. La gente sobrevivía gracias a la yautía, la yuca y los plátanos que sembraban ellos mismos. También había ganado y pesca abundante, pero la gente tenía dos necesidades básicas que les era imposible satisfacer: faltaban la tela y el acero.

"Mi bisabuela era muy hermosa, y cuando se escapó por el manglar el traje que llevaba puesto acabó hecho trizas. Zambia se hizo un camisón de tela de saco y lo llevó puesto resignadamente por varios años, hasta que conoció a mi abuelo, Ezequiel Carabalí, un pescador que vivía de venderles agua dulce a los barcos de los contrabandistas que se escondían en las caletas de la costa. Cuando Ezequiel la vio, se enamoró de ella y le pidió que se casara con él. Zambia se sintió la mujer más feliz del mudo, pero juró que no se casaría en un saco.

"Un día Zambia nadó, completamente desnuda, hasta uno de los barcos holandeses y gritó pidiendo ayuda, como si se estuviera ahogando. Los marineros la subieron a cubierta. Haciendo señas con las manos les rogó que le regalaran un pedazo de tela y algunos cuchillos, porque pronto se casaría y no tenía absolutamente nada que ponerse. Los marinos llamaron al capitán, que, al ver la hermosura de Zambia, se quedó prendado de ella. El capitán la llevó a su camarote y le hizo el amor con su consentimiento, ordenando luego que la pusieran en un bote para que la regresaran a tierra. Antes de irse, sin embargo, le regaló un hermoso vestido y un cuchillo de acero. Al llegar a su casa Zambia escondió el vestido y el cuchillo, y mantuvo en secreto su aventura para que Ezequiel no se enterara.

"El día de la boda Zambia apareció a la puerta de su cabaña con un elegante vestido de seda. Ezequiel no le hizo preguntas

—conocía bien a Zambia y sus mañas rebeldes— no dejaba que le dijeran lo que tenía que hacer. Cuando llegaron a la iglesia de Martín Peña, sin embargo, se toparon con un guardia civil en la escalinata de enfrente. Aquella mujer casándose con un pobre pescador vestida de seda era algo tan inusitado que el guardia civil sospechó del asunto y se la llevó presa. La encerraron en el Castillo del Morro, donde la torturaron hasta hacerla confesar que había adquirido aquel vestido de un barco holandés. La condenaron a recibir doscientos latigazos en la Plaza de Armas.

"Antes de su castigo llevaron a Zambia por las calles de San Juan, montada en una mula y desnuda de la cintura para arriba, las manos atadas con una soga a sus espaldas. Un alguacil que la precedía proclamaba en voz alta que era culpable de contrabando de ricas telas, y que su castigo debía de ser un ejemplo para todos aquellos ciudadanos que soñaran algún día hacer lo mismo. Durante su vía crucis los vecinos podrían participar en el castigo oficial de Zambia, y muchos así lo hicieron. Al verla pasar, echaron mano a la escoba o a alguna que otra vara seca para azotarla, no fuera que a la guardia civil se le ocurriera acusarlos a ellos del mismo crimen.

"La azotaina fue una lección efectiva y duradera. Desde que a mi abuela le pasó aquello las mujeres de la isla se ponían la ropa hasta que se les deshilachaba encima, y los vestidos elegantes se legaban a los herederos en los testamentos y se pasaban de padres a hijos y de abuelos a nietos, junto con los cubiertos de plata y las joyas. Quién sabe si es por esto que a la gente de San Juan le gustan tanto los trapos ricos, y hay tantas tiendas de telas elegantes en la calle San Francisco.

"Después de su castigo público, Zambia se fue a vivir con su marido en la cabaña de techo de yaguas de los mangles, y más nunca regresó a la ciudad. Le quedaba el cuchillo, con el que ayudaba a Ezequiel a ganarse la vida separando las ostras de los mangles y limpiando los pescados. Mi madre, Altagracia Carabalí, nació nueve meses después del matrimonio de sus padres. Era de tez negra con ojos azules, algo que Ezequiel nunca notó, porque afortunadamente no distinguía los colores. Mamá no se sentía feliz en el mangle, sin embargo, y cuando tuvo la edad suficiente emigró a Cayey, donde encontró trabajo en una hacienda de tabaco. Allí conoció a mi padre".

Cuando Juan terminó su historia se ruborizó. Estaba avergonzado de las locuras de su abuela. Pero yo lo abracé y le aseguré que admiraba a Zambia, y que hubiese hecho lo mismo que ella.

En otra ocasión Juan me contó la historia de cómo fue que los americanos conquistaron la ciudad de San Juan. Me interesó mucho lo que me dijo, porque todo el mundo en la isla tenía una versión distinta. Algunos decían que los americanos habían venido a salvar la isla del atraso y de la tiranía de los españoles; otros aseguraban que no eran sino piratas y bucaneros.

Juan fue testigo ocular del evento. "Once buques de guerra aparecieron en el horizonte", me contó, "y se detuvieron a varias millas de distancia de las murallas. Todavía estaba oscuro, y los barcos cabeceaban en la neblina sin ser vistos. Cuando el cielo empezó a clarear, las naves se hicieron perfectamente visibles desde las azoteas de las casas, pero los habitantes no sintieron miedo. Durante siglos pirata tras pirata había intentado conquistarla sin éxito: Francis Drake y John Hawkins —el canalla que trajo el primer cargamento de esclavos africanos a América—, fueron derrotados por los cañones de El Morro. George Clifford, el conde de Cumberland, pereció cerca de el Fuerte de San Jerónimo. Todos dispararon en vano sus municiones. Los españoles habían invertido millones de maravedíes en fortalecer la ciudad, y cuando la flota de este nuevo pirata, el almirante William T. Sampson, apareció en el horizonte, su presencia no les quitó el sueño.

"Al amanecer una cortina de fuego los despertó. Afortunadamente, los cañones americanos eran tan poderosos que la mayor parte de los bombazos volaban por encima de la ciudad sin causar daños. Los edificios de San Juan eran bajitos —una ley española prohibía que tuvieran más de dos pisos, la altura que alcanzaba por lo general una bala de cañón— precisamente para proteger la ciudad de los piratas. La población tuvo que correr a resguardarse en las colinas de Miramar, la mayoría descalzos y todavía en ropas de dormir. Mis abuelos y yo nos salvamos ocultos entre los mangles.

"El bombardeo del almirante Sampson duró seis horas, y la ciudad seguía subiendo y bajando a la distancia, como si se evadiera juguetona entre las olas. Sampson cruzaba a trancos de arriba bajo la cubierta del acorazado *Mississippi,* y ordenaba disparos cada vez más seguidos, pero sin éxito. Aparentemente ninguno daba en el blanco: no se veía una sola hoguera devorar el verdor encantador que salpicaba los muros, ni evidencia alguna de impacto.

"Sampson estaba confundido. Al no creer en la magia, no podía explicarse lo que estaba sucediendo. Ignoraba que detrás de la ciudad había una bahía tan grande y tan profunda que se tragaba todo su fuego y pólvora sin un solo eructo.

"¡El que insista que la llegada de los americanos no fue una intervención militar está meando fuera de la bacinilla!", exclamó cuando Juan acabó su relato. "La invasión de Puerto Rico fue como guisar habichuelas: primero nos ablandaron a fuego lento y en agua hirviendo. Luego añadieron la salsa de tomate, y por último, la tocineta. ¡Una receta perfecta!".

34

La familia de Juan Anduce tenía una plantación de tabaco en Cayey. Sus abuelos y bisabuelos habían estado en el negocio del tabaco desde hacía siglos, pues los Anduce tenían ascendencia taína, y los taínos eran expertos cultivadores de la planta. Antiguamente entre los indígenas, cada familia sembraba un conuco de tabaco en el patio de atrás del bohío, y el jefe de familia se fumaba un manojo de hojas enrolladas después de cada comida. Y los Anduce hacían lo mismo.

Cuando los americanos llegaron establecieron grandes almacenes de tabaco en los valles de la Cordillera Central, y casi todos los tabaqueros criollos que habían cultivado tabaco desde los tiempos de España se fueron a la quiebra. Pero en la familia de Juan el cultivo del tabaco era parte de una tradición todavía más larga, y sabían tanto sobre su cultivo que lograron sobrevivir.

El tabaco era una cosecha muy delicada. Le decían "el nene lindo de la agricultura" porque exigía un cuidado constante. Había que desyerbarlo y mimarlo, regarlo y acariciarlo como si fuese un recién nacido. Los retoños de semilla había que sembrarlos a mano, uno a uno, y era un trabajo agotador, pero como los Anduce lo hacían juntos, a la familia no le parecía tan duro. Había que proteger los vástagos tiernos bajo unos enormes mosquiteros para que las pulgas no se comieran las hojas ni los pegas (unos gusanos verdes y gordos) trituraran los tallos, algo que los Anduce hacían con tanto amor, que sus plantas eran siempre las más exuberantes. En las noches el valle parecía dormir tranquilamente, tendido bajo las redes blancas de los mosquiteros. Pero nada era tan engañoso.

Una feroz guerra de precios estalló en 1902 entre los Anduce y las tabaqueras americanas, y hubo un fuego que consumió el almacén más grande de don Aníbal. Sin embargo, las sospechas de incendio premeditado nunca pudieron ser comprobadas. Don Aníbal tenía tres almacenes llenos de hoja de tabaco cerca de su casa. Él mismo supervisaba el trabajo, y a menudo enviaba a sus hijos, a Juan y a sus dos hermanos, a patrullar las fincas cuando empezaba a oscurecer. Una noche en que los hermanos mayores andaban vigilando y Juan se había quedado dormido, ocurrió una tragedia. Una banda de maleantes les cayó a palos a los hermanos dentro de uno de los almacenes y los dejaron inconscientes sobre el piso. Rociaron el rancho de pencas de palma con gasolina y le prendieron fuego. Unos aullidos espantosos despertaron a Juan poco después. El joven pensó que un animal salvaje estaba devorando a su familia, y corrió fuera de la casa con una escopeta, pero no pudo hacer nada. Se encontró con su padre y su madre arrodillados frente a los escombros, dando puños en la tierra. A sus pies yacían, todavia humeantes, los cuerpos de sus hermanos.

El padre de Juan nunca se recuperó de aquella tragedia, pero juró que no se moriría hasta educar al único hijo que le quedaba en la universidad, aunque fuese literalmente chupándo el humo de sus últimas hojas de tabaco. El que don Aníbal se hubiese casado con Altagracia, la negra fornida que había llegado a Cayey de los mangles en la costa, contó mucho para que lo lograra. Altagracia era tan fuerte que podía lavar la ropa de toda una familia en una sola tarde, y todavía le sobraba suficiente fuerza para planchar, doblar y llevársela a sus clientes en una batea de madera balanceada sobre la cabeza. Gracias a los esfuerzos de su madre y al tabaco del último almacén de su padre, Juan logró comprar un boleto en un barco de pasajeros y viajó hasta Nueva York. Allí fue a pie hasta Harlem, donde encontró trabajo como lavaplatos en un *deli*. Con sus ahorros y el dinero que le enviaban sus padres, se matriculó algún tiempo después en New York University.

Estudió en la universidad por dos años, pero cuando su padre murió, su madre declaró el negocio en bancarrota y Juan tuvo que regresar a la isla. Pero provenía de una raza fuerte. Le dijo a Altagracia que no se preocupara, que él se encargaría de todo. La llevó a casa de su abuela, vendió la finca de Cayey y le dejó el dinero para que pudiera bandársela. Luego amarró todo lo que poseía en un saco y se lo echó a las espaldas antes de salir para el puerto. Allí abordó el *California,* un carguero que transportaba trabajadores contratados por el Tampa Tobacco Company, con destino a la Florida. Lo único que se llevó consigo de recuerdo fue el cuchillo que había heredado de su abuela Zambia.

"Cuando llegamos cerca de la costa de Cuba el barco atracó en Daiquirí", me contó Juan, mientras recordaba uno de los momentos más tristes del viaje. "Alrededor de la media noche un americano gordo subió al barco y escogió alrededor de doscientos hombres, de los que viajábamos sobre cubierta porque no teníamos con qué pagar camarote, y se los llevó consigo. Desde entonces, cada vez que tocábamos puerto sucedía lo mismo. Un tipo fanfarrón abordaba el barco tarde en la noche, escogía a los más fuertes y sanos de entre nosotros, y se los llevaba a los campos de tabaco. Al final del viaje solo quedé yo, y un grupo de obreros negros a bordo.

"Cuando llegamos a la Florida logré burlar a los guardias y abandoné el barco con la ayuda involuntaria de un cocinero chino. El chino acababa de bajar un canasto lleno de manteles sucios al muelle para lavarlos en el puerto y me escabullí adentro de ellos. Había perdido tanto peso que el canasto pesaba casi tanto conmigo dentro que cuando estaba vacío, y el chino no se dio cuenta.

"El capitán del barco nos había informado que en los Estados Unidos era ilegal importar trabajadores contratados de antemano, pero todo el mundo lo hacía. Los obreros que quedábamos a bordo estábamos todos bajo contrato, sólo que al último momento no podíamos bajar a tierra porque los que contrataban veían que éramos negros. Yo me di cuenta de eso y decidí no esperar más. Mientras me alejaba del barco me pregunté qué le sucedería a los pobres diablos que estaban demasiado débiles para escapar. A los que morían durante la travesía los tiraban por la borda amarrados en sacos".

Cuando Juan al fin llegó a Nueva York, el conocimiento que había adquirido en Cayey sobre la manufactura del tabaco le permitió encontrar trabajo en una fábrica de la Primera Avenida y la Calle Treinta. Se llamaba El Morito. Como muchas otras fábricas de tabaco, El Morito era un centro de reunión para los inmigrantes, anarquistas y revolucionarios. Los obreros despalillaban las hojas, las picaban para cigarrillo o las enrollaban para hacer tripa —el relleno de los tabacos— sentados frente a una mesa larga. Un lector oficial se sentaba a la cabecera y leía mientras trabajaban. Los libros que escogían los tabaqueros para distraerse eran todos de ficción, pero en ellos se colaba siempre la política: *Tío Vanya* de Chéjov; *Los endemoniados y Memorias del subsuelo* de Dostoievski. Ningún tabaquero podía quedarse dormido escuchándolos.

Al principio Juan no se sintió bien acogido en El Morito. Hacía poco que había llegado, mientras que la mayor parte de los tabaqueros llevaba quince o veinte años en la ciudad, escabulléndose por entre los rascacielos y luchando por no perecer de frío por culpa del viento que les afilaba el cuerpo. Pronto se hizo amigo de ellos, sin embargo. Los puertorriqueños en el extranjero eran tan solidarios como las garrapatas: vivían pegados unos a otros. Como Juan era muy fuerte, le pedían que ayudara en las mudanzas, que tirara del carromato del revendón cuando el caballo se enfermaba, que los ayudara a llevar a los enfermos al hospital cuando la ambulancia no llegaba. Y así se fue ganando el cariño de todos.

En Harlem a veces tres familias vivían en un mismo cuarto, que había que compartir con ratones y cucarachas. Sobrevivían gracias a la bolita y al ron pitorro que destilaban en las bañeras. Juan se hizo bolitero y estableció un negocio productivo. Cuando la gente soñaba con arañas, escorpiones o caculos, corrían a donde Juan y le pedían que les interpretara el sueño antes de comprarle un número.

Fue gracias a la bolita y sus consecuencias que Juan regresó al cabo del tiempo a la isla. Marta Gómez, una tabaquera muy hermosa fue un día a El Morito a escucharlo leer un capítulo de *Los miserables*. Lo habían nombrado lector oficial por tener un vozarrón más alto de lo común; esto le permitía proyectar lo que decía por encima de las cabezas, para que todos los trabajadores lo oyeran. Desde que Juan estudiaba en la universidad amaba las novelas, y le gustaba explicarles su significado a los compañeros tabaqueros. Las novelas eran como los sueños: le permitían a uno escapar de las desgracias de la vida y ofrecían soluciones a los problemas.

Un día Marta le preguntó a Juan el significado de un sueño que había tenido. Una gallina estaba picoteando un puñado de granos de maíz en el patio de la casa de su familia en Naranjito, y había puesto dos huevos. Apareció de pronto un gato y le saltó encima. La gallina empezó a cacarear, pero no logró zafarse de las garras de aquel tigre doméstico. Estaba demasiado débil para escapar, y se rindió bajo las patas del gato. Entonces el gato se chupó los huevos.

Juan se le quedó mirando a Marta, que era gordita y blanca, con los cachetes sonrosados. "Apuéstale al doble cero", le dijo. "Si la bolita cae en ese número y te ganas diez mil dólares, te ayudaré a proteger tu dinero para que nadie te lo robe". Marta siguió el consejo de Juan y cuando la bolita cayó en el doble cero y se ganó todo el pote, depositó los diez mil dólares en el banco a nombre de Juan Anduce sin decirles a sus padres ni palabra de aquello.

La familia de Marta era de la montaña y se las daba de ser descendiente de españoles. Si uno venía de Jayuya o de Lares, pueblos que de noche brillaban como nidos de cucubanos en la montaña, aquello pasaba: uno tenía probablemente la piel muy blanca y el pelo y los ojos claros. Esto era de gran ayuda cuando uno tenía que buscar trabajo en Nueva York. Pero cuando uno venía de la costa y se parecía a Altagracia, la madre de Juan, era más difícil encontrar empleo.

A Juan no le importaba que le dijeran que era un *spic;* nunca ocultó su origen. Pero tenía miedo de pedirle a Marta que se casara con él, porque pensaría que se quería quedar con los diez mil dólares que ella había depositado en el banco a su nombre. Pasaron los meses y no se atrevía a confesarle su amor. Entonces un día el dueño de La Placita —un colmado de East Harlem que vendía vegetales frescos— fue a ver a don Roberto, el padre de Marta y le dijo que se quería casar con ella. El padre vio la petición con buenos ojos: don Guzmán era dueño de su negocio y a su hija nunca le faltaría nada. Le dijo que sí al comerciante. Pero cuando Marta se enteró, corrió a donde Juan estaba despalillando tabaco en la tabaquería y le dijo: "Si no te casas conmigo, ahora mismo me tiro del Puente de Brooklyn".

Juan se quedó impresionadísimo. Fue con Marta a ver a un juez en la Segunda Avenida y la Calle Treinta y se casaron esa misma tarde. Esa noche, sin embargo, cuando le dieron la noticia a Don Roberto, este puso el grito en el cielo. "¿Te has vuelto loca?", le dijo a su hija. "¡Pero si este hombre es negro como el betún, y en nuestra familia no hay una gota de sangre negra! Los Guzmán somos de la montaña: gente blanca y civilizada. Vamos juntos al juez ahora mismo para que anule el matrimonio".

Pero Marta resistió el asalto. Su padre estaba en la cocina sirviéndose un trago de ron Palo Viejo y la joven estaba cocinando cuando se le enfrentó. "Ahora somos de Nueva York, papá. Aquí no hay montañas y hace un frío del diablo. La piel blanca no abriga más que la piel negra. Soy la mujer de Juan, y juntos nos calentaremos, así que olvídate de todo eso".

Marta estaba cortando una cascarita de limón en ese momento

para dejarla caer en el trago de su padre, y él empezó a insultarla. ¿No se daba cuenta de que se estaba arrojando al desperdicio? Su hija trató de calmarlo y Juan le pasó un brazo por la cintura para protegerla, pero fue demasiado tarde. Don Roberto de pronto se volvió hacia la joven, le arrebató el cuchillo y se lo enterró en las costillas. Era el mismo fatídico cuchillo de Zambia, que sirvió para liberar a la abuela muchos años antes.

Cuando Juan terminó su relato tenía los ojos llenos de lágrimas. Lloraba cada vez que nombraba a Marta, por eso me cuidé mucho de respetar siempre su recuerdo.

Una vez de regreso a la isla Juan se comunicó con sus amigos socialistas, y en una de esas reuniones conoció a Diamantino Márquez. Diamantino no era más que un muchacho pedante por aquel entonces. Nunca hubiese adivinado que un día tendría los cojones de desafiar a Adolfo Bracale, el poderoso agente de teatro. Pero el joven era más agalludo de lo que parecía, y fue él quién se le plantó a Bracale. No era únicamente un periodista que garabateaba versos como había dicho su padrastro, aunque no me enteré de eso hasta mucho después. Cuando regresó de los Estados Unidos había publicado varios artículos en la prensa denunciando los trasmanejos corruptos del agente, que se pasaba trayendo artistas famosos a la isla y luego los mandaba a perseguir por rufianes como Molinari, para que los dueños de los teatros le pagaran más de lo convenido por las representaciones. Después de la tragedia en el Teatro Tapia, por ejemplo, a Bracale lo encontraron culpable, pero nunca lo agarraron. Se quedó en Cuba y no volvió a pisar la isla.

Diamantino quería hacer su propio camino en el mundo, no a la sombra de su padre. Por eso defendía la independencia con tanto ahínco. Todo lo que hacía, su poesía y su periodismo —siempre escribía sobre temas patrióticos en *El Diario de la Mañana*— y hasta la música que tocaba (a menudo danzas en el violín, a las que le había escrito la partitura) era una manera de afirmar sus ideales políticos frente a don Eduardo Márquez, que siempre estaba tratando de apaniaguar las cosas.

Juan se había dado cuenta de eso y estaba de acuerdo conmigo en que esa fue la razón por la cual Diamantino se hizo amigo de los tiznados. "Nuestra isla es demasiado pequeña para guardar un secreto como ese, Masha", me dijo un día. "Mucha gente vio a Diamantino con los tiznados y sabían que él estaba con ellos, pero se lo ocultaron a don Eduardo y a su padrino".

"Los tiznados me recuerdan a mis compañeros, los tabaqueros de El Morito: sólo que llevan los rostros tiznados con ceniza de caña en lugar de con ceniza de tabaco. Están dispuestos a morir por la independencia, pero yo no estoy de acuerdo con ellos. Lo importante es independizarse de la pobreza, Masha, darle el poder a la clase obrera. Es mil veces mejor cantar El *Himno Internacional* que *La Borinqueña,* que no es otra cosa que una danza de ricos. Casi puedo ver a don Pedro como presidente de la República, obligando al noventa por ciento de la población a trabajar para él como bestias, arando la tierra y sembrando caña, y asegurándose de que se queden analfabetos. Para ese momento ya a los tiznados los habrán aniquilado, porque esa es la suerte que corren los idealistas en las repúblicas bananeras".

Yo no estaba segura de si lo que decía Juan sobre el triste destino de la isla era cierto, pero como acababa de llegar a Puerto Rico no me atreví a llevarle la contraria.

Cuando Juan leyó el anuncio de Dandré en el periódico, buscando un zapatero para la compañía de bailarines rusos, le picó la curiosidad. Admiraba al pueblo ruso y había aprendido mucho sobre él durante las lecturas de El Morito, y por eso respondió al anuncio. Entonces Dandré se marchó a los Estados Unidos y

Diamantino Márquez se unió a la compañía. Juan estaba entusiasmado; sabía quién era Diamantino y lo admiraba muchísimo. Había trabajado como zapatero ya por varios años, desde su regreso a Puerto Rico luego de la muerte de Marta. Fue la ocupación que más fácil se le hizo porque utilizaba el mismo instrumento de trabajo: la chaveta. Sólo que ahora, en lugar de hojas de tabaco, se dedicaba a coser y estirar cueros.

Nos caímos bien desde el primer día. Juan nunca había visto una mujer tan grande como los hombres, y mi franqueza lo impresionó. Yo siempre digo lo que pienso, no tengo pelos en la lengua. Puede que le caiga mal a alguien, pero esa persona sabe lo que hay, no meto gato por liebre. Como tenía poca gracia no me daban papeles importantes en los ballets, pero nunca lo tomé a mal ni me resentí por eso. Yo era como la pastora de los gansos, resolvía los problemas de todo el mundo: repartía toallas limpias, traía las bandejas de comida y las jarras de jugo o de refresco frío, calentaba agua y se la traía en palangana a las chicas para que metieran en ella los pies adoloridos. Tenía una cualidad que eclipsaba las virtudes de todas las demás: mi lealtad. Juan se dio cuenta de que necesitaba a alguien como yo a su lado, una compañera fiel tanto en la vida como en los negocios.

Luego de la representación en el Tapia, Juan se enteró de nuestro viaje al interior de la isla, y cuando Madame le preguntó si podía acompañarnos (necesitábamos a alguien que nos reparara las zapatillas continuamente) decidió unirse a nosotros. Durante el viaje nos conoceríamos mejor, y la aventura le pareció interesante. Tendría que cerrar la zapatería temporalmente, pero no le importaba.

Cuando llegamos a Arecibo Madame se pasaba todo el tiempo con Diamantino y me dejó a mí los ensayos de la *Baccanale.* Yo tenía que ir todos los días al pueblo desde Dos Ríos para entrenar a las chicas y tuve mucho éxito; al final estaban bailando mejor que nunca, pero yo me sentía desgraciada. Me refugié en la amistad de Juan para no volverme loca.

Entonces vino la debacle: Diamantino y Madame se desaparecieron la noche del estreno en el Teatro Oliver. Durante una semana ni dormí ni comí. Juan, por suerte, se quedó con nosotros. Cuando don Pedro me llevó al tren con las chicas, Juan nos acompañó y viajó hasta la capital. El regresó a su zapatería y yo me alojé en el Malatrassi, donde los otros miembros de la compañía nos estaban esperando.

Una semana después fui a visitar a Juan a La Nueva Suela. Durante el viaje me había acostumbrado a conversar con él, y quería que me aconsejara lo que debía hacer. Las chicas estaban intranquilas, y me preocupaba cómo íbamos a sobrevivir hasta que llegara Dandré. Pero cuando entré a la tienda, Juan no quería hablar. Estaba sentado sobre su taburete de trabajo, y recuerdo que tenía un zapato de señora sobre la horma, y que estaba claveteándole una suela nueva. Se me sonrió, contento de verme, y me haló hacia él. "Me hiciste mucha falta, gansa", me dijo. "¿Cómo de mucha?", le pregunté. "Como la carne quiere a la sal", me contestó, riéndose. Yo sabía exactamente de lo que estaba hablando. En casa de mi padrasatro éramos pobres y tampoco teníamos una nevera. La sal era un lujo, pero era la única manera que podíamos mantener la carne fresca —cuando la había—. "Y tú me hiciste falta a mí", le aseguré. "Como la cebolla quiere la sartén".

Juan hizo que me sentara a su lado y sentí un calor delicioso en la entrepierna. Entonces me besó en la boca y mis brazos se enroscaron solos alrededor de su cuello. Juan empezó a desabrocharme la blusa y pronto me encontré desnuda, sentada sobre su falda. Monté sobre él y todo se mezcló: el dolor con el placer y el placer con el dolor. Me dejé caer en un pozo al fin del mundo, y no miré hacia atrás ni una sola vez.

Yo no estaba enamorada de él, pero no podía pasarme el resto de la vida esperando la llegada de "don Amor". Me sentía como un arrecife, el mar entraba y salía de mi corazón, dejándomelo conservado en salmuera, y yo sin atreverme a hacer nada. Ser la amada en lugar de la amante, la deseada en vez de la perdonada: yo nunca había conocido esa dicha.

Pero la suerte no me duró. Unos días después regresé a la zapatería y la encontré vacía. La puerte estaba cerrada con candado y todas las ventanas clausuradas. El letrero que colgaba sobre la puerta, una bota de señora que se parecía a las que mi abuela usaba en Ligovo, daba golpes desamparados en el viento. Me senté en la acera y esperé a Juan durante un buen rato, pero no llegó. Regresé sola al Malatrassi cuando ya era noche. Una semana después, Juan todavía no se había aparecido.

35

Un día en la capital, Juan y yo habíamos oído decir que los tiznados estaban muy activos en el área montañosa entre Otoao y Lares, pero no habíamos escuchado nada más sobre ellos. Al llegar a Arecibo, sin embargo, el pueblo zumbaba como una colmena: donde quiera que íbamos la gente estaba comentando y hablando de los guerrilleros. Al principio no podíamos perder el tiempo con rumores; Madame nos había cargado de trabajo y no teníamos ni un minuto libre. Juan salía un rato todos los días a pasear conmigo por la playa cercana al pueblo, tratando de convencerme de que me tendiera "a descansar" sobre las dunas, pero no tuvo suerte.

Luego de una espera de una semana, lo que tardó formalizar el contrato con el Teatro Oliver, llegó por fin la noche del estreno de la *Baccanale*. Madame le había ordenado a Juan que se situara debajo de la trampa del escenario para amortiguar el golpe de la caída de los bailarines. A diferencia del Tapia, donde sólo Nóvikoff-Dionisio desaparecía por el hueco en el piso, en el Teatro Oliver Ariadna y Dionisio caerían juntos en la trampa. Madame había hecho aquel cambio en la coreografía porque le parecía más romántico. Pero nada sucedió como se había previsto. De pronto Juan se encontró rodeado por enmascarados que lo empujaron a un lado y sostuvieron una colchoneta abierta en el piso. Poco después Madame y Diamantino ambos cayeron en sus manos.

Le apuntaron a Juan con un revolver y lo obligaron a regresar al primer nivel, amenazándolo con que si los delataba lo matarían. Secuestrar a Madame en aquel momento era una locura, puesto que la isla estaba ocupada por el ejército y había militares por todas partes, pero los rebeldes estaban locos para comenzar. Eran capaces de asaltar una ametralladora con un machete, así que Juan cumplió con sus órdenes al pie de la letra.

Juan nos acompañó a las chicas y a mí de vuelta a San Juan en el tren. Ellas se alegraron mucho de que estuviera allí; estaban tan angustiadas que de seguro se hubiesen bajado en la estación equivocada y quién sabe a dónde hubiesen ido a parar. Yo no hice más que llorar durante todo el trayecto; tuve que hacer un esfuerzo sobrehumano para dejar de pensar en Madame. Juan me compró guarapo, marrayo de coco, ajonjolí, pasta de batata: golosinas que sabía yo disfrutaba porque me gustaba mucho el dulce. Pero no funcionó; las lágrimas seguían bajándome a mares por las mejillas. Las chicas se escurrieron en sus asientos y no tenían ánimo ni para mirar fuera de la ventana. No hacían más que criticar a Madame y discutir sobre la mejor manera de abandonar la isla. Varias de ellas tenían admiradores en San Juan, y estaban pensando llamarlos cuando llegaran para pedirles ayuda. Era obvio que la compañía estaba en las últimas.

Cuando llegamos al Malatrassi, Juan mandó a llamar a Liubovna y se reunió con ella en el lobby. "Por favor, cuídeme a Masha", le dijo. "Está sufriendo, pero estoy seguro de que su mal tiene cura. Afortunadamente, el corazón es el único órgano humano que se regenera".

Al día siguiente fui a visitar a Juan en la zapatería, y esa misma tarde la amazona invencible cayó rendida entre sus brazos.

Las cosas fueron bien entre nosotros desde el principio, y yo iba todos los días al taller. Estábamos más felices que un par de paticorias en calcetín de franela cuando sucedió algo inaudito. Yo acababa de salir para el Malatrassi después de nuestra cita, y Juan venía de apagar la luz del cuarto para acostarse a dormir, cuando escuchó a alguien tocar a la puerta. La abrió un dedo y se sorprendió: allí estaba Molinari, vestido con su traje de zopilote y con una pistola en la mano.

"Madame me mandó a buscarte", le dijo con su voz de ultratumba. "Tienes que acompañarme". Juan asintió en silencio y recogió algunas cosas que necesitaría en el viaje para meterlas en su mochila. Al último momento agarró un par de zapatillas de punta que acababa de forrar y las metió en el bolso. No se atrevió a decir nada para no suscitar controversias.

Un enmascarado sostenía un par de caballos por la brida. Los montaron y salieron a todo galope hacia Arecibo, donde agarraron el camino de Otoao que repechaba hacia las montañas.

Le dijeron a Juan que una vez que llegaran a Otoao estaría libre y podría ir a donde quisiera, lo cual lo tranquilizó, pero luego se dio cuenta de que era mentira. El campamento de los tiznados —un manojo de casuchas metidas entre los picos— quedaba tan lejos de todo que escapar de allí resultaba casi imposible. Lo dejaron sin caballo en cuanto llegaron, y era igual que si estuviera preso.

Juan mismo me contó la historia de aquella extraña aventura, y prefiero relatarla aquí tal y como la escuché de sus labios, en sus propias palabras:

"*Otoao* es una palabra indígena; quiere decir: 'roca entre las nubes'", dijo. "El lugar era tan escarpado que daba claustrofobia, y se hacía difícil respirar. La neblina invadía el área a ciertas horas del día, o se adhería colgada de los montes en retazos de gasa, como si la tierra estuviese herida y necesitara vendarse. En Otoao el terreno era muy rojo, y cuando llovía parecía como si de cada pico de la montaña o ventisquero agreste brotara la sangre a borbotones.

"Revisé el lugar a pie: había varios grupos de hombres con machetes cortos atados a la cintura o metidos en vainas de cuero, que tiraban los dados en el piso de tierra; un cuarteto jugaba dominó sentado en cajones de madera vacíos. Había unos dólmenes con unas inscripciones extrañas que le daban al lugar un ambiente misterioso; animales en fuga, rostros humanos que parecían salir de entre la neblina y espíritus que nos miraban como si estuvieran vivos. Me sentí conmovido al enterarme de que allí se habían refugiado mis antepasados, los últimos indígenas, de las matanzas de los españoles.

"Me puse a buscar a Madame y a Diamantino, y como no los encontré, le pregunté a uno de los hombres que estaba afilando su mocho sobre un pedernal si los había visto. Me señaló hacia una cabaña al borde del campamento, y en ese preciso momento ví a Madame salir por la puerta. Se veía cansada; tenía unas ojeras profundas y estaba despeinada. Diamantino venía detrás de ella y los ví abrazarse; entonces Diamantino se subió a su caballo y fue a reunirse con Bienvenido en un recodo del camino; ambos se perdieron en la espesura. Se oía un torrente cerca y caminé distraído hacia allí. Un chorro de espuma blanca bajaba entre las rocas, y el agua me pareció seductora; mé quité la ropa y me tiré de cabeza en una poza tranquila detrás de un peñón enorme, semioculta entre los helechos. El agua estaba estupenda, fría y transparente sobre los guijarros del piso."

"Salí del agua, y me quedé dormido bajo la sombra de un árbol de guamá. Al rato me despertaron voces, y me asomé cauteloso por detrás del peñón: eran Bienvenido y Diamantino, que se acercaban a darles de beber a sus caballos. Estaban discutiendo y se veían alterados; jaloneaban sus monturas con la brida y éstas relinchaban nerviosas, amenazando con empinarse en las patas traseras. Por fin saltaron de sus caballos y se engramparon a pelear al borde del agua. 'Eres un traidor', le gritó Bienvenido a Diamantino después de escupirle en la cara. 'Tenías que cubrirnos las espaldas y no disparaste ni una sola vez. Sigues siendo un tiznado aunque no te guste". (Más tarde me enteré que los tiznados habían tenido una escaramuza con los federales cerca de Cerro del Prieto, y que Diamantino había rehusado pelear.) La respuesta de Diamantino fue un puñetazo al estómago de Bienvenido. Se patearon y se torcieron los brazos; se agarraron por el cuello y trataron mutuamente de sacarse los ojos.

"Entonces, haciendo de tripas corazón, Diamantino gritó: '¡Yo sé por qué estás aquí; porqué estás huyendo de ti mismo! ¡No es culpa mía si estás obsesionado con Ronda! ¡Estás loco si no te olvidas de ella, porque es tu hermana"!

"Cuando Bienvenido oyó esto bajó la cabeza como un toro, hinchó los músculos del cuello, y arremetió contra Diamantino con todas sus fuerzas, pero Diamantino agarró una piedra y se la arrojó al pecho. Bienvenido cayó redondo el suelo.

"La lucha se prolongó por varias horas, cada vez más lenta. Era como si estuviesen peleando en medio de un tanque de melao. La noche empezó a caer y ya no podían tenerse en pie.

Peleaban arrastrándose por el piso, tirándose de las greñas y maldiciendo. Por fin perdieron el conocimiento, tendidos uno junto al otro en la oscuridad, casi como si fueran amantes. Yo fui a buscar a los tiznados, para que los llevaran de vuelta al campamento.

"Al día siguiente, cuando Bienvenido se despertó, descubrió a Molinari sentado en el piso, la mirada fija en él. Parecía más que nunca un buitre, con la ropa de lana negra salpicada de fango, pero todavía lograba proyectar un aire de confianza y vitalidad. De hecho, ahora que lo pienso, nunca recuerdo haber visto a Molinari cansado. Tenía algo —quizá su piel, que parecía de cuero, o su pelo, que asemejaba charol untado de brillantina— que lo hacía parecer indestructible.

"Molinari se estaba espantando las moscas de la cara con una hoja de malanga. 'Ya es hora de que recobres el sentido, literal y metafóricamente muchacho', dijo, alargándole a Bienvenido una caneca de ron. Bienvenido sentía la cabeza más grande que una casa, y todo el cuerpo le latía de dolor, pero aceptó la botella y logró pasar un buche. Yo estaba sentado en el piso, detrás del corso, entre las sombras que proyectaba la fogata moribunda, tratando de pasar desapercibido. Una pareja de tiznados se le acercó a Bienvenido y lo ayudó a levantarse del suelo. Lo habían dejado pasar la noche a la intemperie porque tenían miedo de que, si trataban de ayudarlo antes de que se calmara, los agredería a ellos también.

"'¿Qué hora es?', balbuceó, sacudiendo la cabeza para aclarar su mente. Estaba despeinado y tenía un coágulo de sangre seca sobre el ojo derecho. Se le había hinchado el labio superior, y sostenía sobre él un pañuelo mojado en ron como si fuera una compresa. Casi no podía hablar.

"'Son casi las siete, según los rayos del sol entre los árboles', dijo Molinari.

"Bienvenido no parecía sorprendido de ver a Molinari. A lo mejor esperaba que el corso diera testimonio de cómo dos hombres se habían tirado al suelo, a probar con sus propias manos que el destino se doblegaba a la fuerza. Caminó hacia la fogata buscando un trago amargo de café. Molinari estiró el pie y le hundió la punta del zapato a Diamantino en las costillas para despertarlo. El joven también estaba tendido en el piso, y soltó un quejido pero sin abrir los ojos.

"'¡Váyase al infierno!', le gritó Diamantino a Molinari al darse cuenta de quién era. Unos minutos más tarde, sin embargo, se levantó muy despacio, apoyándose en un yagrumo cercano. La cabeza le daba vueltas, pero logró alcanzar la maleza para orinar sobre unos arbustos."

36

¿**Q**ué esperas? Ya le diste la paliza que ansiabas darle, y no has logrado nada con ello', le dijo Molinari a Bienvenido cuando regresaron al campamento. 'Lo mejor que puedes hacer ahora es cortarle una oreja o un dedo a tu amigo Diamantino y enviársela a don Pedro por mensajero, exigiéndole su rescate'. Pero Bienvenido se empeñaba en posponer la decisión. 'Estamos a punto de recibir ayuda de Santo Domingo', dijo. 'Llegará un cargamento de armas en cualquier momento. Con ellas podremos iniciar el golpe; pensaremos en lo del rescate más tarde'.

"Cuando Bienvenido no le hizo caso, Molinari se puso de pie y se le enfrentó. '¿Te has preguntado alguna vez por qué llevas la inicial 'B' entre tu nombre y apellido? ¿O por qué tu piel es blanca cuando tu padre, Arnaldo Pérez, es mulato? Todo el mundo en Arecibo sabe que eres hijo de don Pedro Batistini. Por eso Diamantino te previno sobre Ronda. No tenías motivo para enfurecerte tanto con él y provocar una pelea'.

"Bienvenido no le contestó, pero se puso de pie para marcharse.

"'Don Pedro abusó de tu madre y el movimiento revolucionario necesita ese dinero', añadió Molinari. 'Es tan sencillo como todo eso. Ahora, cuando saquées a Dos Ríos ya no tienes que sentirte culpable. Como el hijo de don Pedro se suicidó, tienes derecho a su fortuna'.

"'¡¿Quién te pidió tu opinión?!', le gritó Bienvenido. '¡Cállate la boca o te la parto en dos!'. Y se perdió en la maleza sin responderle a Molinari.

"Era la primera vez que yo escuchaba lo de la bastardía, y juzgué prudente mantener el secreto. Pronto Madame me mandó a buscar. Agarré mi mochila y entré a la casa de campaña que me habían asignado: una tienda de lona de las que se usaban en las maniobras militares, seguramente birlada al ejército norteamericano. Estaba sentada en un taburete bajito al centro de la habitación, zurciendo el mameluco negro de hacer ejercicios. '¡Por fin llegaste!', me dijo. 'Tengo que bailar *La muerte del cisne* en un pueblo cercano esta noche, y mis zapatillas están hechas trizas'. No había acabado de hablar, cuando saqué el par nuevo de mi bolso y lo puse en el suelo frente a ella. 'Eres un ángel de Dios', me dijo, besándome en la mejilla. 'Yo sabía que, cuando las cosas se pusieran difíciles, podría contar contigo'.

"Madame me contó que estaba haciendo unas giras cortas alrededor de la isla, durante las cuales estaba cumpliendo con una promesa que había hecho hacía mucho tiempo, de llevar su arte al pueblo. Todos los días un grupo de tiznados la acompañaba a caballo a un poblado diferente, donde bailaba de gratis para el público. 'Por fin puedo despojarme de mis pesadillas,

Juan; de la culpa que siempre he sentido por los miles de seres que han muerto en Europa, sobre todo en Rusia. *La muerte del cisne* es una plegaria por la paz. Ojalá los habitantes de esta isla la entiendan, y nunca conozcan lo que es la guerra'. Cuando escuché a Madame hablar así, me estremecí. ¿Cómo podía hablar de la guerra en Europa? ¿De la gente que estaban matando? ¿No se daba cuenta de que a su alrededor también se estaba librando una lucha a muerte? ¿Cómo podía estar tan ciega? Francamente, no entendía por qué Masha admiraba tanto a Madame. Era una mujer completamente enajenada.

"Me ofrecí para acompañar a Madame en el próximo viaje y ella aceptó encantada. Salimos hacia Maricao poco después. La travesía fue agradable; disfrutaba de las montañas a pesar del peligro en el que nos encontrábamos. Hacía fresco y el terreno me era familiar: me acordé de mi juventud en Cayey, y de la finca de tabaco de mi padre. Allí me sentía seguro, con muchos lugares donde ocultarme del mundo que tanto me había hecho sufrir. Los helechos gigantes sacudían sus pulmones de encaje sobre nuestras cabezas, los árboles de yagrumo batían manos plateadas en lo más alto de la montaña y, más abajo en la ladera, las nicotianas esparcían sus lanzas sobre el valle. De vez en cuando, al acercarnos a algún cruce de camino, escuchábamos a grupos de soldados que nos andaban buscando, pero nos manteníamos ocultos y nunca nos encontraron. La gente siempre nos prestaba auxilio, indicándonos por dónde escapar. Los tiznados tenían muchos amigos: los campesinos le mentían a las tropas armadas y señalaban en la dirección opuesta a donde nos habíamos marchado. Luego de varios días regresamos a Otoao. Allí descansamos y nos apertrechamos de provisiones.

"Madame vivía perdida en la fantasía, pero no podía negarse que demostraba una gran entereza en las situaciones difíciles.

Durante los viajes a caballo y en mula por los caminos más escarpados no perdía nunca el equilibrio ni el control de sí misma. Al cruzar los torrentes de los ríos su agilidad como bailarina le servía de mucho, y saltaba sin dificultad de piedra en piedra hasta llegar al lado opuesto. Cuando las sanguijuelas —negras como lunares gigantes— se le adherían a las piernas al vadear los riachuelos nunca se quejaba, y pedía que se las sacaran con un fósforo encendido.

"En los pueblos pequeños nos quedábamos en hoteles de tercera, y en los que no había hotel, dormíamos en los bancos de la plaza o en las mesas de los restaurantes una vez los clientes se marchaban. A menudo teníamos que beber el agua amarillenta y fangosa que salía de las llaves del baño, y Madame se enfermó de disentería. Cuando nos adentrábamos por los parajes secos de la costa, nos enfundábamos la cabeza en hojas de plátano húmedas para resistir el calor insoportable.

"En cuanto entrábamos a un pueblo Madame preguntaba si había algún teatro o cine cerca donde pudiera bailar *La muerte del cisne*. En Adjuntas los tiznados se robaron un fonógrafo marca Philips, del tipo que se le daba manigueta, con un amplificador que parecía un trompeta y un cajón lleno de discos de música clásica que pertenecían al casino. Se los regalaron a Madame, y ella quedó encantada. Ahora podía morirse otra vez a los acordes de la música de Saint–Saëns.

"Madame bailaba bajo cualquier circunstancia: tanto a la intemperie, bajo las estrellas, como dentro del teatro y con el techo colando agua. Si el escenario estaba deteriorado, pedía que le trajeran una lona y la tendieran sobre el piso para que las zapatillas no se le quedaran atrapadas en los huecos. Una noche, en Sabana Grande, el cine donde iba a bailar estaba completamente vacío. Colocó dos quinqués en el piso y anunció que la función aquella noche sería gratuita, y acudió una multitud. En Yauco bailó en medio de la plaza, y como no había luz eléctrica, mandó congregar varios coches a su alrededor, y así tuvo luz por medio de los faroles de los carros. En Ponce, cuando bailó en el Teatro la Perla, se decía que Madame estaba apoyando a los terroristas y nadie compró boletos para el espectáculo. Pero ella ordenó que dejaran las ventanas abiertas y bailó de gratis para la gente que se quedó parada en la acera.

"Sentí una gran compasión por Madame. Aquel viaje no era el capricho de una *prima dona* que los tiznados estaban llevando de gira para complacerla. Los guerrilleros la estaban usando: no la dejaban sola ni por un momento porque su presencia les ganaba simpatía y les confería prestigio. Y Madame dejaba que la usaran.

"Luego de la trifulca a puñetazo limpio, las cosas entre Bienvenido y Diamantino se calmaron. Volvieron a dirigirse la palabra como seres humanos normales, y un día Diamantino sugirió que visitaran a Martina Arroyo, la hermana de Aralia, la madre de Bienvenido. Diamantino estaba convencido de que si Bienvenido lograba sacarse a Ronda de entre ceja y ceja, abandonaría el campamento de los tiznados. 'Estos hombres saben que van a morir', le oí decir a Madame una noche. 'Ser tiznado es ser un suicida. Uno puede luchar por la independencia sin ser un terrorista'. Y luego añadió: 'Si Bienvenido acepta que Ronda es su hermana y la deja tranquila, quizá pueda olvidarse de todo esto y nos deje marchar en paz'.

"Martina Arroyo vivía en Naranjito, un pueblo que quedaba al otro lado de la cordillera. Para llegar a él desde Otoao había que repechar bastante por los caminos vecinales, cruzar la ladera del Pico de Jayuya, atravesar los bosques de Toro Negro, pasar por Barranquitas y subir de nuevo la cordillera hasta alcanzar la costa del Atlántico. Como Aralia, la hermana de Martina, estaba muerta, nadie más podía confirmar si lo que Diamantino decía sobre Ronda era cierto. Pero de seguro Martina sabría el secreto.

"Cabalgamos juntos hasta allí y cuando llegamos, al amanecer del día siguiente, nos bajamos agotados de los caballos y nos acuclillamos frente al bohío de Martina a bebernos un café recién colado. El café estaba amargo pero sabroso, y Martina abanicó la fogata con una hoja de plátano para avivar los carbones y para que sus visitantes se libraran del frío que les calaba los huesos. Juan recordaba que la mano le temblaba mientras hacía las veces de rústica anfitriona.

"'Los ricos de esta isla son como la luna, tienen dos caras', dijo Martina, levantándose a buscar unas astillas de leña. 'Sólo les gusta presentarle al mundo el lado relumbrante. El lado oscuro nunca lo muestran, pero de todas maneras se sienten orgullosos de él. Les sucede como a los padrotes con las yeguas de paso fino: tener hijos en más de una hembra es prueba de hombría'.

"'Don Pedro era así de joven', dijo Martina con una voz rasposa. 'Era un padrote de raza. Aralia salió encinta unos días antes que doña Basilisa. Usted y la señorita Ronda nacieron con sólo unas horas de diferencia. Yo les serví de comadrona a las dos y, al terminar mi trabajo, don Pedro me dio dos monedas de oro como pago. Todavía las guardo; ahorita mismo se las enseño'. Y Aralia entró a la casa, desenterró una lata de una esquina del piso de tierra, y extrajo dos monedas de oro exactamente iguales. Se las mostró.

"Esta vez Bienvenido no pudo refugiarse en la fantasía. Le estaban dando los datos de primera mano. Hundió la cabeza entre las manos y cerró los ojos. El pelo rojo le resaltaba aún más por la palidez de su frente.

"'Bueno, es cierto . . . ', dijo, y se tragó el último buche de café amergo. 'Pero la seguiré queriendo igual. Nunca voy a renunciar a Ronda'. Su respuesta nos chocó profundamente.

"¿Por qué será que uno se enamora de una persona y no de otra? El amor es un misterio que nadie ha podido desentrañar. La señorita Ronda se parecía mucho a Bienvenido. Tenía la misma barbilla fuerte y una frente alta. ¿Quién sabe si se enamoraron porque se parecían? Hay mucho de vanidad en el amor, y a menudo queremos admirarnos a nosotros mismos al fondo de los ojos de los otros. Ronda entendía mejor que nadie las contradicciones de Bienvenido. Le gustaba el buen vino, vestía del mejor sastre de Arecibo, y a la misma vez despreciaba a los petimetres que andaban siempre pavoneándose por la plaza, exhibiendo sus trajes de hilo y recitando poemas en voz alta. 'Te quiero tal como eres; con tu lado sofisticado y tu lado rebelde', le decía Ronda. Y él hubiese podido decir lo mismo de ella.

"Yo respetaba a Bienvenido. Nació para jefe y siempre iba a la cabeza de los tiznados, pero su amor por Ronda se volvió una maldición. Sabía que nunca podría amarla, pero no podía dejar de desearla. Le pasaba como a Tántalo: la fruta madura estaba al alcance de su mano, pero sabía que si se la llevaba a la boca, se marchitaría. Juan pensó en Absalón, el hijo del rey David que se enamoró locamente de su hermana Tamara, que era muy hermosa. La llevó a su tienda de campaña y la tomó por la fuerza. Todavía envuelto en las sábanas de la pasión, Absalón se arrepintió de lo que había hecho, y esa misma noche cabalgó hasta un bosque distante, y se colgó de un olivo. Bienvenido juró que a él no le pasaría lo mismo. Nunca iba a tocar a Ronda, pasara lo que pasara."

37

"Viajamos hacia el este de la isla, donde nos internamos por las laderas del Yunque buscando un lugar donde guarecernos. Dimos con una gruta de piedra caliza, dejamos fuera los caballos y entramos a descansar. Llovía a cántaros y allí por lo menos permaneceríamos secos y podríamos encender una fogata. La vegetación era tan densa que uno podía perderse a tres pies de distancia de los otros, envuelto por las lianas y los arbustos espinosos. Loíza quedaba cerca, y, al día siguiente, a las afueras del pueblo Madame vio un grupo de gente bailando al son de los tambores. Eran bailes rítmicos, sin melodía tonal alguna, y Madame me pidió que se los explicara. 'Los tambores son dioses para nosotros', le dije cuando estuvimos cerca. 'Este es Subidor y aquel Tumbador. Son las deidades de la Bomba. En tiempos antiguos los esclavos los usaban para comunicarse cuando estaban fraguando un levantamiento'. Le mostré a Madame los toneles cubiertos con piel de chivo, que se tensan con rústicos taquetes de madera por el borde. 'Los tambores son tan poderosos como el amor: te empujan hacia la derecha o te arrastran hacia la izquierda. No hay más remedio que seguirlos', decía mi abuela Zambia. Y coloqué las manos de Madame sobre uno de los tambores, para que sintiera cómo temblaban las pieles.

"Durante años Madame había bailado con medias rosadas y espumosos tutús blancos, por deferencia a la etiqueta formal de la corte, pero ese día se libró de todo aquello. Se quitó las zapatillas y se concentró en el ritmo de los tambores. Bailó descalza, sin escrúpulos de ninguna clase, el pelo volando a su alrededor en una maraña de látigos negros. Era como si estuviese poseída por los espíritus. Coreografió un nuevo ballet que bailaría en el próximo pueblo.

"Unos días después regresamos al campamento de Otoao. Todas las noches, después de la comida, Madame, Diamantino y yo nos sentábamos en el piso de tierra de la cabaña y nos contábamos historias. Madame dejaba la mirada vagar en la noche, mientras escuchaba el canto de los coquíes que punzaban la oscuridad con sus alfileres de plata. Un día estábamos tomando café cuando llegó un mensajero de la costa. Traía malas noticias. El cargamento de armas que Bienvenido estaba esperando había sido interceptado poco después de zarpar del río Mapeyé, cerca de San Pedro de Macorís, y su capitán estaba preso en una cárcel de Santo Domingo. Sin armas, los tiznados no lograrían nunca iniciar el golpe que tenían planeado. Necesitaban dinero desesperadamente para conseguir un segundo cargamento militar.

"Se decidió una nueva estrategia para recoger fondos. Los tiznados empezaron a asaltar a los viajeros que transitaban entre Arecibo y Otoao, ocultos entre los picos escarpados. Varias personas murieron, entre ellos un niño enfermo y su madre, que iban camino del hospital de Arecibo cuando asaltaron el coche. El conductor perdió el control del caballo y el coche se fue de cabeza por un barranco. Cuando Madame se enteró de esto sintió una angustia sin límites. El propósito de su arte era traerle paz al mundo, y ahora tendría para siempre ese crimen sobre la conciencia. Aunque la causa de los tiznados tuviese una justificación política, nadie tenía derecho a quitarle la vida a otro. Madame enfermó. Dejó de comer y de beber durante varios días.

Bienvenido se enteró y vino a la cabaña donde Madame y Diamantino se estaban quedando. Tenía una noticia importante que darles, dijo, sentándose sobre un cajón vacío. Los tiznados habían decidido soltar a Madame, pero con una condición. Tenía que escribirle una nota al gobernador Yager, pidiéndole cincuenta mil dólares de rescate. Si rehusaba, la matarían.

'La escribiré, si usted insiste', le respondió Madame. 'Pero el gobierno americano nunca va a pagar tanto dinero por una bailarina rusa, aunque sea famosa. Sería mucho más sabio que me dejara regresar a San Juan. A lo mejor desde allí, y en persona, puedo ayudarlos'.

'Bienvenido consultó a los tiznados y, para mi sorpresa, estuvieron de acuerdo con el plan. No admiraban a Madame en lo absoluto. Más bien, la ridiculizaban, y cada vez que la veían bailar *La muerte del cisne* le chiflaban y tiraban trompetillas, dándose golpes en los brazos o en los muslos y haciendo ruidos obscenos que imitaban el cacareo de los pavos. Cuando se dieron cuenta de que Madame estaba enamorada de Diamantino, dijeron riéndose: '¡Qué Dios te bendiga los cojones, Diamantino! En honor tuyo dejaremos en paz a la dama'. Y a Madame le dijeron: 'Si usted se desaparece, puede estar segura de que su novio pagará las consecuencias. Juan Anduce la acompañará a la capital; él sabrá cómo ocuparse de usted'. Y se rieron a carcajada limpia, dándole palmaditas a Diamantino por la espalda.

"Diamantino estaba sentado en el suelo junto a Madame, y me compadecí de él. Hacia dos semanas que estaba preso y, a excepción del primer día, nunca lo habían amarrado. Ahora llevaba las muñecas atadas con una soga a la espalda. Diamantino no protestó; entendía perfectamente que lo necesitaban de rehén. El carácter de las personas se templa en las situaciones difíciles, y aquel día *El Delfín* probó que era un caballero. Pero también era un anacronismo.

"Yo no simpatizaba con la causa de los tiznados y definitivamente no me consideraba uno de ellos. Y sin embargo, cuando me ordenaron que acompañara a Madame a la capital para que le sirviera de perro de guardia, hice lo que me mandaron. Bienvenido confiaba en mí, aunque diferíamos, y decidí honrar esa confianza. Bienvenido era un hombre del pueblo, no fue nunca un cacique. Entendía que el mundo no estaba hecho para su beneficio personal, sino para el beneficio de muchos. Por eso yo lo admiraba.

"Madame se había ganado mi simpatía y respeto, e hice todo lo posible por protegerla. En cuanto nos vimos solos, le aseguré que no tenía nada que temer. La llevaría a la capital sana y salva, y ya se les ocurriría algo para conseguir el dinero sin tener que usar la violencia.

"Al día siguiente, cuando estábamos a punto de salir, descubrí a Molinari hablando con los tiznados. La última vez que lo había visto fue en el Teatro Oliver, y su presencia en las montañas me sorprendió. Madame estaba muy nerviosa, y empecé a sospechar que algo andaba mal. ¿Molinari también era guerrillero? ¿No era miembro de la policía secreta, como le había insinuado el comisionado al señor Dandré? El corso era como las culebras: resbalaba por aquí y por allá. Resultaba difícil adivinar dónde estaba su guarida.

"Afortunadamente, cuando Madame me vio esperándola a la sombra de un árbol de mangó para acompañarla a la costa, dio un suspiro de alivio. Bajamos a caballo la montaña, y en Arecibo, Madame, Molinari y yo abordamos la chalupa que nos llevaría a San Juan. Al alejarnos de la costa, le di gracias a Dios por devolvernos al mundo de los vivos. Hubiese sido terrible que Madame muriese en Puerto Rico.

"Todo el mundo iba callado en el barco. Sabíamos que no valía la pena tratar de sacarle información a Molinari. Atracamos en el muelle de la capital sin contratiempos como a las cuatro de la tarde, sin que nadie nos reconociera. En cuanto nos bajamos del barco, Molinari se desapareció otra vez".

38

El día que Juan trajo a Madame de vuelta al Hotel Malatrassi permanece tan claro en mi mente como si hubiese sido ayer. Se quedó sólo lo suficiente para hacerme un guiño que no era difícil interpretar: debía ir calentando los motores para la próxima vez que lo viera, anticipando el gustazo que nos daríamos. Pero no podía hacerle caso a Juan en esos momentos. Me sentía demasiado emocionada de volver a reunirme con Madame.

Cuando la vi entrar al *lobby* del Malatrassi, con diez libras de menos y ojeras profundas alrededor de los ojos, no pude evitar que se me saltaran las lágrimas. Yo había bajado a la recepción a ver si había algún mensaje de Dandré, y Madame estaba de pie en la puerta, su figura recortada a contraluz. En ese momento me olvidé de todo: Diamantino, las promesas rotas, mis propios sentimientos de rechazo. La abracé y la besé en ambas mejillas.

Entonces le pedí al conserje que le hiciera saber a Liubovna, a Smallens, a Nóvikoff, y a las chicas que Madame había regresado. Bajaron corriendo las escaleras y hubo besos y abrazos histéricos por todos lados. Al principio no podíamos hablar, tan fuerte era la emoción que nos embargaba. Entonces, cuando vimos que Madame estaba bien, empezamos a hablar al mismo tiempo. Su desaparición se había mantenido en secreto; el gobierno quería evitar la mala publicidad para la isla, aunque había rumores de que los tiznados la habían raptado y de que estaban pidiendo un rescate enorme.

"El Gobernador envió varias partidas a los montes en su busca", le dije, "pero no tuvieron suerte. Mientras tanto, lo único que podíamos hacer era esperar".

"Queríamos buscarla nosotras mismas, pero la policía no nos quiso dar una sola pista. No sabíamos por dónde empezar", se quejó Nadya.

"Logré enviarle un telegrama a Dandré", dije, "para que regresara enseguida. Debe estar por llegar en cualquier momento".

Nos sentamos en el *lobby* alrededor de Madame, y no podíamos creer lo que escuchamos: negó haber estado en peligro en algún momento. No le habían tocado un solo dedo.

"¿Por qué se preocuparon tanto?", nos dijo. Los tiznados no la habían raptado, insistió. Ella se había marchado a las montañas por gusto y de propia voluntad con unos amigos de Diamantino que estaban en el *Home Guard*. "Debemos enviarle un mensaje enseguida al gobernador Yager", le dijo a Nóvikoff, "para que sepa que estoy sana y salva, y pedirle que cancele la búsqueda".

Ninguna de nosotras le creyó, pero hicimos cómo si le creyéramos. Nóvikoff enseguida se levantó a cumplir sus órdenes, y envió un mensaje a La Fortaleza. Liubovna trajo a Poppy, que empezó a lamerle la cara a Madame; Smallens y Custine trajeron la jaula de los ruiseñores, Madame se puso a silbarles y pronto comenzaron a cantar. Liubovna trajo el maletín con las joyas, y Madame comprobó que estaban intactas. Unos minutos después, la policía llegó al hotel y empezaron a hacerle preguntas. Ella le repitió al comisionado el mismo cuento del paseo por las montañas.

Al día siguiente invité a Madame a almorzar conmigo en La Bombonera. Quería la verdad de sus propios labios, la conocía lo suficiente para saber cuando estaba mintiendo. Liubovna y las muchachas se fueron a la calle San Francisco a hacer diligencias. Juan dijo que tenía que regresar al taller y se despidió. Madame y yo nos fuimos caminando hasta la cafetería, protegidas por una misma sombrilla.

Un grupo de cisnes desmayados empezó a seguirnos, clamando por el autógrafo de Madame. Ella se lo dio a todos, y estampó su nombre al pie de los recortes de periódico. Cuando llegamos al restaurante nos escabullimos adentro y nos sentamos a una mesa al fondo. Afuera debía de hacer más de cien grados Fahrenheit; la acera estaba como una hornilla. Me quedé callada por varios minutos, dejando que mi espíritu regresara a su lugar. El mozo nos trajo un jugo de china fresco a cada una y yo apuré el mío de un trago. Tomé las manos de Madame entre las mías. "¿Cómo estuvo el viaje? ¿Es verdad lo que dijo, que no la raptaron? ¿Por qué no nos envió un mensaje, para que no nos preocupáramos?", le pregunté suavemente. Madame bajó los párpados y rehusó mirarme.

"Los tiznados no me raptaron. Yo quería estar sola con Diamantino, aunque fuera al fin del mundo. Pero no pude soportarlo. Me cansé de dormir en colchonetas de guata y de comer bacalao hervido con plátano verde en las fondas de los pueblos, Masha". Tenía el rostro desencajado y en la boca un rictus melancólico, como si se sintiera abochornada de tener que reconocer sus limitaciones, el resultado desastroso de su sueño.

Me di cuenta de que Madame estaba cambiada. El poder de Diamantino sobre ella había menguado, pero no quería que yo me diera cuenta. Era importante que siguiera hablando y que yo la escuchara.

"No sabes lo importante que es dormir en un colchón mullido y arroparse con sábanas limpias. Uno necesita descansar para bailar bien". Y me confesó que aquel día había hecho tres horas de ejercicios en el Tapia por la mañana, lo cual era buena señal. Una vez recobrara su pasión por el baile, todo lo demás caería de nuevo en su lugar.

"Al principio, la aventura de los tiznados me pareció divertida", prosiguió en voz baja. "Huir galopando por los bosques, dormir en casas de campaña, bailar en los pueblos pequeños: quién iba a creer que yo estaría a gusto en aquellas circunstancias. Me sentía feliz porque estaba con Diamantino, pero mi cuerpo no pudo resistirlo y me enfermé".

"¿Y dónde está Diamantino ahora? ¿Qué le pasó?"

"Se quedó con unos amigos en Lares, en una hacienda de café, por unos días. Regresará pronto a San Juan".

La miré de soslayo y levanté una ceja. "¿Juraría por la Virgen de Vladímir que en ningún momento la raptaron?". Pero Madame rehusó contestar, y no pronunció una palabra más sobre el asunto.

En ese momento Liubovna entró a La Bombonera y le hicimos espacio en la mesa para que se nos uniera. ¡Habían sucedido tantas cosas desde la partida de Madame! Liubovna le contó que Nóvikoff tenía un nuevo amante, un joven que trabajaba en un circo local y que era trapecista. Nadya había descubierto un tesoro de partituras musicales en una librería de la calle San Justo, y cuando se dio cuenta de que eran de Felix Lafortune, el compositor de Nueva Orleans que había viajado por la isla algunos años antes (¡así que la historia de don Pedro era cierta!, me dije), se sintió feliz. Le encantaba la música americana, y las partituras parecían ser inéditas y valdrían un capital en Nueva York.

Liubovna dijo que había descubierto un convento en el Viejo San Juan donde las monjas eran expertas bordadoras, y le encantaba visitarlas y conversar con ellas. Se había mudado del Palacio del Gobernador y se pasaba todo el tiempo con las monjas bordando y chismeando en el balcón que daba a la bahía. Yo, por mi parte, me había quedado en mi cuartito del Malatrassi, esperando a que Madame regresara.

El cielo increíblemente azul, las nubes como ovejas recién nacidas, la gente tan simpática, la ciudad amurallada brillando sobre sus terraplenes de cal y canto pero con todas las bendiciones de la modernidad gracias a la presencia de los americanos, todo aquello obraba sobre nuestra compañía como un hechizo, y ahora todos queríamos permanecer en la isla. Veíamos el regreso inminente de Dandré como una amenaza. Menos yo, claro está. Yo estaba ansiosa de que regresara, para que recobráramos por fin la paz.

39

Doña Basilisa y Ronda nos estaban esperando en el Malatrassi cuando regresamos de La Bombonera. Habían viajado a la capital porque Ronda acababa de ser elegida reina del carnaval Juan Ponce de León, que se celebraría dos semanas más tarde. Ronda no quería aceptar el nombramiento, pero presidir el carnaval le daba a la familia un gran prestigio. "Tú sabes que odio las fiestas y los bailes, papá. Y Diamantino sigue desaparecido; no tenemos la menor idea de qué le ha pasado. ¿Cómo nos vamos a poner a pensar en el carnaval ahora?", dijo Ronda. Estaba más preocupada por Bienvenido que por Diamantino, pero no podía admitirlo ante sus padres. La misteriosa desaparición de Bienvenido había pasado desapercibida, aunque ella había hecho varias pesquisas por su cuenta en el pueblo: desgraciadamente ninguna de ellas fructífera. Sabía que don Pedro no veía su amistad con el hijo del mayordomo con buenos ojos, pero le constaba que era porque Arnaldo Pérez era mulato.

Don Pedro insistió que Ronda aceptara la nominación a reina de los festejos municipales. "Diamantino ha desaparecido otras veces", dijo. "Dios sabe qué se trae entre manos ahora. Probablemente esté cazando palomas por los montes con sus amigos. Un día quiere ser artista, y al día siguiente quiere ser alpinista. No podemos regir nuestras vidas por sus caprichos. De todas maneras estoy seguro de que San Antonio lo mantendrá a buen recaudo". Y cuando doña Basilisa fue a donde él llorando, a recordarle que Diamantino estaba desaparecido y no era el momento para festividades y diversiones, don Pedro le contestó: "A mal tiempo buena cara; hay que mantener la cabeza en alto en la adversidad, querida. El que Ronda presida el carnaval será muy conveniente para la familia. El Gobernador estará presente, así como varios de los miembros de su gabinete, senadores y representantes. Como padres de la reina, tú y yo estaremos invitados a la mesa principal, y podremos conversar con todos ellos."

Cuando Ronda siguió negándose a participar, asegurando que se veía ridícula en traje de baile (había vestido pantalones desde que tenía diez años en la finca), don Pedro le prometió que le regalaría algo muy especial si aceptaba. "¿Qué, papito?", preguntó Ronda, muriéndose de curiosidad. "Un caballo de paso fino, para que puedas competir en las carreras del carnaval, una vez termine el baile", le contestó con una gran sonrisa. "Será un pura sangre; un hijo del campeón el año pasado en el hipódromo. Ya lo tengo escogido para regalártelo." Ronda se puso eufórica, y aceptó la oferta de su padre.

Luego de sus escrúpulos iniciales, doña Basilisa se volvió tan efervescente como una botella de champán descorchada. Se desbordaba de entusiasmo con los planes del carnaval. Esa misma tarde doña Victoria y Rogelio Téllez vinieron a visitarnos al Malatrassi. Nos sentamos todos en el *lobby*, y empezamos a charlar animadamente. Rogelio nos contó cómo, después de la función de Arecibo, la policía le había aconsejado no publicar el artículo que había escrito sobre la desaparición de Madame. "¡Cualquiera diría que se trata de una conspiración de estado!", protestó. "Me dijeron que si el artículo sobre el rapto llegaba a la prensa extranjera, entonces sí que la cosa se iba a poner del carajo. Imagínense los titulares: *'Prima ballerina' rusa raptada en Puerto Rico*. ¡Qué manera de pasar a la historia!". Afortunadamente no publicó la noticia, lo que lo salvó de hacer el ridículo, ya que Madame apareció intacta y en una sola pieza una semana más tarde.

El tono zumbón de Rogelio hizo que Madame se retirara con Ronda a un lugar apartado del *lobby*. Ronda estaba seria y se veía preocupada. "En Arecibo están corriendo rumores de que Bienvenido y Diamantino andan juntos por las montañas. ¿Es verdad eso? ¿Viste a Bienvenido en alguna parte o sabes de su paradero? No he tenido noticias suyas desde la noche de la función en el Teatro Oliver". Le temblaban los labios y Madame se sintió conmovida ante su sinceridad. Reconocer que estaba angustiada por Bienvenido Pérez, el hijo del mayordomo, era algo inusitado.

Madame guardó silencio; sabía que la vida de Diamantino estaba en la balanza. "Cuando fui con Diamantino a una gira por los pueblos del interior no vi a Bienvenido por ninguna parte", dijo en un susurro. Y añadió: "Me imagino lo mal que lo estás pasando, pero no puedo ayudarte. Lo siento mucho". Y la abrazó. Ronda encendió un cigarrillo con mano temblorosa. No le había creído a Madame, pero no se atrevía a preguntar nada más.

El tema de la coronación sería la libertad, y el traje de la reina una copia exacta del de la Estatua de la Libertad en la bahía de

Nueva York. Lo estaba confeccionando en aquellos momentos la modista más conocida de San Juan, que había viajado hasta Bedloe Island para dibujarlo. Doña Victoria se sentó muy derecha en su silla y soltó un risita irónica; había leído los labios de Ronda y entendido todo. "¿La reina, vestida de Estatua de la Libertad?", preguntó divertida. "¡Las colonias deben tener siempre a la libertad como reina!".

"¿Y quién va a ser el rey, mijita?", preguntó doña Victoria.

"Es muy temprano. Todavía no sabemos", dijo doña Basilisa.

"¿Y por qué tengo que tener uno? Yo puedo reinar muy bien sola", ripostó la joven con vehemencia.

"Bueno, *Miss Liberty,* déjeme besarle la mano", la embromó Rogelio, e intentó agarrársela.

Ronda frunció el ceño y la retiró bruscamente. No soportaba a doña Victoria ni a su sobrino; quería irse de allí lo antes posible. "El comité del carnaval está arrastrando los pies en un muchas cosas", explicó doña Basilisa, "pero ya aparecerá uno". Doña Victoria se escandalizó igualmente. ¿Cómo iba a desfilar Ronda por las calles de San Juan sin un rey? Tenía que encontrar un joven de las mejores familias que la acompañara hasta el trono, no fueran a endilgarle un don nadie al último momento.

"No tiene por qué preocuparse. Ya le encontraremos a alguien que valga la pena", dijo doña Basilisa en un tono burlón. No le gustaba que doña Victoria sugiriera que a su hija la estaban menospreciando.

Doña Basilisa agarró su bolsa, dijo que tenían miles de cosas por hacer, y se levantó del sofá seguida por Ronda. Tenía que ocuparse de todos los detalles de la coronación durante las próximas semanas. Se despidieron y salieron apresuradamente del hotel.

Al día siguiente Ronda me invitó a ir a ver a Rayo en la finca de caballos de don Cayetano Ramírez, que quedaba detrás del Hipódromo de Miramar. Después de que Madame desapareciera de Dos Ríos, Ronda ya no me trataba como a una criada. Yo la acompañaba a todas partes y establecimos una amistad sincera, que afortunadamente no se marchitó cuando regresamos a la ciudad.

Me recogió en el Malatrassi, en el Pierce-Arrow de su padre conducido por un chófer uniformado. Fuimos a la mansión de los Batistini en Miramar. La casa era tan espléndida como me la había pintado Juan, con vitrales en las ventanas y un balcón amplio desde el cual se podía divisar el Atlántico brillar en la distancia. Ronda me tomó de la mano y exploramos la casa juntas. Entramos a la sala donde don Eduardo había expirado, y el silencio solemne de la Extremaunción que se le había administrado —a pesar de sus protestas— todavía parecía emanar de las paredes. Visitamos el dormitorio de Adalberto Batistini, donde me pareció escuchar los lamentos del joven mientras miraba por la ventana y contemplaba el mar por el cual se había desaparecido Angelina. Vimos el cuartucho en el sótano al cual fue exilado Diamantino cuando murió don Eduardo. Allí era donde *El Delfín,* que había causado tanto desastre en nuestra compañía, había vivido por varios años. En los dos meses que yo había pasado en la isla, los personajes de aquel drama se habían vuelto más reales para mí que los amigos de San Petersburgo.

Adelina nos trajo el té a la terraza en una bandeja de plata, y Ronda y yo charlamos durante un rato. Descubrí lo agradable que era que le sirvieran a uno en lugar de servir, y me dije que Diamantino debía estar mal de la cabeza al querer meterse a revolucionario.

Más tarde fuimos hasta el hipódromo en el Pierce-Arrow.

Noté que Ronda todavía estaba deprimida; Bienvenido no le había escrito una sola línea desde su desaparición, lo que no me sorprendió después de escuchar los relatos de Juan. Ronda empezó a temer que Bienvenido se hubiese olvidado de ella. A menos que estuviese muerto, y Ronda estaba segura de que no lo estaba.

De camino al hipódromo pasamos por la Casa de las Medias y los Botones, la tienda favorita de Madame, a recoger otra madeja de lentejuelas que debía añadírsele al vestido de Ronda. Tuvimos que empujarnos con los codos para lograr entrar por la puerta, tan grande era el gentío. Cuando se acercaba el carnaval la Casa de las Medias y los Botones se volvía todavía más popular: la gente acudía como moscas a un tarro de miel. Los botones de piedras preciosas, los brocados, las plumas, los abanicos, las máscaras, todos los elementos con que los sanjuaneros creaban sus fantasiosos disfraces, estaban en exhibición en los escaparates.

Ronda hizo por fin su compra y nos abrimos nuevamente camino hacia la puerta. Entonces nos dirigimos hacia las afueras, para visitar la finca de don Cayetano. Cuando vi lo hermoso que era Rayo, con la crin sedosa y el cuello arqueado y tembloroso, me sentí segura de que le ayudaría a Ronda a olvidar aquel amor imposible. Pero estaba equivocada. "Qué hermoso es ¿verdad?", me dijo. "Pienso correrlo junto a Bienvenido la noche del carnaval. Estará seguramente de regreso para entonces".

Doña Basilisa y don Pedro eran buenos amigos del gobernador Yager, y al día siguiente nos enteramos de que le habían escrito una carta confidencial, informándole sobre el aprieto por el que estaban pasando. Faltaba una semana para las festividades y Ronda todavía no había encontrado un rey. Pero el Gobernador estaba tan ocupado organizando las partidas que perseguían a los tiznados por la cordillera central que se le escapó de la mente. La carta se encontraba todavía sin contestar sobre el escritorio del Gobernador, y doña Basilisa no se atrevía a seguir buscando un monarca porque si el Gobernador ya había tomado pasos para resolver el problema podría sentirse insultado.

Uno de los ayudantes del Gobernador pasó por el Malatrassi al día siguiente de que regresara Madame. "Al gobernador Yager le complacería sobremanera que usted volviese a ser su huésped en La Fortaleza, Madame", le informó. "Piensa que estaría más segura allí hasta que regrese el señor Dandré. Debo conducirla hasta la mansión en persona". Madame le dio las gracias y me rogó que la acompañara.

Esa misma tarde llegamos al palacio y el mayordomo de La Fortaleza nos mostró nuestras habitaciones. Yo empecé a desempacar las valijas de Madame y a acomodar sus pertenencias en la amplia consola de tope de mármol. La cama de Madame tenía un dosel de bronce con cortinas de gasa que se derramaban por los costados y una absurda corona de latón en el tope. Había sido confeccionada años antes para Angelina Bertoli —la reina de las sopranos— cuando había visitado la isla, nos informó el mayordomo. Me acordé de la historia de la niña que había sido empujada hacia el centro del escenario en un carrito de peluche rojo mientras cantaba como un ruiseñor que Don Pedro nos había contado.

El cuarto era bonito, con sus muebles de caoba oscura y un balcón que se abría a la bahía y a los jardines moriscos. El Gobernador quería compensar las incomodidades que Madame había tenido que sufrir a manos de los supuestos "truhanes" del *Home Guard*, que le habían dado una gira sorpresiva por la isla. El Gobernador no creyó la historia de Madame y sospechaba de los tiznados —había recibido varios informes de la policía que le informaban haber visto a Madame cabalgando por los pueblos del interior con ellos pero decidió no atizar el fuego sometiéndola a un interrogatorio antes de que Dandré regresara.

Esta vez no me asignaron una habitación en los sótanos, como sucedió la última vez que me quedé en el palacio. Me instalaron en una pequeña alcoba junto a la de Madame, que daba a un patio interior. Como Liubovna se estaba quedando en el convento y Dandré todavía estaba de viaje, pasé a ser la compañera oficial de la señora, y todo el mundo me trataba con respeto.

Madame dijo que quería descansar por unos días antes de empezar a bailar de nuevo, y me alegré de su decisión. Nadie en la compañía se atrevió a preguntarle si había estado con Diamantino Márquez en la montaña, o si planeaba reunírsele más tarde, y yo tampoco creí prudente mencionar el tema. Todos queríamos creer que estaba de regreso permanentemente, y que no pensaba volver a abandonarnos.

Juan venía todos los días a La Fortaleza y yo siempre me reunía con él en la cocina. Me confesó que Diamantino pensaba regresar a la capital en cierto momento, pero que no sabía cuándo. Yo me hice la que no estaba enterada y seguí tratando de hacer sentir lo más cómoda posible a Madame. Una tarde estábamos sentadas en el balcón que daba a la bahía, cepillándonos el pelo y pintándonos las uñas, cuando escuché unos pasos a nuestra espalda. Me di vuelta y vi a Dandré reclinado en el marco de la puerta. "¿Cómo está mi pequeña Niura?", dijo, mientras dejaba la maleta en el suelo. Tenía la luz del sol a sus espaldas y su sombra, tan grande como la de un oso, se introdujo dentro del cuarto. "El *Borinquen* acaba de atracar en el puerto esta tarde. Salí de Nueva York con tanta prisa que no pude mandar un telegrama".

El corazón me dio un vuelco y tuve que sostenerme de la silla para no caer. Madame no se movió de su *chaise longe*. Continuó pintándose las uñas, como si Dandré hubiese salido del cuarto unos minutos antes. "Has rebajado algo, querido", le dijo levantando los ojos de las manos por unos momentos. "¿Te has estado alimentando bien? Me hiciste falta". Yo no necesitaba seguir escuchándolos. Di un suspiro, recogí mi cepillo y abandoné la habitación.

Los próximos días fueron una tortura. Estaba dividida entre un gran sentimiento de alivio al pensar que Dandré estaba de vuelta, y mis antiguos celos, que volvieron retoñar alrededor de mi corazón como una enredadera púrpura. Si aquello de que la ausencia hace el corazón más tierno resulta cierto, Madame fue prueba de ello. El tiempo había dulcificado la imagen de Dandré, y sus costumbres gangsteriles ya no la amedrentaban tanto. Había echado de menos sus mimos y sus delicadezas, aunque sus caricias de caballero añejo no se podían comparar con los fogosos requerimientos de un amante de veinte años. Dandré parecía adivinarlo, y se esforzaba por ser lo más solícito posible con Madame, de manera que pronto su antigua dependencia de él empezó a resurgir. Lo peor era que en las noches Dandré y Madame dormían juntos en la cama de dosel de bronce que emitía más chirridos y tintineos que una orquesta de provincia. Mientras tanto yo permanecía inmóvil debajo de mis sábanas en la habitación contigua, ardiendo de vergüenza y contando las estrellas según iban clavándose al firmamento.

Dandré había rescatado a Madame, pero temí que aquello fuera sólo temporal. Pensé contarle lo sucedido, pero preferí ser discreta. La pareja había compartido tanto, capeado tantas tormentas junta. Eran como dos árboles cuyos troncos se habían fundido en un solo abrazo, y resultaba trágico separarlos. Mejor era esperar a ver si las cosas se resolvían por sí solas.

Las chicas, por otra parte, estaban contentas de volver a ver a

Dandré y ya no les importaba que les diera palmaditas en los cachetes o que les pellizcara las nalgas. Lo seguían a todas partes, riéndose y embromándolo, y cuando él les entregó sus pasaportes nuevos, se pusieron felices y lo besaron en la punta de la nariz y encima de la calva. Dandré, por su parte, aparentemente había hablado con Molinari, porque unos días después de su regreso tenía más información sobre Diamantino Márquez y sobre las aventuras de Madame con su joven galán de lo que yo jamás le hubiese revelado. Su reacción a todo aquello fue lo contrario de lo que yo esperaba. No se sentía celoso, dijo; estaba demasiado viejo para eso. Pero, ¿de veras Madame no se sentía culpable, raptando aquella criatura de la cuna? Y aquella mazorca, ¿no estaba todavía tierna detrás de las orejas? De ahora en adelante, cada vez que él le hiciera el amor, se daría un baño de leche de cabra para que Madame no notara la diferencia entre el sabor de sus dos amantes. Cuando oí a Dandré hablar así, y escuché las carcajadas de Madame sacudiendo el timbiriche de bronce de su cama en las noches, se me pasó el miedo a que nos abandonara, o a que se cometiera un crimen pasional en el cuarto vecino al mío.

En otros momentos, sin embargo, me preguntaba cómo se sentiría Madame por dentro. La veía triste; se parecía al cisne de Tonuela, deslizándose en silencio por el Golfo de Finlandia en busca de su reflejo perdido. Quizá Dandré no era lo suficientemente listo para darse cuenta de que algo andaba mal, de que Madame no estaba siendo sincera. Yo quería desesperadamente que se quedara con Dandré y que se olvidara de Diamantino, para que nuestras vidas regresaran a la normalidad, pero sospeché que estaba esperando algo. En las noches se quedaba en el balcón durante horas observando cómo los barcos de carga entraban y salían del puerto. Ni los consejos de Dandré, que se pasaba diciéndole que se levantara y empezara otra vez a hacer sus ejercicios, ni las palabras de aliento de sus bailarinas, que ansiaban comenzar de nuevo los ensayos, tuvieron resultado. Madame decía que estaba cansada, que no tenía fuerza. Hasta que un día me llamaron porque tenía visita, y vi a Juan aparecer por el zaguán con un par de zapatillas nuevas debajo del brazo.

Me hizo señas para que bajara y fui inmediatamente a darle un abrazo. Me dijo que traía un encargo para Madame, pero cuando se lo pedí se negó a entregármelo. "Tengo órdenes de dárselo personalmente al cisne, mi gansa", me dijo con un guiño. Sospeché algo de inmediato y fui al cuarto de la señora. Como Dandré estaba sentado de espaldas a mí, enuncié en silencio mi mensaje desde la puerta, para que Madame me leyera los labios: "Juan Anduce te está buscando. Trae algo para ti".

Rápida como un relámpago la señora salió del cuarto y bajó las escaleras a encontrarse con Juan. Cuando regresó estaba radiante, y sostenía las zapatillas nuevas contra el pecho. "Diamantino estará pronto de regreso en San Juan", me susurró al oído en cuanto me le acerqué. Y me hizo jurar que mantendría el secreto.

40

Unos días antes Daniel Dearborn, el *all-american hero* del momento, había viajado a la isla desde Saint Thomas. *Danny Dear,* como se le conocía a nivel mundial, tenía miles de admiradores a través de todo el continente, incluyendo Puerto Rico. Dos años antes había realizado su espectacular vuelo transatlántico. Sentado en su frágil sillín de mimbre dentro de la cabina del *Águila Plateada,* la foto de Danny había salido publicada en la primera página de todos los periódicos del mundo. El presidente Coolidge le había conferido la Cruz de Honor de la Aviación, creada especialmente para él, y también la Medalla de Honor del Congreso. El Smithsonian Institution emitió un sello con su imagen, el 'primer correo aéreo', y fue nombrado "Coronel del Ejército de la Reserva". Danny era increíblemente guapo: medía seis pies de estatura, tenía el pelo rubio como los campos de trigo de Minnesota, y cuando sonreía, parecía un campesino saludable. Cuando se enfadaba, sin embargo, hacía pensar en un dios vikingo que tronaba desde Valhala.

Dearborn era hijo de una familia rica de Minnesota, y se propuso como meta convertirse en el primer embajador aéreo del continente americano. Planificó un viaje sin escalas desde Washington hasta Ciudad de México que tomaría veintisiete horas, y anunció que lo sufragaría de su propio bolsillo. Desde México voló a Venezuela, y desde allí se elevó dispuesto a cruzar el Caribe, saltando de isla en isla en un viaje panamericano de 'buena voluntad' que abarcaría catorce países. Camino a Santo Domingo y Cuba, aterrizó en Puerto Rico.

De pronto la prensa local se llenó de información sobre Dearborn y yo lo leía todo fascinada. Prefería volar su avión solo, sin almas débiles que lo acompañaran. El cruce del Atlántico desde Terranova hasta París lo había llevado a cabo sin radar, gesta que le había dado fama a nivel internacional. Durante su viaje, la oscuridad que lo rodeaba era más profunda que la boca de un lobo, y se había guiado por las estrellas. Había tenido que luchar contra el sueño, las agujas de hielo que se formaban dentro de la cabina del avión, los bancos de neblina, y hasta un grupo de fantasmas que habían viajado sentados en la cola del aeroplano, riéndose de su atrevimiento. Pero nada de esto sucedería en su vuelo sobre las aguas soleadas del Caribe.

Yo no compartía la admiración de los puertorriqueños por el vikingo. Danny Dear era hijo de suecos; su apellido verdadero era Mansson, y su padre se lo había cambiado a Dearborn cuando emigró a los Estados Unidos. A mis ojos no era más que un escandinavo más, descendiente de gentes que por siglos habían intentado invadir mi país desde el Báltico.

El avión de Dearborn era como la luna: arrastraba tras de sí una marea humana, y las muchedumbres se aglomeraban y derramaban por encima de las verjas de los aeropuertos cada vez que el *Águila Plateada* estaba a punto de aterrizar. La visita de Danny al Caribe era prueba de que los americanos podían pilotear los destinos de los perezosos pueblos del trópico, que se acostaban a dormir la siesta a mitad del día cuando el resto del mundo trabajaba. Pero a mí no me convencían aquellos argumentos. Yo no era ignorante como las otras bailarinas, que nunca leían un periódico ni miraban una revista. Por lo mismo que era una campesina de Minsk, había puesto toda mi voluntad en mejorarme, y leía todo lo que caía en mis manos.

Yo sabía que el Caribe estaba sitiado por barcos de guerra norteamericanos. El presidente de los Estados Unidos había enviado recientemente a los marines a ocupar Haití. En Nicaragua y Honduras la compañía *United Fruit* era soberana, y los *Marines* estaban allí para asegurarse de que continuara siéndolo. Las tropas americanas habían invadido México cincuenta años antes, y la herida de ese acto descabellado todavía estaba fresca en las mentes de la gente. Y ahora llegaba a visitarlos Danny Dear como paloma de la paz, asegurándole a todo el mundo que no le interesaba la política, sino traer el mundo moderno a América Latina, que estaba todavía en la edad de piedra. Masha, la campesina de Minsk, no se creía aquel cuento.

Danny se sentía en óptimas condiciones físicas mientras se aproximaba a la isla. Saint Thomas estaba muy cerca, y el vuelo de Charlotte Amalie a Puerto Rico se hacía de un solo brinco. Únicamente tenía que seguir la costa, desde Fajardo hasta San Juan, para no perderse. De vez en cuando descendía en picada y, asomaba la cabeza por la ventana para identificar los lugares que servían para orientarlo: el Faro de las Cabezas, el Yunque, la playa de Luquillo. Cuando por fin sobrevoló San Juan las calles estaban atestadas de gente que ondeaba banderas norteamericanas, y escrutaban el cielo vacío tapándose el sol con la mano. De pronto vieron una esquirla plateada que empezó a bailar alegremente en el horizonte.

Cuando el *Águila Plateada* apareció poco después sobre la ciudad, los fuegos artificiales se elevaron como tizazos de pólvora en el cielo. El vitoreo se escuchó a lo largo de la avenida Juan Ponce de León, y los locutores de radio empezaron a proclamar la noticia. Puerto Rico, la isla de la siesta y de los paseos en burro, territorio del *jíbarito* donde la civilización española había impuesto el atraso por más de trescientos años, se había iniciado por fin en el progreso moderno. Dearborn lo había unido al futuro de la humanidad.

Aquella misma tarde Madame y yo salimos de La Fortaleza y nos fuimos a caminar por San Juan y a disfrutar del espectáculo. Había todo tipo de *souvenirs* de Danny: miniaturas del *Águila Plateada* tejidas en filigrana con hilo de plata; bustos de Danny en yeso, en aluminio plateado, o tallados en hueso o jabón; ceniceros con el rostro de Danny; recipientes para palillos de dientes; jarras de cerveza; alfileres de corbata (en Nueva York, J. P. Morgan se había mandado hacer uno con el *Águila Plateada* tallada en un diamante); una compañía de Massachusetts sacó un zapato de mujer llamado el *Lucky Danny,* que tenía la forma del fuselaje de un avión con una hélice en la punta y una foto de Danny cosida por el lado. Y por cada producto que Dearborn anunciaba le pagaban una buena suma. Madame le compró a Dandré una corbata *Lucky Danny* y la guardó en su bolso para regalársela. Yo no pude dejar de pensar en la campaña de Madame, vestida de cisne y anunciando el *Vanishing Cream* de *Ponds,* y me dieron ganas de reír (y a la vez de llorar). Con campañas como aquella tendríamos que resignarnos a ser siempre una compañía de ballet de segunda.

Unos minutos más tarde Dearborn empezó a volar en círculos alrededor de la cúpula del Capitolio, saludando con la mano a la muchedumbre que lo aclamaba en tierra. Su avión dio tres vueltas de tirabuzón, subió perpendicular hacia el cénit, y comenzó el descenso en picada en dirección al mar. Antes de clavarse en el Atlántico, levantó la nariz y se elevó de nuevo, saludando victorioso a los espectadores con una larga bufanda blanca.

Poco después Danny aterrizó en el Canódromo de Puerta de Tierra, donde el gobernador Yager lo estaba esperando, vestido con su tradicional traje de hilo y sus zapatos de antílope. La caravana oficial los transportó hasta La Fortaleza, donde el piloto pasaría la noche como invitado de honor.

Al día siguiente desayunaron juntos muy temprano, y como Madame se levantaba tarde (estaba todavía en vías de recuperación de su aventura) me pidieron que ayudara con el desayuno. El Gobernador felicitó a Dearborn: "Su vuelo constituye un paso monumental para la humanidad; necesitamos más embajadores en misiones de paz como usted", le dijo. Entonces le comentó que la isla estaba atravesando por un período de agitación política muy peligroso, y que había terroristas por todas partes. Le contó a Dearborn cómo los tiznados, un grupo de rebeles desalmados, habían raptado a Madame —la famosa bailarina rusa que se estaba quedando puerta con puerta con él en La Fortaleza— y la pobre mujer había aparecido dos días antes en una calle de San Juan, endrogada y con los ojos vendados. Yo di un respingo al escuchar aquello, pero por supuesto no me iba a poner a contradecir al Gobernador.

Los tiznados permanecían todavía libres en su guarida de los montes, prosiguió Míster Yager. "Necesitamos su ayuda, Coronel. Su divisa, 'El avión le añade ojos de águila al pensamiento de los hombres', podría sernos de gran ayuda. ¿Podría darse una vueltecita por las montañas del interior en el *Águila Plateada*, para ver si descubre alguna pista? He oído decir que, desde los aeroplanos, uno puede descubrir lugares que son casi imposibles de alcanzar a pie. No tenemos la menor idea del paradero de los tiznados".

Dearborn le contestó que no creía poder hacer mucho, pero pidió que le consiguiera un mapa de la isla y le daría un vistazo para complacerlo. Con gusto sobrevolaría la cordillera —la isla era muy pequeña, después de todo; medía cien por treinta y cinco millas, pero era sorprendentemente montañosa y estaba atestada de bosques— para ver si descubría el paradero de los rebeldes. Yo temblé al escuchar aquello pensando en Bienvenido y sus amigos.

A Dearborn le consiguieron el mapa y esa misma mañana el Gobernador lo llevó de vuelta al canódromo en su Packard. De camino el piloto le preguntó a su anfitrión si tenía noticias de algunas ruinas indígenas interesantes en la isla, porque él era un arqueólogo aficionado, y no había nada que le gustara tanto en el mundo como descubrir yacimientos arqueológicos desde el aire. Lo había hecho recientemente en México, donde había tomado las primeras fotos aéreas de Chichén Itzá, la famosa metrópolis maya, y un poco más tarde había descubierto otra media docena de ciudades indígenas en las selvas tupidas de Quintana Roo.

El gobernador Yager le informó que había oído hablar de un yacimiento arqueológico en la región de Otoao, donde se reputaba que existía un parque de pelota taíno, pero nadie sabía cómo era en realidad porque muy pocos arqueólogos habían llegado hasta allí, y por supuesto nunca había sido fotografiado. Si

Dearborn quería hacerlo, tenía la completa aprobación del mandatario. Un poco después el piloto remontó su avión en dirección a los picos que forman la espina dorsal de la isla, cruzándola de lado a lado. Le tomó veinte minutos escudriñar aquellos parajes remotos, entrando y saliendo entre las nubes como un mismo águila. Descubrió un prado rectangular, con unas piedras enormes hincadas en punta. Empinó el avión para acercarse más al lugar, cuando se dio cuenta de que un grupo de barbudos, con sombreros de paja encajados hasta las cejas, le estaban disparando. Por todas partes había hombres apuntándolo con sus rifles y cajas de madera abiertas con municiones. El lugar era prácticamente un arsenal. Sin duda se trataba del campamento de los tiznados.

Dearborn dio la vuelta y enfiló el avión hacia la costa; veinte minutos más tarde estaba de regreso en San Juan y aterrizó de nuevo en el canódromo. En menos de una hora había viajado a Otoao ida y vuelta, una distancia que por lo general tomaba cuatro días en mula, repechando por los senderos de la montaña. Al Gobernador se le informó de la localización del yacimiento taíno, y envió inmediatamente un destacamento del ejército norteamericano al lugar donde se encontraban los tiznados. Aunque me apresuré a darle la noticia a Juan, el ejército fue mucho más rápido. Dos días más tarde los guerrilleros fueron todos muertos o capturados, antes de que Juan pudiera avisarles.

Bienvenido y Diamantino afortunadamente se salvaron de aquella rapiña porque acababan de salir hacia la costa, donde esperaban tener noticias frescas de Santo Domingo. Estaban bebiéndose un café en el Pachín Marín, un colmado a las afueras de Arecibo, cuando cayó en sus manos un ejemplar de *El Diario de la Mañana,* que traía la noticia del ataque al campamento en primera plana. Corrieron a refugiarse en casa de un campesino, y juraron que el coronel Dearborn pagaría cara su afrenta.

41

Esa tarde yo estaba planchando la ropa de Madame en su cuarto cuando escuché a alguien llamar a la puerta. Eran Estrella Aljama y Diana Yager, que habían venido a visitarnos. Estaban vestidas de muselina, una de rosa y la otra de blanco, y abrazaron y besaron a Madame efusivamente. Estaban sorprendidas de encontrar a Dandré en el cuarto y al verlo dejaron de reirse y de hacer bromas. Dandré les hizo una pequeña reverencia y salió del cuarto luego de piropearlas a ambas. Las chicas siguieron con su cháchara, y le contaron a Madame todo lo que habían oído en la ciudad sobre Dearborn. Era tan bien parecido como se rumoreaba: medía seis pies, era esbelto y atlético, y llevaba un tirabuzón de pelo rubio enroscado sobre la frente. Para colmo era soltero: el hombre soñado por todas las jóvenes casaderas de la isla. Madame definitivamente tenía que conocerlo.

Las muchachas querían que Madame escuchara los planes para el carnaval de Juan Ponce de León, a celebrarse la noche siguiente. Los preparativos para los festejos de coronación estaban casi terminados. Sería un baile de disfraces, y todo el mundo asistiría enmascarado. Las damas de compañía de Ronda serían Diana Yager y Estrella Aljama, que irían disfrazadas de Fraternidad e Igualdad, respectivamente. Pero lo mejor de todo era que a ellas se les había ocurrido una idea fabulosa. Como Ronda Batistini todavía no había podido encontrar rey, tratarían de convencer a Dearborn de que tomara su lugar. El guapo Coronel haría que el baile fuera un éxito social todavía mayor. Diana le sugirió la idea a su papá, y el Gobernador la encontró genial —la carta de don Pedro acababa de aparecer debajo de un montón de correspondencia atrasada—, e inmediatamente le envió un mensaje al comité organizador informándole que el problema del rey estaba resuelto. Les prometió que Dearborn, el famoso aviador, escoltaría a la reina hasta el trono en persona, vestido con su uniforme de gala.

El baile se celebraría en el Teatro Tapia y la entrada se cobraría a diez dólares, una contribución al fondo internacional de ayuda para los soldados que luchaban en ultramar. Mucha gente seguramente iría simplemente para ver al famoso coronel Dearborn, y así se levantaría una buena suma. "Nos encantaría que usted también participara en las celebraciones, Madame", le rogaron a la señora. "Pensamos que podría bailar *La muerte del cisne* por última vez, antes de abandonar la isla". No me atreví a mirar a Madame en esos momentos, para no influenciarla. La idea de bailar el cisne en el carnaval me pareció ridícula, un empeño más por degradar lo sublime al nivel de lo pedestre, pero a Dandré, que acababa de entrar a la habitación, le pareció buena idea. "Por supuesto que sí, queridas", les dijo risueño a las chicas, mientras se alisaba el bigote con el dedo. "Será una oportunidad perfecta para que Niura comience a bailar otra vez". "Bueno, participaré en el carnaval", accedió sin entusiasmo Madame. "Pero no bailaré *La muerte del cisne;* bailaré otra cosa".

"La palabra *carnaval,* 'carne vale,' viene del latín, y significa literalmente 'adiós a la carne'. Antes de hacer penitencia por la muerte de Cristo a uno le dan licencia para dar una última cabriola en el aire (o una última revolcada en la cama, según indiquen las circunstancias) antes de vestir el cilicio de cuaresma", me dijo Juan con un pellizco en la nalga, a la par que intentaba agarrarme una teta. Le había prometido que me casaría con él, pero no veía por qué tanta prisa. Matrimonio y mortaja del cielo bajan, y yo todavía no le había dado la noticia a Madame. No sabía si ella aceptaría a Juan como miembro de la compañía y si él podría viajar con nosotros al extranjero, como ambos soñábamos. El mundo de inocencia y belleza que Madame y yo habíamos compartido se había esfumado, y era necesario cambiar con los tiempos. Ahora la materia —el oro que abre todas las puertas, la mano que sopesa la carne para medir el valor del deseo— lo era todo. La amistad había pasado a ser algo completamente anacrónico, como el idealismo, los cisnes y las plumas.

Mientras tanto, lo único que se podía hacer era esperar. Dandré se había ocupado de todo: nuestros pasaportes habían sido examinados y aprobados por la policía, nuestros gastos en el Hotel Malatrassi estaban saldados con el dinero que había traído de Nueva York. Todo estaba listo para nuestra partida, pero no había ningún barco que saliera hacia Panamá en los próximos días, y tendríamos que esperar la llegada de algún carguero en el que hubiera lugar para todos. A mí no me importaba esperar, me estaba dando más gusto que un gato revolcándose entre las cenizas. Cada noche, después de que Madame se iba a la cama, yo salía sigilosamente por una puerta secreta en las murallas de La Fortaleza y Juan y yo nos divertíamos de lo lindo pelando la pava al borde del agua.

Juan contaba que desde la época de los españoles el carnaval había sido el evento social más importante del año. Para la gente era una forma de olvidar los sufrimientos de la existencia diaria. La pobreza, el hambre, las enfermedades eran demasiado comunes en la isla. Las epidemias eran frecuentes: el tifus, la tuberculosis, hasta la peste bubónica había asolado a Puerto Rico varias veces, a causa de los ratones que viajaban allí desde lejanos puertos. Ricos y pobres morían por igual y las cifras llegaban a miles. El carnaval era una manera de conjurar aquellos maleficios. Se celebraba justo antes de la Cuaresma, pero era una celebración pagana, durante la cual la gente quemaba la vela por ambos lados y agarraba al demonio por el rabo.

"Todo el mundo participa en los festejos", me contaba Juan. "Esa noche se esfuman las barreras de clase. Hay fiesta en el casino, en los muelles, frente al edificio de la aduana, en los callejones de adoquines, y varias orquestas tocan a la vez en distintas localidades. Las carreras de caballo por las calles de San Juan son una parte importante de las celebraciones, porque los isleños somos muy buenos jinetes y nos encanta cabalgar hasta el amanecer, compitiendo unos con otros como centellas y haciendo gala de nuestras destrezas de equitación. En cada esquina se encienden hogueras perfumadas de cedro y sándalo, y desde los campanarios de las iglesias, las azoteas y los balcones de las casas se disparan petardos y luces artificiales, de manera que a media noche la ciudad parece un arrecife derramando fuego por todas partes. Es un espectáculo inolvidable, Masha. Estoy seguro de que te va a encantar".

Los ojos de Juan brillaban como carbones encendidos, y su aliento hizo que la piel se me erizara de excitación.

El gobernador Yager tenía buenas intenciones, pero como pertenecía a la Iglesia Presbiteriana no tenía la menor idea del significado a la vez pagano y profundamente político del carnaval. Para los protestantes no existía nada equiparable a la expiación de los placeres de la carne; él era puritano el año entero, sus almuerzos eran móndrigos y sus coitos más parecidos a un educado estornudo que a un paroxismo de placer. Su mujer y él eran igual de disciplinados y asépticos, ella con sus guantes blancos y velos para conjurar los microbios y él vestido a todas horas de hilo, y con sus zapatos de antílope blanco.

En tiempos de España, por contraste, los gobernadores le rendían homenaje al rey durante las celebraciones en la figura de Momo, el grotesco monigote de colores brillantes que ocupaba su lugar en el desfile. Momo era el rey del vacilón y del regocijo, soberano de la fiesta, monarca de la bebida y emperador de la buena mesa. Y también era víctima de todos los chistes sucios y triquiñuelas soeces que se le ocurrían a la población. Al comienzo del carnaval el Rey Momo se paseaba en burro por las callejuelas de la villa y todo el mundo le arrojaba cáscaras de frutas y cascarones de huevo, o lo bautizaban con vejigas de res llenas de agua que dejaban caer desde lo alto de los balcones. Pero el rey nunca cogía aquellas barbaridades en serio porque sabía que eran la manera que tenía el pueblo de exorcizar sus frustraciones.

Cuando iba de camino al baile de carnaval, sin embargo, Momo cabalgaba sobre un hermoso alazán blanco decorado con cintas y lazos dorados. Al pasar por la calle le arrojaba monedas de plata a la muchedumbre que le gritaba "¡Qué viva el rey!".

Una vez en el Tapia, Momo ocupaba su lugar junto a la reina mientras la coronaban. Gracias a él, la autoridad política —fuese española o norteamericana— se podía ridiculizar sin temor, y nadie tenía que preocuparse de que lo fusilaran o le torcieran el pescuezo.

El gobernador Yager era completamente ajeno a esta costumbre, y por eso no le dio la mayor importancia a la decisión de llevar a Dearborn al Tapia para que hiciera de rey durante la coronación de Ronda Batistini. Tampoco se le ocurrió preguntarle al Coronel si le parecía bien la idea. Dearborn tenía veinticinco años, y a todos los jóvenes de su edad le gustaban los bailes y disfrutaban de las muchachas bonitas.

A la noche siguiente, a eso de las nueve, yo estaba dándole las últimas puntadas al traje de *chiffon* rojo de Madame, cuando sucedió algo inesperado. Madame había decidido bailar la *Baccanale*. Supongo que la escogió por razones sentimentales: esa fué la última pieza que bailó con Diamantino en Arecibo. La *Baccanale* de Glazunov era sobre la liberación del cuerpo. Era el único ballet que le interesaba bailar durante el carnaval.

Madame bailaría el papel de Ariadna, Nóvikoff desempeñaría el de Dionisio y las chicas y yo representaríamos a las ménades, como de costumbre. Estábamos casi listas para salir cuando oímos a alguien que discutía en voz alta. Hablaban en inglés y nos detuvimos a escuchar: era el gobernador Yager, que se dirigía agitadamente a Dearborn en el cuarto contiguo. Sus voces nos llegaban claramente a causa del eco que provocaban los techos abovedados del antiguo edificio colonial.

Yo había visto al Gobernador vestido de etiqueta entrar a la habitación del Coronel unos momentos antes. Aparentemente acababa de comunicarle a Dearborn la petición de Diana, y la airada reacción del piloto lo había cogido de sorpresa. "¿Rey de carnaval? ¡Imposible! ¡A quién se le ocurre semejante idea! No podría nunca exhibirme de esa manera en público. Me moriría de vergüenza".

El Gobernador bajó la voz, pero todavía podíamos oír lo que decía. "Tiene que hacerlo, amigo. Ya me comprometí a que lo haría", dijo ansiosamente. "Si usted se niega puede causar un incidente diplomático, y el país no lo perdonará nunca. No se imagina lo importante que es el carnaval para esta gente. Un insulto así sería terrible para la imagen de buen vecino que los Estados Unidos está tratando de fomentar".

Cuando oímos aquello nos quedamos atónitas. Por el silencio que siguió a las palabras del Gobernador dedujimos que Dearborn había accedido a la petición, pero de mala gana. Escuchamos un portazo y los pasos del Coronel cuando salió del cuarto, caminando detrás del Gobernador.

Terminé de colocarle a Madame su collar de diamantes alrededor del cuello. Insistió en llevarlo puesto esa noche para la función, así como sus pendientes y pulseras haciendo juego pese a mis recriminaciones. Dandré ya había salido para el teatro y yo no podía obligarla a cambiar de idea. Bajamos corriendo las escaleras hasta la planta baja de la mansión, donde uno de los chóferes oficiales del Gobernador nos esperaba en su coche para llevarnos al baile.

Estábamos a una manzana de distancia del Tapia cuando ya no pudimos avanzar más y no nos quedó más remedio que bajarnos del auto. El gentío formaba una masa compacta a nuestro alrededor y tuvimos que empujar a la gente para alcanzar la entrada. La limosina negra del Gobernador se encontraba estacionada frente a la puerta y un cordón de policías y agentes secretos, armados hasta los dientes, evitaba que la muchedumbre se colara dentro del teatro. Fuimos poco a poco haciéndonos espacio entre los festejantes, medio empujando, medio escurriéndonos por entre los cuerpos sudorosos hasta que llegamos donde uno de los policías. Ronda, vestida con la toga de la Estatua de la Libertad y calzando sandalias doradas en lugar de zapatos, acababa de bajarse de la carroza cubierta de flores. Se detuvo frente a la entrada del Tapia con la antorcha de *papier maché* en la mano mientras Diana y Estrella desplegaban el manto de lamé dorado a sus espaldas. Vimos que Ronda estaba llorando, y que don Pedro y doña Basilisa estaban tratando de calmarla. Desde allí podíamos escuchar los acordes de la marcha triunfal de *Aida*. Las reinas de carnaval siempre entraban al teatro anunciadas por esa marcha. Dearborn, con los agremanes de oro brillándole sobre los hombros y la gorra de Coronel bajo el brazo, estaba de pie frente a Ronda, explicándole ansiosamente por qué se le hacía imposible escoltarla dentro del edificio.

"He venido hasta aquí para felicitarla por haber sido escogida Reina de Carnaval, señorita, pero no puedo ir más lejos. Por favor acepte mis más sentidas excusas", le dijo, inclinándose cortésmente. Tomó la mano de la reina y estaba a punto de besársela cuando escuchamos un rumor enloquecido a nuestras espaldas: una cabalgata de jinetes enmascarados vestidos de mamelucos de satén, y con las cabezas cubiertas con sombreros de tres picos, se acercaba a toda velocidad por la calle. Se hacinaron a espaldas de los policías obligándonos a todos a retroceder, y nos arrinconaron frente al edificio. A Dearborn, el Gobernador, la Reina, y todos los que estábamos cerca de la entrada, incluyéndonos a mí y a Madame, no nos quedó más remedio que entrar al Teatro Tapia.

Todas las sillas de la platea habían sido quitadas y el piso había sido elevado por medio de manivelas ocultas hasta alcanzar el mismo nivel del escenario. El teatro se había transformado en una enorme sala de baile. Mientras nos deslizábamos casi con los pies en el aire dentro del salón, arrastrados en vilo por la marea de la plebe, veía la cabeza de Dearborn flotando ante nosotros. Como era tan alto, sobresalía por encima de las demás y nos servía de señuelo. Iba en dirección a la plataforma del trono, un templo de columnas griegas pintado para que pareciera de mármol, sosteniendo a Ronda por el brazo. Aparentemente se había resignado a llevar a cabo la tarea que le habían impuesto.

Don Pedro, como padre de la Reina, había cogido el otro brazo de la joven, y unos minutos después los vimos subir la lujosa escalinata. La marcha de Verdi llenó el aire con sus acordes marciales mientras las trompas francesas y las trompetas barrían el salón con sus fogonazos dorados. De pie frente al trono Ronda Batistini levantó la cabeza y le sonrió ampliamente a la muchedumbre que aplaudía delirante. Me pregunté si Bienvenido no se encontraría entre la multitud y ella lo habría reconocido. De hecho, en aquel momento se parecía mucho a la Estatua de la Libertad, con la barbilla desafiante, y los rizos encrespados bajo su corona de dardos relucientes. Dearborn ocupó melancólico su lugar junto a ella, y don Pedro bajó jovialmente las escalinatas para reunirse con doña Basilisa en el salón.

El público parecía estar a la vez encantado y molesto al ver al famoso piloto ocupar el lugar del Rey Momo durante las celebraciones: muchos lo vitoreaba y otros lo injuriaban, y cuando entró al salón empezaron a arrojarle vasos y servilletas de papel, así como serpentinas y papelillos. Dearborn era Dearborn, y lo admiraban enormemente, pero era también un usurpador que no tenía derecho a estar allí. Su presencia arrojaba un balde de agua fría sobre el carnaval, cuyo propósito era precisamente burlarse de la autoridad. La orquesta empezó a tocar una danza, pero nadie quiso bailar; empezaron a dar patadas en el piso en señal de protesta, hacíendo temblar el salon. Miré a mi alrededor buscando a Madame y vi con alivio que estaba cerca. La noté tensa, la mano sobre la garganta como si no pudiese respirar, y puse mi mano sobre su hombro para tranquilizarla. Le aconsejé que se mantuviera cerca porque estaba segura de que habría disturbios.

"¿Has visto a Dandré?", me preguntó Madame aturdida, haciéndose la que estaba buscando a su marido a la distancia. Tuve que echarme a reír. Yo sabía que en realidad estaba buscando a Diamantino pero le seguí la corriente. No tenía la menor idea de por dónde andaba dije, ni de cuándo intentaría comunicarse con nosotros.

Nóvikoff y las muchachas habían tomado sus puestos al pie de la plataforma del trono, listos para empezar a bailar en cuanto las ceremonias preliminares terminaran. Localicé a Dandré con el rabillo del ojo; estaba haciendo guardia junto a una de las salidas de emergencia. El presidente del Tapia se dirigió al podio para presentar al Gobernador y al coronel Dearborn, los invitados de honor, ante la concurrencia. Luego anunció la primera parte del programa: las debutantes de aquel año bailarían una pavana. Una docena de jóvenes vestidas con hermosos trajes blancos flotaron como magnolias hasta el centro del salón y se hundieron hasta el piso en una graciosa reverencia. Bailaron por varios minutos, agitando sus abanicos contra el pecho al ritmo de la música, antes de seguir su camino. Varios políticos, abogados y banqueros, todos ellos personalidades públicas, se levantaron y leyeron los pomposos versos que habían compuesto en alabanza de su majestad, Ronda Iera. Finalmente, Estrella Aljama y Diana Yager subieron las escalinatas del trono con la corona sobre un cojín, y se la ajustaron a Ronda sobre la cabeza. Cuando terminó la ceremonia, la orquesta empezó a tocar la música de Glazunov.

Pero nunca llegamos a bailar la *Baccanale*.

De pronto se escuchó un murmullo por el lado izquierdo del salón, y la muchedumbre se separó en dos para darle paso a un grupo de jíbaros enmascarados. Llevaban pantalones negros y camisas blancas con pañuelos rojos al cuello, y las mujeres vestían faldas largas estampadas de flores, con enaguas de volantes que se asomaban por debajo. Habían entrado al Tapia gracias a doña Victoria, a quién todo el mundo conocía. La anciana iba a la cabeza de la comparsa y era una líder muy efectiva, a pesar de su sordera. Llevaba puesto un vestido de rumbera que le quedaba enorme y la hacía parecer una tienda de campaña meciéndose al viento. Los hombres se habían oscurecido los rostros con caucho quemado y llevaban machetes cortos terciados a la cintura sujetos con soga. Empezaron a introducir barricas llenas de ron al salón, y colocaron en el suelo unos enormes tambores, cerca de donde estaba Madame. Pronto estaban ofreciéndole vasitos de ron a la concurrencia. El licor todavía estaba prohibido terminantemente, pero como todo el mundo empezó a beber y era imposible arrestar a todo el mundo, la policía se quedó de brazos cruzados.

Alguien silbó con fuerza y una manada de policías vistiendo uniformes azules desembocó a empujones dentro del teatro. Durante el carnaval la fuerza de choque siempre se encontraba cerca a causa de las reyertas frecuentes, y en un momento circundaron a los festejantes con las macanas en alto. Yo adiviné inmediatamente que andaban detrás de los jíbaros, pero estos se mezclaron con la muchedumbre para no ser identificados. Todo el mundo en el Tapia estaba disfrazado, y el traje de jíbaro era especialmente popular entre la gente bien, porque era cómodo y fresco. El populacho y la clase media, por el contrario, preferían vestirse de príncipes y princesas. La comparsa de jíbaros se mezcló con la multitud y todo el mundo empezó a bailar, brincando y saltando y arrojando puñados de papelillos y de serpentinas sobre las cabezas de los presentes.

Madame y yo lo observábamos todo desde uno de los costados del salón cuando vimos a uno de los jíbaros acercarse a la orquesta y ordenarle que dejara de tocar. Era el más fornido del grupo; se acercó a la tarima, agarró uno de los tambores y se sentó a horcajadas sobre él. Empezó a tocar sin inhibiciones; de pronto se le cayó el sombrero y se le podía ver el pelo rojizo. Un segundo enmascarado agarró un tambor y se le unió. Por el cuerpazo que parecía tallado en caoba reconocí a mi Juan, que empezó a hacerle un dúo al primero, tocando mano a mano. De pronto fue como si a Madame los toques se le hubieran ido a la cabeza. Vestida con su falda roja y su *brazier* dorado, caminó hasta el medio del salón y las muchachas la siguieron. El ritmo de los tambores penetraba hasta el hueso, y todos empezaron a bailar con frenesí. Las jíbaras levantaron sus faldas y sus enaguas hasta la cintura y empezaron a abanicarse con ellas, a la vez que dirigían los efluvios sudorosos de sus genitales hacia los espectadores. Madame se convirtió en una llama que se consumía ante nosotros.

De pronto el lugar se volvió un caos. Los festejantes se dividieron entre aquellos que querían ver a Dearborn de cerca y estaban a favor de que hiciera de rey esa noche, y los que estaban furiosos porque las tradiciones del Rey Momo habían sido violentadas y exigían que el Coronel se retirara inmediatamente. Dearborn estaba de pie junto a la Reina sin saber qué hacer, y se puso todavía más pálido cuando un segundo contingente de policías entró corriendo al salón. Aquello resultaba intolerable.

La gente comenzó a abuchear y a gritar insultos porque sabían que los agentes no podían atacarlos ni dispararle a la muchedumbre. Los más atrevidos, y los que tenían los tragos subidos a la cabeza, empezaron a forcejear tratando de apropiarse de las barricas de ron; las mujeres se peleaban entre sí, pegándose carterazos a diestra y siniestra. A otros les dio por tocar los cornetines y arrojarse los manojos de confeti y serpentina a los ojos. Muchos descubrían que les habían robado, pero no se atrevían a acusar a sus vecinos. Un tercer batallón de policías entró a la sala con macanas en alto y rodeó al coronel Dearborn. Le pidieron que bajara del escenario y empezaron a escoltarlo poco a poco entre la muchedumbre en dirección a la puerta de salida.

En ese momento se escucharon varios tiros, y don Pedro subió corriendo las escalinatas del trono para llevarse a Ronda a un lugar seguro. La agarró por un brazo pero Ronda se zafó, y salió corriendo hacia donde estaban tocando los tambores. Don Pedro corrió detrás de ella y, al reconocer a Bienvenido por su matojo de pelo rojo, empezó a dar voces para que la fuerza de choque lo rodeara. Llevaba la pistola en la mano y encañonó a Bienvenido, pero Ronda se interpuso. "¡Anda, dispara!", le gritó a su padre. "Yo no le tengo miedo a la muerte". Don Pedro se puso blanco de ira, pero bajó el brazo. Bienvenido logró escapar en medio del tumulto, y algunos minutos después lo vi salir corriendo por una puerta lateral del teatro. Luego me enteré de que un grupo de jinetes lo estaba esperando en la calle, y salieron galopando todos juntos por las calles de San Juan.

Madame dejó de bailar y uno de los jíbaros enmascarados se aprovechó de la confusión para empujarla hacia la salida. La agarró por la muñeca y no la soltó, utilizándola como escudo mientras la empujaba a través del gentío. Madame levantó la cabeza desafiante, y los diamantes alrededor de su cuello relampaguearon a la luz de los reflectores fijos en ella. Dandré se dio cuenta de lo que estaba ocurriendo pero estaba demasiado lejos; fue

Diamantino el que logró detenerlo. "¡Suéltela, Molinari!", le gritó. "¡No dé un paso más!". Molinari le apuntó con su revolver a Diamantino y le ordenó que se hiciera a un lado pero, para sorpresa de todos, Diamantino no se movió. En ese momento Dandré, que se les había acercado por detrás sigilosamente, levantó la mano como si fuera una pata de oso y le dio un zarpazo a Molinari al estilo ruso que hizo volar el arma por el aire. Luego le dio un puñetazo en la quijada que lo tendió en el piso. Madame se había vuelto hacia Diamantino cuando un disparo que no se supo de dónde venía resonó en la sala, y lo vio doblarse en silencio y caer redondo al suelo. Madame soltó un aullido y se arrodilló a su lado, tratando de revivirlo, pero todo fue inútil. El joven estaba muerto.

"Esto es culpa tuya, Masha", me gritó horrorizada. "¡Tú le avisaste a la policía que Diamantino estaría aquí esta noche!".

Traté de tenderle una mano para calmarla, pero me rechazó violentamente. "¡No te atrevas a acercárteme!", chilló. "¡Más nunca!". Y se arrojó llorando en brazos de Dandré.

42

La semana siguiente fue una pesadilla. Esta vez no había forma de evitar que la prensa esparciera la mierda por toda la isla. El escándalo del carnaval salió en primera plana y había fotos del Gobernador escondiéndose detrás de sus ayudantes para evadir las sillas que volaban sobre su cabeza como proyectiles; de Ronda siendo arrastrada por don Pedro por las escalinatas del trono, blandiendo la antorcha como un arma para defenderse de los tiznados y con la corona de medio ganchete a punto de caérsele de la cabeza; de Madame bailando en unas poses tan provocativas que más parecía una vedette del *Folies Bergère* que una bailarina imperial del Marinski, lo cual me hizo sentir terriblemente avergonzada.

Después de la muerte de Diamantino los tiznados se desaparecieron por completo, diluyéndose entre el gentío. La policía cogió presos a todos los bailarines de la compañía, y nos llevaron a las oficinas del comisionado a interrogarnos. Pasamos el resto de la noche en la cárcel, a excepción de Madame. El gobernador Yager vino a recogerla en persona, y se la llevó a La Fortaleza en su limosina. Al día siguiente la señora se apareció en el cuartel de la policía. Iba toda vestida de negro y se veía fatal. No estaba maquillada en lo absoluto, y era como si le hubiesen borrado el rostro y dejado la cara de la desgracia en su lugar. Se sonrió con nosotros detrás de aquella máscara en blanco y le entregó al comisario una nota del Gobernador, ordenándole que soltara a Dandré. Cuando lo pusieron en libertad, ella misma lo sacó fuera del precinto, llevándolo por el brazo.

Una semana después los bailarines abordaron nuevamente el *Courbelo,* con destino a Panamá. La compañía entera se unió a Madame y a Dandré: excepto yo. Yo me quedé en la isla. Sabía bien lo que era sentirse como una pluma al viento, como una astilla a la merced de las olas. Preferí echar raíces en esta tierra. Aunque he que reconocer que esa no fue la única razón que tuve. Me quedé porque Madame me ordenó que me quedara. Fue la última vez que la obedecí.

Bailar tiene que ver con los pies, con la manera en que nos desplazamos por el mundo. Quizá por eso me enamoré de Juan. Aunque "enamorados" no es quizás la palabra apropiada para lo que pasó entre nosotros. Más bien diría "abrasados". Lo nuestro fue una brasa, un abrazo a fuego vivo desde el día en que nos conocimos.

Nuestras relaciones no fueron nada platónicas y tuvieron un resultado inmediato: en cuanto Juan me tocó, enseguida salí encinta. Por suerte a los dos nos encantan los niños, y acabamos teniendo seis, que son la alegría de mi vida.

Juan se pasó la vida zurciendo zapatos, dándole a la gente una base sólida sobre la cual ponerse de pie y hacerse un camino en el mundo. Era un hombre maravilloso aunque sencillo, y luego de casados vivímos modestamente en una casa de madera cercana a su taller. Insistía que el curso de la vida, como los latidos del corazón, nunca se puede adivinar de antemano. "El ritmo es lo que hace fluir la sangre por el cuerpo", decía, "y no al revés. La felicidad tiene que ver con la manera en que nos atrevemos a asumir la libertad". Por eso, cuando pienso en Juan, nunca me siento triste.

Antes de que la compañía de Madame abandonara la isla, Juan nos pidió a Dandré y a mí que nos reuniéramos en el Viejo San Juan. Fuimos a La Bombonera, y nos sentamos en uno de los compartimentos de atrás, tapizados de plástico rojo. Pedimos café con mallorcas untadas en mantequilla, y mientras sumergíamos los panes perfumados en nuestras tazas, rememoramos los eventos trágicos de la muerte de Diamantino la noche del carnaval. Ni el asesino, ni el arma con que fue cometido el crimen aparecieron por ninguna parte. Se los tragó la muchedumbre. Pero durante los días siguientes el nombre de Diamantino Márquez empezó a mencionarse por todas partes, porque se le consideraba un héroe. La prensa señaló que con la ayuda del *Home Guard* le había salvado la vida a la Reina del carnaval, así como a Danny Dearborn. Su retrato salió publicado en todos los periódicos, y la población recordó que era hijo de don Eduardo Márquez, el heredero sin trono, *El Delfín* sin corona. Molinari fue acusado de atentado de secuestro. Durante las vistas preliminares que se celebraron antes de la partida de Madame, tanto ella como Dandré testificaron en su contra, y lograron convencer al juez de que Molinari era miembro de la mafia a través de sus conexiones con Bracale. El empresario había sido convicto recientemente en Nueva York por extorsión y manejos ilegales de fondos, y Dandré presentó suficiente evidencia para que lo metieran preso.

Varios meses después se descubrió que Bracale había estado perdiendo dinero con la *tournée* de Madame, y que le había ordenado a Molinari (quién Juan y yo pensamos era un agente de la policía) que la siguiera. Bracale pensaba que tenía derecho a las joyas de Madame y, si esta rehusaba entregárselas, que podría sencillamente quitárselas por la fuerza. Pero entonces el Gobernador nos invitó a Madame y a mí a quedarnos en La Fortaleza mientras Dandré viajaba a Nueva York, y las joyas quedaron fuera de su alcance. Molinari tenía que hacer algo para sacar a Madame de La Fortaleza, y se le ocurrió que Diamantino podía servirle de carnada. El plan fue un éxito. El joven se encontraba desesperado; todo el mundo conocía sus simpatías revolucionarias y nadie quería ofrecerle trabajo. Molinari le ofreció pagarle por su ayuda y lo envió al Teatro Tapia para que tocara el violín en la orquesta de Madame. Lo que vino después cogió de sorpresa a todo el mundo. Cuando nuestro grupo salió para Arecibo, Liubovna se quedó en La Fortaleza, y con ella el maletín de las joyas. Pero Molinari no se enteró de eso hasta la noche en Dos Ríos en que Juan y yo lo descubrimos en la habitación de Madame, rebuscando entre sus cosas.

Los esfuerzos de Molinari por secuestrar a Madame la noche del carnaval —esta vez con sus joyas puestas— era la última oportunidad que le quedaba de cumplir con Bracale, y éste envió a sus matones, disfrazados de tiznados, a que se aseguraran de que llevaba a cabo el trabajo. Antes de que Madame se embarcara para Panamá dejó un testimonio escrito como evidencia de lo que había pasado, y yo lo leí en voz alta durante el juicio. Juan le había contado todo a Madame, aunque se calló una parte. No le dijo que Diamantino había rehusado cooperar con los tiznados al último momento.

Madame estaba segura de que Diamantino había muerto como un héroe, perseguido por la policía por ser un revolucionario, y era mejor dejar las cosas como estaban. Juan nos convenció a Dandré y a mí de que tampoco se lo dijéramos: así la protegeríamos mejor de sí misma.

Aplacada la locura del carnaval, los fuegos fatuos de San Juan se extinguieron en las esquinas y todas sus iglesias quedaron recubiertas de púrpura. Madame volvió a depender de Dandré para todo, como yo bien sabía que lo haría. La soflama de los afectos a veces resulta más efectiva cuando está recubierta de pavesas que cuando crepita abiertamente, y su cariño estaba vivo bajo las cenizas. Ambos se esmeraron en curar las heridas lo mejor posible.

La noche de la coronación ocurrió otro suceso inesperadamente trágico. Ronda Batistini, al enterarse de que Bienvenido había huido del Tapia con la fuerza de choque pisándole los talones, había insistido en subirse a Rayo, el caballo de paso fino que su padre le había regalado. Estaba en un zaguán vecino al teatro, porque Ronda pensaba correrlo en las carreras más tarde en la noche. Iba todavía vestida de Estatua de la Libertad cuando emprendió una carrera enloquecida por las calles de San Juan en busca de Bienvenido. Al llegar a la calle del Cristo perdió el control de la montura y ambos salieron volando por encima de las murallas, cayendo sobre las rocas al fondo del abismo. Al día siguiente la noticia salió en primera plana en todos los periódicos: "Reina de la Libertad se despeña por el risco". La noticia entristeció profundamente a Madame, quién insistió en ir a visitar el lugar con doña Basilisa. La anciana estaba desconsolada, y fueron juntas a encenderle una vela a la Virgen de Vladímir y a rogarle que intercediera por el alma de Ronda.

Poco después de estos eventos el gobernador Yager fue revocado y tuvo que regresar a los Estados Unidos. El desprestigio que sufrió su administración con el asunto del carnaval le valió un reproche a nivel oficial. Los Estados Unidos tuvo que reevaluar su política de levantar fondos para los Bonos de la Libertad, y ya no seguiría insistiendo en que los habitantes de la isla enviaran los vegetales y las frutas de sus hortalizas a los soldados en ultramar, cuando ellos mismos se estaban muriendo de hambre. Muchos años después, gracias al presidente Roosevelt, se aprobó el *Puerto Rican Recovery Act* en Washington, y la isla empezó a recibir por fin una generosa ayuda económica.

El día de la partida de Madame, Juan fue al muelle a despedirse de ella. Estaban sobre la cubierta del *Courbelo,* admirando el panorama brillante de la bahía salpicada de olas como cuchillos inquietos, cuando se acercó a hablarle. Dandré corría de aquí para allá dando órdenes, mientras Poppy ladraba entre sus brazos, y Smallens cargaba la jaula con los ruiseñores. Todo el mundo estaba triste. Liubovna tuvo que dejar por detrás a sus amigas del convento, Nóvikoff se despidió de su amigo trapecista, y Nadya ya no podría encontrar maravillosas partituras inéditas en los archivos de San Juan. Había periodistas por todas partes tomando *flashlights* con sus cámaras.

"Siento mucho lo que está sufriendo a causa de Diamantino" le susurró Juan suavemente a Madame cuando la prensa se alejó y los dejaron solos. "¿Puedo hacer algo para aliviar su tristeza?".

Los ojos de Madame estaban sospechosamente aguados, pero guardó silencio. Siguió contemplando las antiguas murallas de la ciudad que nunca volvería a ver. No le preguntó a Juan sobre mí, y él no pudo darle el mensaje que yo le había enviado, excusándome por lo sucedido. Avergonzado, se volvió para irse y estaba a punto de bajar por la pasarela cuando, haciendo de tripas corazón, se volvió hacía ella y le dijo: "Yo sé que usted lo quería, Madame. Y era muy joven. A lo mejor un donativo a nombre de Diamantino le haría sentirse mejor". Madame asintió suavemente, y prometió contribuir algo en el futuro, pero Juan dudaba mucho que lo hiciera. Ahora estaba de nuevo bajo la bota de Dandré, y tendría que suplicar por cada centavo que necesitaba.

Juan se alejaba ya sobre cubierta cuando Madame le rogó que esperara un momento. Bajó a su camarote y regresó unos minutos después con un par de zapatillas en la mano. Quería que él las guardase, como recuerdo de su visita a la isla, le dijo. Juan no pudo evitar sentirse desilusionado. Esperaba algún donativo a las instituciones caritativas en la isla, por modesto que fuera. Pero Madame había decidido regalarle sus zapatillas usadas, y era imposible rechazarlas sin parecer descortés.

Juan guardó las zapatillas durante meses, y después de nuestra boda las colgamos de uno de los postes de nuestra cama. Para Juan no tenían ningún valor, pero yo rehusé tirarlas porque eran una reliquia de Madame.

Entonces un día decidí ponérmelas, a ver si me servían. Me senté en el piso y me amarré las cintas de seda alrededor de los tobillos. Me puse de pie, tambaleándome. "¡Tienen algo dentro!" grité. Perdí el equilibrio y caí torpemente al suelo. Juan entró al cuarto corriendo y me ayudó a desatarlas. Las examinamos de cerca. Ocultaban una hendidura al final de cada punta que Madame había zurcido ella misma. Juan las abrió con el filo de su chaveta, y los diamantes de Madame se derramaron sobre el piso.

Hoy la memoria de Madame es reverenciada por todas partes. Con su dinero se construyó un gimnasio para niños, así como varias escuelas de ballet. Nuestra Academia del Ballet Ruso es una de ellas. Esto les ha dado a muchos de nuestros jóvenes la oportunidad de hacerse bailarines profesionales.

43

Creí que nunca volvería a ver a Madame, pero estaba equivocada. Un día, algunos años después de embarcarse hacia Suramérica en el *Courbelo,* tuve que viajar a Nueva York con mi marido. Juan tenía que ir periódicamente para reaprovisionar nuestra academia con los materiales que se utilizaban al confeccionar los disfraces de la producción anual de los estudiantes, y esta vez decidí acompañarlo. En junio de ese año, como siempre, estábamos poniendo en escena *La Sylphide,* que era tradicionalmente el ballet de graduación. Necesitábamos muchas varas de tul blanco para los disfraces de las ninfas, y no se conseguían en la localidad. Yo sabía que Madame estaba en Nueva York. Había visto su retrato publicado en el *New York Times;* la retrataron en el *lobby* del Waldorf–Astoria, al pie de las escaleras de mármol, e iba del brazo de Dandré. Parecía una misma garza por lo delgada que estaba. Acababa de llegar de su gira por la Argentina, donde había bailado en el Teatro Colón para el Presidente de la República. La compañía ganaba miles de dólares, tal y como Dandré había previsto. Madame había pospuesto su regreso a Europa una vez más, y había decidido emprender una tercera gira por los Estados Unidos. De Nueva Orleans a San Francisco, bailaría en los teatros más elegantes por sumas fabulosas. Dandré la obligaría a llevar sus *bourreés* un poquito más lejos, y a elevarse un poquito más alto durante sus *grand jetés,* hasta que cerró por fin las alas muchos años después en La Haya.

Cuando llegué a Nueva York, oí decir que Madame bailaría *La muerte del cisne* en el Metropolitan Opera House, y una tarde asistí sola al ensayo. No había perdido ni un ápice de su magia. Los saltos aéreos como pluma, el delicado doblez de las muñecas, al leve temblor de los brazos, todo permanecía igual. Al final de la representación me sentí tan conmovida que no pude ir a saludarla a los camerinos, como había planeado.

Juan y yo estábamos alojados en el apartamento de un amigo en el West Side. Al día siguiente, mientras mi esposo iba en taxi a la Sexta Avenida en busca de unos materiales especiales que no encontrábamos cerca de donde nos estábamos quedando —pintura lumínica y lentejuelas nacaradas para los jubones de las sílfides— fui a dar un paseo por Central Park. Era una mañana fresca de otoño, y quería librarme de los recuerdos melancólicos que me embargaban. Iba camino del estanque que queda al norte del Hotel Plaza, sobre Central Park South, cuando observé a una mujer sentada en un banco. Estaba sola y me daba la espalda. No podía verle el rostro, pero la manera en que inclinó la cabeza sobre el delgado cuello y se envolvió en su chal para protegerse de la fresca brisa matinal me recordaron a la Señora. Me acerqué de puntillas, casi sin atreverme a respirar, y me senté en el extremo opuesto del banco. La mujer se quedó mirando el lago y no se volvió para verme, así que pude examinarla a mis anchas. Era Madame.

Debió sentir misojos sobre ella, porque se volvió lentamente hacia mí con una mirada de asombro. "¿Eres tú, Masha?", dijo suavemente, con una sonrisa incrédula sobre los labios.

Yo estaba encinta de mi segundo hijo y había engordado bastante, así que era comprensible que no me reconociera. "Sí Madame, soy yo", susurré con la cabeza baja. Debí ponerme muy pálida porque Madame se levantó y vino a sentarse junto a mí. "¿Qué te pasa, querida? ¿Te encuentras bien?", me preguntó con cariño. No pude soportar más y me eché a llorar.

Madame tomó mi mano entre las suyas y me la acarició; entonces sacó un pañuelo de su cartera. "¿Por qué lloras, Masha?" me preguntó, mientras me enjugaba las lágrimas. "Tendrás tu bebé, y yo tengo mi arte. ¡Qué mundo maravilloso! Gracias al amor, todo se transforma".

Estaba a punto de confesarle lo mucho que sentía haber hecho lo que hice, cómo la había echado de menos. Ahora entendía perfectamente por qué había estado dispuesta a irse con Diamantino al fin del mundo, pues yo me había enamorado de Juan. Pero hubiese estado mintiendo. Yo nunca había querido a nadie como a ella; yo la había querido a ella mucho más. Pero antes de que pudiera decírselo, Madame se levantó y se alejó caminando de allí.